Re:ゼロ
Re: Life in a different world from zero
から始める異世界生活
短編集8

「――みんな、集まってくれてありがとう」
エミリアはきゅっと力のこもる
ベアトリスの小さな手を握り返し、
真っ直ぐに皆の顔を見渡した。

「絶対に、飛んでいっちゃった
スバルたちのことを
見つけてあげましょう」

「ええ、いい感じだと思います。普段、ずっとメイド服姿を見ているから、そういうペトラちゃんは新鮮ですね」
「む～、そういう感心って感じじゃなく、可愛いかどうかのお話ですよ」

「ああ、すみません。
可愛いです。
似合っていますよ」

「ロズワール様へのその態度、
いただけないわよ、ペトラ」
「ごめんなさい、ラム姉様。
でも、どうしても旦那様に嫌な思いがさせたくて……」

「そう、覚悟の上なのね。なら、仕方がないわ。
今のペトラの言葉に傷付いたロズワール様をねぎらう、
というラムにしかできない仕事も発生するものね」
「二人とも、いい加減になさいまし！
さすがにわたくしも見過ごせませんわよ！」

Re: Life in a different world from zero

The only ability I got in a different world "Returns by Death"
I die again and again to save her.

CONTENTS

Re：ゼロから始める異世界生活 短編集8

長月達平

MF文庫J

口絵・本文イラスト●福きつね

『Stand by me Pleiades』

1

――ナツキ・スバルがプレアデス監視塔から姿を消した。


屋敷に届けられた手紙の内容は、端的に述べればそうしたものだった。

「――エミリア様も、ずいぶんと字がうまくなられたものだ」

手紙に目を通し、左右色違いの瞳を細めたロズワール・L・メイザースは、細い顎に指を当てながら内容と無関係の感想をこぼした。

出会った当初、手紙の送り主であるエミリアの世間知らずは度を越していた。

故郷の森で家族の大精霊と二人、閉鎖的な生活をしていた彼女は常識に疎く、王選に参加させるために様々な教育を施さなくてはならないと、先が思いやられたものだ。

しかし、エミリアはその素直さと向上心で、確かな成果を上げている。

無論、まだ未熟な部分ばかりだが、その成長は教育する側として快い。王選が三年という期限付きでなければ、もっと色んな分野を詰め込むのも楽しいだろう。

「などと、悠長なことを言っている場合ではないようだがね」

そんな現実逃避で思考を整理する時間を作り、ロズワールは瞑目《めいもく》した。

少し前、エミリアはスバルを始めとした同行者たちと、王国の東端にあるアウグリア砂丘──『賢者』の住まうプレアデス監視塔へ向かった。

その目的は『賢者』シャウラと接触し、全知とまで謳《うた》われるその知識を頼ること。

ただし、塔への挑戦は困難が、それも『剣聖《けんせい》』ラインハルトすら果たせなかった困難が予想され、ナツキ・スバルなしでは到底不可能とロズワールは考えていた。

事実、スバルの存在がどう寄与したかは不明だが、エミリアたちは無事にプレアデス監視塔へ到着し、目的を達した。──冒頭の問題、その発生を残して。

「スバルくんがエミリア様の傍《そば》を離れた、か。──不測の事態らしい」

あらゆる状況を最善に整えられる。それがロズワールの知るスバルの権能だ。

それを以《もっ》てしても補い切れない問題が起こった。スバルがエミリアの傍を離れるなど、それ以外に考えられない。それはロズワールにとっても、非常事態だ。

修正を、しなくてはならない。──たとえ、どんな犠牲を払おうと。

「────」

両目を細め、ロズワールは執務室の窓を開け放つと、そこから長身を躍らせ、マントをたなびかせながら屋敷の前庭に降り立った。

危なげない着地、しかしその突然の行為に目くじらを立てるものがいる。

「旦那様！　いきなり何事ですの⁉　こんなガーフのような無作法を……」

飛び降りたロズワールを見つけ、そう駆け寄ってくるのはメイドのフレデリカだ。

長い金色の髪を揺らし、美しい翠《みどり》の瞳を怒らせる彼女はすぐ目の前に詰め寄ると、相手が屋敷の主人だろうと構わず正しい説教を口にしようとする。

「まるで子どものような真似《まね》はおやめくださいまし。もしも見つけていたのがペトラでしたら、わたくしよりももっと口うるさく――」

「フレデリカ」

「なんですの！　言っておきますけれど、わたくしは旦那様のために」

「――エミリア様たちから鳥文《とりぶみ》が届いた。危急のようだ。用意を」

「――っ、かしこまりました。旦那様はどうなさいますの？」

お説教を遮られたフレデリカが、真剣なロズワールの声音にすぐ居住まいを正す。切り替えの速さはメイドの鑑《かがみ》、その彼女の問いかけにロズワールは空を指差し、

「状況的に、急ぎ動ける足が必要だ。――クリンドを呼ぶ。数時間で戻るよ」

「――。承知いたしました。ペトラにはわたくしから伝えておきますわ」

一瞬、クリンドの名前にフレデリカの目尻が動いたが、その苦手意識は指摘しない。

フレデリカとクリンド、昔はべったりだった関係がどこかぎこちなく、有能な二人の従者にはうまく連携してもらいたいのだが、そこは悩みの種でもあった。

ともあれ――、

「鳥文《とりぶみ》の内容はこの通りだ。細かな部分は任せる。よく考えて用意を整えてほしい」

エミリアからの手紙をフレデリカに渡し、ロズワールは彼女に背を向ける。手紙に目を通せば、フレデリカならばうまく取り計らうだろう。

その信頼を残し、ロズワールは軽く地面を蹴って、己の体を空へと浮かばせる。

風と土、それと陽魔法を複合して実現する飛行魔法――渡り鳥と遜色のない速度が出せるので重宝するが、意外と真似《まね》できるもののいない高等魔法に属する。

使い手の少なさから、あまり使うなと王宮からも旧友からも言われているが――、

「――今が、他ならぬ緊急事態というものでね」

知らず、真剣な声音で配慮を足蹴にし、ロズワールは青い空を切り裂くように飛んだ。


「そうした真剣なお姿だけ見せていれば、もう少し周りの目も和らぐでしょうに」

深々と一礼した頭を起こし、飛んでいく主《あるじ》の起こした風に長い髪をなびかせながら、フレデリカは器用なようで不器用なロズワールにそうこぼした。

対応の速さや真剣味から、ロズワールがエミリアたちを案じる気持ちは本物だ。もちろん、自分の目的のためという大前提はあろうが、それで対応は変わらない。

その姿をペトラやオットー、ガーフィールのような、ロズワールの一挙一動をずっと睨《にら》んでいる彼女らにもちゃんと見せればいいのに。

「これも、旦那様への恩義がわたくしの目を曇らせているだけですの？」

眉尻を下げ、重たい吐息をこぼしたフレデリカは手の中の手紙に目を落とす。

届けられた鳥文《とりぶみ》──遠方の相手に手紙を届けるため、特殊な成育と訓練を施された鳥を用いる配達技術だ。元々、ロズワールの祖母に当たる先々代が考案したもので、高額な鳥の育成費用や、手紙の強奪・墜落に備えた隠匿用の刻印など課題は多いが、王国の上流階級の間では親しまれている。

王国の東端であるアウグリア砂丘から届いた点からも、その配達速度と距離には目を見張るものがあるが、いったいどのような内容がロズワールを真剣にさせたのか。

「これは……」

いざ手紙に目を走らせ、フレデリカは口元を手で隠すことも忘れる。普段であれば決して忘れない、無意識下の動作を忘れるほど衝撃的な内容、それも──、

「フレデリカ姉様！　今、旦那様が飛んでいきませんでしたか？」

近頃、憎きロズワールから魔法の手解《てほど》きを受けているペトラが、邸内のマナの乱れを感じ取って前庭に駆けてくる。その、妹も同然の少女の恋心を知るフレデリカは、「あとは任せる」と言ったロズワールの真意を悟り、静かに恨んだ。

「……これを、どうペトラに話せと仰《おっしゃ》いますの」

ロズワールを急がせたエミリアの一筆、その内容をどうペトラに伝えればいいのかと、フレデリカは主《あるじ》の消えた空を仰ぎ、力なく呟《つぶや》いたのだった。

2

――その、フレデリカの恨み節が囁《ささや》かれた数時間後、その矛先を向けられるべき立場であるロズワールは、目的の屋敷で目的の相手と対峙《たいじ》していた。

「相変わらず、小父様《おじさま》の訪問は突然ですのね」

「無礼は承知しているとーぉも。ただ、こちらも急用でね。許してほしい」

「むしろ、急用でなしにバルコニーからいらっしゃられる方が困りますわよ」

と、幼くも手厳しい目でロズワールを睨《にら》むのは、露台から上がり込んだ館の主であり、長い付き合いのあるミロード家の当主であるアンネローゼ・ミロードだった。

もっとも、長い付き合いがあるのはミロード家の方で、御年九歳であるアンネローゼとは彼女が生まれたときからの、十年の付き合いでしかない。

実に立派な淑女に育ったものと、ロズワールは感慨深く思っているが――、

「小父様、わたくし、もう九歳ではなく十歳になりましたわ。お間違いのなきよう」

「おやおや、私は何も口にしなかったと思うんだぁーけどね」

「目が語っていましてよ。しゃんとしてくださいまし。小父様の態度や服装、生き方が許されているのはせめて中身がまともだと皆が誤解しているからでしてよ」

「やれやれ、君に言われては形無しだ」

アンネローゼの物言いに苦笑し、ロズワールは応接用のソファの背もたれを揺らす。

空を飛んで現れた後見人、それを淡々と迎え入れる彼女の度量に感謝しつつ、ロズワールは本題を切り出すための一言を探る。しかし――、

「わざわざ空からいらしたんですもの。わたくしへの頼み事……それとも、クリンドですかしら。もしくは、わたくしとクリンドの両方ですの？」

「本当に頼もしいねーぇ。そんなに私はわかりやすいかな？」

「ええ、わかりやすいですわ。小父様《おじさま》は一番手っ取り早い最善手を選びますもの。回りくどい策や迂遠《うえん》な手は、失敗が怖くてできませんものね？」

片目をつむった幼い挑発に、ロズワールは反論しないのが一番賢いと受け入れる。彼女の出生時のことやアンネローゼの両親との縁もあり、ロズワールは彼女に弱い。

ロズワールにとっての自分の価値、それを熟知したアンネローゼは指を鳴らし、

「クリンド、きなさいな。というより、いるんでしょう？」

「――ええ、仰《おっしゃ》る通りです。ご慧眼《けいがん》」

呼びかけに応じる声があり、応接室の扉を開いて細面の人物が姿を見せる。

執事服を折り目正しく着こなし、鋭い目つきの片方をモノクルで覆った男――ミロード家の家令であり、ロズワールの有する鬼札の一枚たる人物だ。

話の早いアンネローゼの配慮に甘え、ロズワールは訪ねた本題へと切り込む。

それは――、

「エミリア様から鳥文《とりぶみ》が届いてね。どうも、スバルくん絡みで帝国へ赴く必要がありそうなんだ。そこで、当家の問題の調整と対応のため、二人の力を借りたい」

「――。エミリーと、ナツキ・スバルですの」

ピクリと眉を震わせて、アンネローゼが思案げにそう呟《つぶや》く。

王選に当たって、ミロード家はエミリアの有力な支援者だ。それを抜きにしても、エミリアを愛称で呼ぶ間柄であるアンネローゼは、彼女のためなら助力を惜しまない。

たとえそれが、複雑な心情を抱いている恋敵の、ナツキ・スバル絡みだとしても。

「……小父様ご本人が解決に動く間、メイザース家をお預かりすればいいんですのね？」

「ああ、君に任せたい。他に信頼できる相手がいないものだーぁからね」

「ご機嫌取りなんておやめなさいまし。……誰か残しますの？」

「ラムかフレデリカを……と思っているが、難しそうでね。どうやら問題はスバルくんだけでなく、同行させたレムにも波及したようなんだ」

そう付け加えたロズワールに、アンネローゼが形のいい眉を寄せる。

大きく触れてこなかったが、エミリアからの手紙には、行方をくらませたのがスバルだけでなく、レムもそうだと記されていた。ならば、ラムの動揺も大きいだろう。

そもそも、今回の旅にラムが同行した理由が、眠り続けるレムを救う術《すべ》を求めてだ。その妹が目覚めるどころか、いなくなったとなれば気が気であるまい。大人しく屋敷で待てと言って、聞き入れるとはとても思えなかった。

「なので、残せてもフレデリカだけ……無論、慎重に選定するがねーぇ」

「いずれにせよ、フレデリカからクリンドへの引継ぎは必須ですわね。――ひとまず、わたくしが家のことを預かる件は承知いたしましたわ。あとは」

ロズワールの考えを引き取り、てきぱきと自分の役割を定めるアンネローゼ。

その言葉の最後、切れ長な瞳が向いたのは自分の背後に立っているクリンドだ。主《あるじ》の注視に促され、万能の家令は恭しく一礼すると、

「では、私の方からも伺います。質問。――旦那様は、私に何を望まれると？」

「――。スバルくんの抱えている問題があってね。あまり長く、ベアトリスと離れ離れにさせておくわけにはいかない。時間が限られている」

「スバル様とベアトリス様との、精霊術師の契約。その期限と制限。刻限」

主従揃《そろ》って本当に話が早いと、ロズワールは苦々しく顎を引いた。

スバルとベアトリス、契約者と精霊として絆《きずな》を結んだ二人だが、それぞれがそれぞれに抱えた問題を補い合う共依存の関係にある。

ゲートを全損し、体内で生成されるマナを排出する手段をなくしたスバルと、契約者からのマナしか受け取れない欠陥を抱えるベアトリスの関係は理想的なものだ。

当事者二人は、そんな打算的な関係ではないと言い張るだろうが、二人の主張はこの際どうでもいい。問題は、理想的な関係のわかりやすい破綻にある。

「仲良しで大変いいことだが、この二人が離れ離れになると途端に共倒れの窮地に陥る。

スバルくんは過剰なマナの堆積による死、ベアトリスもマナ不足で消滅の危機だ」

「それは旦那様にとっても、私にとっても耐え難《がた》いこと。喪失」

「ああ、そうだ。私はスバルくんという手札を失うわけにはいかないからね」

「申し訳ありません。私はベアトリス様のことを申していました。陳謝」

「――――」

クリンドの白々しい謝罪に、ロズワールが渋い顔を作る。そんな二人の間で手を打って、

「とにかく」とアンネローゼが話の先を促した。

「経緯はわかりましたわ。小父様《おじさま》がクリンドの手を借りたいと仰《おっしゃ》った理由も。……でも、距離の短縮に使えるのはあくまでルグニカ国内だけでしてよ」

「もちろん、わかっているとも。いずれにせよ、帝国に向かうなら各所に調整が必要となるんだ。頼めるかい、クリンド」

「旦那様が望まれ、アンネローゼ様がお応えになるのでしたら。無問題。ただし――」

「対価の支払い、だろう？　承知しているよ。――身を切られる思いだがね」

なるべく感情を交えず答えようとして、ロズワールはその不発を自覚する。

仕方のないことだとわかっていても、対価の支払いには心が張り裂けそうになる。その心痛こそが対価の証《あかし》だと、それこそが彼の言い分なのだろうが。

思い出を切り売りする行為、過去に縋《すが》るロズワールにとっては皮肉な話だ。

「三つ……いや、四つの魔法を対価に差し出そう。それで、君の権能の力を借りたい」

「四つとは、果断な判断です。大胆」

「惜しんで足りなくなれば目も当てられない。時間がないんだ。私にもね」

片目をつむり、ロズワールは黄色い方の瞳でクリンドを見やる。

時間が惜しい。それは目の前の問題に限らず、宿願を果たすための道のりの全てでそうだ。ロズワールは、この先一度も失敗できない。

次の機会を待つなんて贅沢《ぜいたく》なこと、絶対にできないのだから。

「まずはエミリア様たちの迎えを。くれぐれも、君の権能について口外しないよう」

「承知いたしました。アンネローゼ様、よろしいですか？　承認」

「……それがエミリーのためですもの。小父様《おじさま》の言う通りになさい、クリンド」

年齢に不釣り合いな思慮深い瞳で、アンネローゼがクリンドに頷《うなず》きかける。家令は主人の命令に深く腰を折り——刹那、その姿が消失した。

文字通り、消えたのだ。隠れたり、見えなくなったわけではない。

おそらく、今頃彼の姿はアウグリア砂丘に最寄りの町、ミルーラにあるはずだ。

「その気になれば、プレアデス監視塔へも辿《たど》り着けるのかもしれないが」

「それはできないと本人は言ってましたわよ。塔には近付き難《がた》い理由があるとか……詳しくは話してくれませんでしたけれど」

消えたクリンドの権能について話したところで、アンネローゼが目を伏せる。その様子をロズワールが訝《いぶか》しむと、彼女はしばしの沈黙のあとで、

「本当によろしかったんですの？　小父様」

「取り返しがつかなくなってから聞くのは、いささか意地が悪いんじゃーぁないかい？」

「小父様にとって、魔法はとても大事なものでしょう。とても、とても大事な」

「――。だからこそ、だよ」

アンネローゼの大きな瞳に見つめられ、ロズワールは既視感を覚えた。たぶん、彼女の顔立ちや真摯さが、他ならぬ彼女の両親譲りのものだと思い出させられたのだ。

自分の胸元をぎゅっと掴《つか》んで、ロズワールは過去からの糾弾の痛みに耐える。どうしても果たしたい宿願、もう一度会いたい人との再会、そのための犠牲は惜しまない。

たとえそのために支払う対価が、他ならぬその人から授けられた祝福でも。

「小父様、思い詰めすぎないでくださいましね」

「逆だよ、アンネローゼ。――思いを詰めない理由がないのさ。私にはね」

年少の相手に思いやられながら、ロズワールは首を横に振った。

心からの忠告とわかっていても、それを受け入れることはできない。それが、ロズワール・L・メイザースが――否《いな》、ロズワール・メイザースが選んだ物語なのだ。

3

「――――」

文字通り、瞬《まばた》きの間に世界が切り替わり、屋敷の前に立たされていた。

距離にすれば数百キロ、時間にすれば一週間以上をかけて移動するはずの旅路。それを一瞬で埋められて、オットー・スーウェンは数秒、思考を整理した。

きっかり五秒、そこで深々と嘆息して、

「まぁ、今さらこのぐらいのことで取り乱したりしませんけど……」

「オットー兄《あに》ィも図太くなったッもんだよなァ。それッとも図太《ずぶて》ェのは元からか？」

「僕も一年前の自分がどうだったか思い出せないので、どっちでもですね」

隣で同じ体験をしたはずのガーフィールに叩《たた》かれた肩をすくめ、オットーは目先の疑問を投げ捨て、「ともあれ」と傍《かたわ》らに佇《たたず》む優男の方に目をやった。

「これすごい便利なんですが、詳しくお聞きしても大丈夫なやつですか？」

「お察しの通り、口外は禁じられております。容易《たやす》く使っていいものではないことと、人体に悪影響がないことは保証いたします。安堵《あんど》」

「やや不安の募る言い方ですが、なるほど……」

問いかけに答える家令、クリンドの言葉にオットーは不承不承頷《うなず》く。

味方に間違いないが、謎の多い味方なのがクリンドだ。ロズワールと長い付き合いで、フレデリカをメイドとして教育したのも彼と聞いている。他にもスバルに鞭《むち》や体術を仕込んだり、ペトラの指導も熱心にこなしたとは生徒たちの談だ。

つまるところ、エミリア陣営の屋台骨を支えるのに欠かせぬ人材なわけだが。

「まさか、プリステラから屋敷までひとっ飛びたァな。前にベアトリスが使ってた『扉渡り』ってやつかよォ」

「いえ、ベアトリス様の陰魔法とは原理のまるで違うものです。大差。残念ながら、詳細は伏せさせていただきますが。ご勘弁」

「あまり本気で隠す気を感じない話し方ですが……」

「ご勘弁」

捉えどころがないという、前々からの印象は今回も拭えないらしい。

ただ、現時点で優先すべきはクリンドの『転移』——そうとしか呼べない事象のことではなく、そうまでして彼が自分たちをロズワール邸へ連れ戻った理由だ。

「ナツキさんとレムさんが、ヴォラキア帝国に飛ばされた……ですか」

「——。やっぱり、俺様ッがついてくべきだったぜ」

オットーの言葉を聞いて、ガーフィールの表情が途端に引き締まる。直前までの緩い雰囲気を消し、声を低くした彼にオットーは首を横に振った。

「全員で決めたことです。プリステラの復興に人手が必要でしたし、『魔女の遺骨』の所在もガーフィール抜きでは確かめられなかった」

「けッどよォ……」

「たられればを言い始めたらキリがありませんよ。原因を根こそぎ潰していったら、そもそもナツキさんが飛ばされなきゃよかったって話になりますから」

「そんなラムみてェな言い方、いくらッ何でも大将が不憫《ふびん》すぎんだろ……」

「だから、自分の責任なんて思い込むのは無意味なんですよ」

再発の防止に役立つならともかく、そうでない責任の追及は不毛の一言だ。事実は、スバルとレムが飛ばされ、二人を連れ戻すために帝国へ乗り込む必要があるの一点。

オットーとガーフィールも、そのために屋敷へ連れ戻されたのだ。

「しかし、あえて一番面倒の多い国に飛ばされますかね……」

「それでッこそ大将ってなァ。『父王の試練、マグリッツァにことごとく』って話だぜ」

「その話、最後まで苦難の連続な上に報われずに死ぬじゃないですか」

ガーフィールのたとえ話に肩を落とし、オットーは先々の苦難に頭を悩ませる。

短くない行商人経験で、ルグニカ王国以外の国にも足を延ばしたことのあるオットーだが、四大国で唯一足を踏み入れたことのない土地が南のヴォラキア帝国だ。

それは王国との関係の緊張具合や、国境を越えるまでの条件の多さも理由だが、かの帝国にいきたくない最大の理由はもっと単純明快——。

「——あの国が一番、簡単に人の命が失われやすいから」

強者が尊ばれ、弱者が虐げられるヴォラキア帝国の風土は、肌に合わないものにとっては生き地獄以外の何物でもない。スバルがどちら側か、議論の余地もなかった。

「すでに、エミリア様たちが屋敷でお二人をお待ちです。待望」

そうして、気持ちの整理がついたところで屋敷の扉を開くあたり、本当にこのクリンドという家令は行き届いている。

それを我が身で実感しながら、オットーは曲がった背筋を意識して伸ばし、

「待望なんて荷が重いですが、エミリア様とベアトリスちゃんがさぞやバタバタしてるでしょうからね。僕たちも合流するとしましょうか」

「ヘッ、安心しろや、オットー兄《あに》ィ。帝国に殴り込むッてんなら俺様が役に立つぜ！」

「……そうならないように努力します」

意気込むガーフィールには悪いが、国際問題を引き起こすつもりはないのだ。

それをして、王選どころでなくなっても大変だし、そんな一大事にしたら、スバルでも背負い切れずに潰れるだろう。その場合、オットーも巻き添えになる可能性が大だ。

いっそ、そうなる前に泥船から逃げ出せればよかったのだが――、

「そんな機会、とっくに自分で投げ捨ててしまいましたからね」

逃げようと思って逃げられたのは、それこそ隣で鼻息を荒くしている弟分を、まだ弟分と思える前の、凶暴な敵とみなしていた頃まで遡らなくてはならない。

それからのオットーは、もう逃げようと思ったことが一度もないのだから。

4

「あの家令さんの便利な魔法、ユリウスは使えるようになったりせんの？」

「……申し訳ありません。陰魔法の応用なら、ネスの成長次第でならと思いますが」

「ああ、本気に取らんでええよぉ。魔法音痴のウチでも簡単やないってわかるもん」

接する側が背筋を正したくなるくらい真面目な騎士の返答、それにアナスタシア・ホーシンはひらひらと手を振り、自分の態度をいたく反省した。

またしても、無駄にユリウスに気を遣わせてしまい、困ったものだ。

――プレアデス監視塔での主従関係の復活以来、二人の関係はまだぎこちなかった。

ユリウスが自分の騎士だと、その点に疑いはもはやない。とはいえ、まだ彼の記憶が戻っていないから、どうにもお互いの距離感がうまく掴《つか》めずにいるのだ。

「ボクとしては、アナの珍しい姿が見られて快い気持ちでもあるけれどね」

「いちいちそないなこと言わんの。性格悪い子ぉやわぁ」

そんな戸惑いをからかわれて、アナスタシアは自分の首の襟巻きに舌を出す。

比喩的な表現ではなく、本当に自分の襟巻き相手にだ。その白い狐《きつね》の襟巻きこそは、人工精霊と呼ばれる存在であり、アナスタシアと長い付き合いの相棒、エキドナだ。

特別な共犯関係にあるエキドナの含み笑いに、アナスタシアは唇を尖《とが》らせる。が、自分が不在の間、この相方が背負った苦労を聞けばとても言い返せない。

おまけに、アナスタシアはその苦労を土壇場で水の泡にしたというのだから。

「『暴食《ぼうしょく》』の大罪司教の権能、その影響を受けないように君は意識を内側に隠した。体の制御権をボクに渡したままにするなんて、危険な賭けまでしてね」

「それも、我慢し切れんかったせいでご破算やけどねえ。ホント堪《こら》え性《しょう》ないわぁ」

ほとほと自分に呆《あき》れ果《は》てると、アナスタシアは自分の頬《ほお》に手を当てる。が、そんなアナスタシアの自省に、「とんでもありません」とユリウスが口を挟んだ。

その優麗な顔立ちの騎士は、自戒するアナスタシアの前で胸に手を当て、

「アナスタシア様の一声こそが、あの場の決定打となったのです。あのひと押しがなければ、私の剣はレイド・アストレアに決して届かなかった」

「ホントにそう思うん？　ウチのためやからってちょっと話盛ってへん？」

「嘘偽《うそいつわ》りない見立てです。剣と、あなたへの忠誠に懸けて誓いましょう」

「ううん、そこまで言うんやったら、まぁ」

ユリウスの黄色い双眸《そうぼう》が、アナスタシアの浅葱色《あさぎいろ》の瞳を真《ま》っ直《す》ぐ見つめる。その揺らがない光と言葉の強さに、アナスタシアはひとまず疑惑を引っ込めた。

それにしても、ずいぶんと篤《あつ》い信頼を寄せられているものだと思う。

「よっぽど、ウチとユリウスはうまくやっとったんやねえ。切っ掛けはなんなん？」

「私がお仕えした理由、ですか？」

「そうそう。ウチは他国の商人やし、ユリウスは生粋の王国の騎士やろ？　ウチの動機はわかっても、ユリウスのはようわからんやん？」

当然、ユリウスの素性については一通りの説明は聞いている。

ルグニカ王国のユークリウス家の次期当主であり、近衛騎士団に所属している騎士家系

の人間。その所作や剣の技量からも、嘘がないのは納得できる。

ただ、そんな王国の人間と、カララギの商人が手を結べた理由がわからない。

「……それは、様々な理由がありますが」

「ありますが？」

「一番は、アナスタシア様の器に希望を見出《みいだ》した……でしょうか」

「――」

一瞬の思案ののち、ユリウスは自らの答えを口にした。

その小細工のない期待と信頼に、アナスタシアは目を丸くする。もっと、彼らしい遠大な理想や理念、そうしたものが切っ掛けだと予想していたからだ。

そうして、アナスタシアが思わず硬直してしまうと――、

「あはははははは！」

と、首元のエキドナが笑い出し、アナスタシアは「わ」と驚かされた。

「な、なんなん、エキドナ、急に驚かさんといて」

「ごめんごめん。ただ、あまりに他人事《ひとごと》とは思えない答えだっただろう？　それでつい」

「他人事とは思えない……それは、どういう意味なんだ？」

笑いの衝動が消えないエキドナに、眉を顰《ひそ》めたユリウスがそう尋ねる。その問いかけに精霊は「実はね」と言葉を継ぐと、

「ボクもアナの未来に投資した一人というわけさ。だから、他人事じゃないと思ってね」

「あ～、言われてみたら、そないなこと言われたかも……でも、待って？」

軽い口調で応じたエキドナの言葉に、アナスタシアが首をひねる。

確かに、エキドナとの馴《な》れ初《そ》めでも似たやり取りはあった覚えがあるが、振り返ると幼少のみぎり、リカードにも同じことを言われた記憶があった。

あのときリカードも、アナスタシアの将来が楽しみだと、そう笑っていたような。

「なんかウチ、いつもおんなじ方法で相手のこと口説いてることにならん？」

「別に構わないじゃないか。確かにアナは色んな交渉術を持っているだろうけど、誰にでも通用する手札があるなら、それに越したことはない」

「なるほど、至言だ」

真面目すぎるユリウスの受け止め方に、アナスタシアは「そう？」と微苦笑する。

エキドナの調子はいつもこんなものだが、何にでも美点を見出《みいだ》しそうなユリウスの様子を見ていると、そのままにしていいのか大いに疑問だ。

それとも、こんなことも以前の自分たちなら悩まない課題だったのだろうか。

「わかりません。私は、アナスタシア様との間に不安はないと考えていました。ただ、私にそう思わせる裏側で、アナスタシア様がどれほど努めてくださっていたのかは」

「――。生意気に、ウチの考えを読んだん？」

「あなたの覚えていない期間ですが、私もあなたの一番お傍《そば》で見ていましたので」

「ま、殺し文句やこと」

口元に手をやり、アナスタシアは小さく笑って生意気な騎士を見逃した。

多少の不安は、ある。でも、アナスタシアが知らない二人の関係のことを、この何でも優雅にこなせそうな騎士は覚えてくれているのだ。

ならば、自分たちはうまくやれるだろう。――逆境に強いのが、自分の売りだ。

「それに、エミリアさんのことはポッと思い出せたんやし、今この瞬間にもユリウスのことも思い出せるかもしれんしね？」

「究極的には、それが望ましいだろうね。彼女とユリウス、共に『暴食《ぼうしょく》』の権能の被害に遭ったもの同士、その喪失が戻る条件はわからないが……」

「焦る必要はない。――今は、そう思えています。そう思えることが誇らしい」

自分の胸に手を当てて、強がりではない態度でユリウスが微笑《ほほえ》む。その様子に片目をつむって、アナスタシアは「そかそか」と頷《うなず》いた。

そうして、主従の関係を立て直す算段がついたなら、進まない商談は後回しだ。

「塔で話した通り、ウチらもナツキくんとレムさん探しに協力せんと。……エミリアさんは覚えてるか怪しいけど、三人目の『暴食』の件も気になるし」

「ええ。スバルやレム嬢と一緒に飛ばされているなら、帝国にも危機があるはず」

「とはいえ、件《くだん》の大国はこちらの言葉に耳は傾けないだろうね。はてさて、いったいどうやってナツキくんたちを見つけ出したものか」

方向性が定まれば、アナスタシアとユリウス、そしてエキドナの話し合いは早い。問題

点の洗い出しを済ませ、アナスタシアは自分の頬《ほお》に手を当てながら、

「問題が全部解決したとは言わんけど、ウチらがこうしてられるんもエミリアさんらのおかげ……受けた恩は返さんと、ウチの商人としての名が泣くわ」

「では、どうされますか？」

「そらもう、ウチの商会なりの売り込み……やね」

片目をつむったユリウスの問いに答え、アナスタシアは肩をすくめた。

幸い、アナスタシアの口説き文句が魅力的であることは、この場の二人が証明してくれたばかりだった。もっとも——、

「二人やなくて、一人と一匹の方が適切かもしらんけどね？」

そう茶目《ちゃめ》っ気《け》を込めて舌を出すと、首元でくすぐったく襟巻きが踊ったのだった。

5

「お兄さんたちを連れ戻すために、みんなバタバタしてるのよねえ……」

膝の上に両肘を置いて頬杖《ほおづえ》をつきながら、メィリィは淡々とそう呟《つぶや》く。

慌ただしい空気の蔓延《まんえん》するロズワール邸は、メィリィ的には懐かしの古巣なんて印象と程遠い。——一応、メィリィも一年を過ごした屋敷ではあるのだが。

「わたしがいたのって座敷牢《ざしきろう》だったしい、こんな風に賑《にぎ》やかなのって新鮮だわあ」

元々、メイリィはエミリアたちに差し向けられた暗殺のための刺客だ。以前の焼け落ちた屋敷を襲撃し、暗殺に失敗して囚《とら》われの身となった。本来なら拷問でも何でもされて始末されていたはずが、何の因果かこんな立場である。どれだけ緊張感がないのか、今も何の拘束もなしにぽんと放置されているわけで。

「……わたしがいきなり裏切って暴れ出すとか、そういうこと考えないのかしらあ」

武器の類《たぐい》は持たされていないが、そもそもメィリィにそういうものは必要ない。その気になれば、近くに生息する魔獣を呼び寄せて手駒にすることもできる。いきなりエルザの弔い合戦を始めることも不可能ではないのだ。

なんて、自分で腹いせ気味の考えに思わず笑ってしまう。

「弔い合戦なんて、エルザが一番どうでもいいって思ってそうだしねえ」

自分の死後のことなんて、微塵《みじん》も気にかけていなさそうなのがエルザだった。生きている間だって適当だったのに、死後にいきなりそこが正されるとも思えない。

実際、エルザが何を考えていたのか知る機会はあった。が、メィリィはその機会を手にできなかったし、それでいいと今は考えていた。

それをしなくては、自分はどこへもいかれないのだと考えていたが――、

「……そうでもないって、教えてもらっちゃったものお」

自分の未来を決めるのに、もっと色んな背中を見てもいいと言ってもらった。

ただし、そう言った張本人が背中の見えないところに飛んでいったのは不満なのだが。

「あ！　メイリィちゃんっ」

「あらあ」

何となく談話室で過ごしていたところで名前を呼ばれ、メイリィは椅子の背もたれに寝そべるように背を反らし、見知った愛らしい顔を視界で逆さに捉える。

メイリィが囚われの間、スバルとエミリアに並んで顔を出した少女――、

「ペトラちゃん、元気してたあ？」

「うん、わたしは元気にしてたよ。メイリィちゃんも、元気に戻ってこれたみたいでよかった。心配してたんだから」

「お兄さんとお姉さん、ベアトリスちゃんたちの次にでしょお？」

「そんなこと言わないで。わたし、心配する人の順番付けたりしないもん」

腰に手を当てて、ペトラが赤い頬《ほお》を膨らませる。そんな彼女の反応に笑い、メイリィは体をひっくり返すと、正しい角度からペトラと向き合った。

改めて向き直っても、ペトラの様子は見送られたときと変わっていない。もっとも、ひと月程度の別れで何がどう変わるというのもないだろう。

本当なら、旅路の帰りも行きと同じだけ時間がかかって然《しか》るべきだったが。

「クリンド兄様と一緒だったんでしょ？　どんな魔法だったの？」

「さあ？　意地悪じゃなくて、本当にわからないのよお。あの人がきて、お姉さんたちとちょおっと話したあと、竜車が二台ともポンって屋敷の前だものお」

「ふーん……やっぱり陰魔法なのかな。嫌だけど、あとで旦那様に聞いてみよっと」

メィリィの不思議な体験を聞いて、勉強熱心なペトラはふんふんと頷《うなず》いている。

日々、めきめきと多分野で成長著しいペトラは、魔法に関してもその興味と才能の矛先を遺憾なく発揮していると聞いた。あの、クリンドと呼ばれたじろじろ見てくる執事の魔法も、彼女ならそのうち解き明かしてしまいそうだ。

ともあれ――、

「ペトラちゃん、お兄さんのことで思ったより落ち込んでないのねぇ」

「――何言ってるの？　すっごく不安だし、とっても怒ってるよ？」

「――ぅ」

素直な感想を告げたところ、全く目が笑っていないペトラに微笑《ほほえ》まれ、メィリィはそれ以上の言葉を続けられなくなった。

確かに、メィリィの見立てが間違っていた。ペトラは怒り心頭だ。

ただ、目の前の少女は溜《た》め込《こ》んだ感情を爆発させるのではなく、メィリィも思いつかないような恐ろしい方法で発散する子なのだと思い出した。

一年前、座敷牢《ざしきろう》に囚《とら》われたメィリィを頻繁に訪ねたペトラ、彼女が言い放った恐るべき啖呵《たんか》は、思い出すと今でも身震いを禁じ得ない。

彼女は、不思議がるメィリィにこう言ったのだ。

『わたしのことを好きにならせてあげる。そうしたら、もうわたしを殺そうなんて怖いこと考えられなくなるでしょ？　安心して、好きになっていいからね』と。

その恐るべき策略と打算は、一年かけてメィリィを骨抜きにしてしまった。もう、メィリィにはペトラに危害を加えようなんて、そんな気はちっとも起こらない。

なので――、

「……ご、ごめんなさあい」

「――？　なんでメィリィちゃんが謝るの？　メィリィちゃんは、ちゃんとお仕事してくれたんでしょ？　魔獣がたくさんいる場所で、助けてくれたって」

「それはそうなんだけどお……わたしも、お兄さんを助けられなかったわあ」

「――――」

それは、ペトラが怖くてした謝罪ではなく、メィリィ自身の後悔だった。

「お兄さんが飛ばされちゃったとき、わたしは傍《そば》を離れてたけどお……あの場に残ってたらって、思わないわけじゃないのよお」

塔で起こった戦いが決着し、ひと段落という心地でいたなんて言い訳にならない。

メィリィはするべき警戒を怠って、そのせいで全員が痛い目を見た。今、帝国でスバルたちがどんな目に遭っているか、メィリィには想像もつかない。

そんな、メィリィの本心が伝わったのか、ペトラはその目尻を柔らかく下げると、

「うん、謝ってくれて、ありがとう。それと、謝らせちゃってごめんね。……わたしは一緒にいけなかったから、メィリィちゃんよりずっと悪いの」

「そんなことは……」

「──だから、今度は絶対についていく。それが、わたしの絶対」

ぎゅっと小さな拳を握って、そう力強く宣言するペトラにメィリィは目を丸くした。それから、ふっと力が抜けるように笑い、

「お兄さんは幸せ者よねえ。ペトラちゃんに、こんなに大事に思われてるんだものお」

「うん、そうなの。あ、でも、メィリィちゃんのことももとっても大事だからね？」

「はあいはあい」

付け足したような言い方なのに、ちっとも不快感を覚えないのが我ながら重症だ。すっかり、この強《したた》かな少女に絆《ほだ》されてしまった。──たぶん、ペトラだけではないか。

「ペトラちゃん、わたしはお兄さん探しには一緒にいけないからあ」

「……うん。クリンド兄様とアンネローゼ様と一緒に、王都にいくんだよね？」

「そうよお。そこで、あの砂海の通り方のお話をしないといけないみたいねえ」

ペトラの言葉に頷《うなず》いて、メィリィは環境の激変したアウグリア砂丘を思い描く。

元々、アウグリア砂丘とプレアデス監視塔は難攻不落の難所とされていた。しかし、『賢者』シャウラが役目を終え、旅路を困難にしていた砂風も『試験』終了と同時に解かれてしまった今、『死者の書』が保管された砂の塔の防衛力はガタ落ちしている。

そこで、プレアデス監視塔を悪用されないために重要な立場となるのが──、

「エミリア姉様が仲良くなった『神龍《しんりゅう》』と、魔獣を操れるメィリィちゃん」

「まさか『神龍』と並べられるなんて、ちっとも思ってなかったんだけどねえ」

ペトラの口にした自分を取り巻く現実に、メィリィは苦笑する。

今やプレアデス監視塔を守るのは、塔に陣取る老いた『神龍』と、アウグリア砂丘に生息する魔獣の群れのみ。——その両方を、エミリア陣営が自由にできる。

「……なんだか、わたしってなし崩しで仲間入りさせられてるわよねえ」

「——？　今さら言ってるの？」

「ペトラちゃん、その顔怖いからやめてちょうだあい」

何を当たり前のことを、と言わんばかりのペトラの態度がメィリィは怖い。

ともあれ、その託された役目を王国に認めさせるため、メィリィは直接王城に出向かなくてはならない。だから、ペトラやエミリアたちとは別行動だ。

「ちょっともやってするけどお、お兄さんたちのことはペトラちゃんたちに任せるわあ」

「うん、頑張る。……メィリィちゃんも、頑張ってね。クリンド兄様はすごく優しいけど、ちょっとだけ問題ある人だから気を付けて」

「急に怖くなる忠告やめてよお。……でも、わたしも一人じゃないからあ。ねえ？」

そう言って、メィリィが自分の着ているローブのフードを軽く揺する。と、「え？」と目を丸くするペトラの視界、ぴょこんと飛び出してくる影がある。

それは複数ある足でメィリィの肩を這《は》い、頭の上に乗り出してくる紅色の蠍《さそり》だ。

「この子って……」

「一応、わたしの護衛ちゃんかしらねえ。名前は……なんて呼ぶか迷ってる最中だから、ひとまず紅蠍《べにさそり》ちゃんって呼んでるわあ」

「べにさそり……」

口の中でその音を反芻《はんすう》し、ペトラがまじまじと紅蠍を見やる。その視線に、蠍は小さな体を大きく見せようとしながら、鋭い鋏《はさみ》をキチキチと鳴らしてみせた。

それが、メィリィを守るための威嚇行動なのかは定かではないが。

「メィリィちゃんをお願いね、紅蠍ちゃん」

その小さな鋏を指で摘《つ》まみ、握手めいたことをするペトラはそれを笑わなかった。紅蠍も、その態度を真摯に受け止めたのか、どことなく満足げに尾を振っている。

そして――、

「お互い、ちゃんとお仕事をしましょお？　それがきっと一番いいわあ」

「そうだね。スバルも戻ってきて、全部ちゃんとしたら、またみんなで遊ぼうねっ」

「そうねえ。わたしも、お兄さんに言ってあげたいことが山ほどあるものお」

奮起するペトラの言葉に、メィリィも微笑《ほほえ》みながらそう答える。すると、その答えを聞いたペトラが、「あれ？」とわずかに首を傾《かし》げ、

「なんか、今のメィリィちゃんの反応……ちょっと気になるかも」

「……何がかしらあ？」

「わかんないけど……もしかして、スバルのカッコいいところ、見ちゃった？」

恐る恐るといった様子で聞かれて、メィリィは思わず目を丸くした。それから、すぐに「そんなことない」と答えようとして、その答えをちょっと躊躇《ためら》う。

それが、ハラハラしているペトラにやり返したい悪戯心《いたずらごころ》だったのか、それともプレアデス監視塔での出来事を振り返っての、ほんの気の迷いだったのか。

いずれにせよ――、

「ペトラちゃんったら、心配性だわあ」

そうはにかんでみせたメィリィの頭上で、紅蠍は肯定とも否定ともつかない様子で鋏を鳴らして、ペトラの抱いた不安をより大きなものにするのだった。

6

「――エミリア様、落ち着かれましたか？」

「……ええ、ちょっとは。ごめんね、心配ばっかりかけて」

着替え終え、自室を出たところで待ってくれていたラムに、エミリアは眉尻を下げる。

気遣ってくれるのは嬉《うれ》しくて、でもとても申し訳ない気持ちだった。

プレアデス監視塔から屋敷に戻り、消えたスバルたちを探すために一致団結しなくてはならない状況。いつまでも、エミリアがくよくよしているなんてダメダメだ。

「スバルとレムがいなくなっちゃって、ラムもてんてこ舞いのはずなのに」

「バルスはともかく、レムのことは確かに心配です。バルスはともかく」

「二回も念押ししなくても、ちゃんとお前の分までベティーがスバルを心配しているかしら。……二人とも、無事でいてくれてると信じているのよ」

強がりなラムの答えを聞いて、エミリアと手を繋《つな》いでいるベアトリスが俯《うつむ》く。

顔色のよくないベアトリス、その原因はスバルたちがとても心配なのもあるが、それだけではない。――スバルとの、精霊としての契約の問題だ。

「ベアトリス様、お体の方は？」

「何とか省エネでしのいでるかしら。お前の方こそ、体がしんどいはずなのよ」

「ラムはこのあと、ロズワール様の腕の中に飛び込んでまいりますので」

「……お前の趣味の悪さだけは、ベティーには到底理解できんかしら」

「それはベアトリス様にそのまま……いえ、お二人にそっくりそのままお返しします」

「え？　私にも？　何を返してくれたの？」

二人のやり取りに急に巻き込まれ、エミリアは目をぱちくりとさせてしまう。しかし、二人からその返答はないまま、廊下を進む三人の足が止まった。

目的の一室――最上階にある、ロズワールの執務室に到着したからだ。

「……クリンドさんのおかげですごーく早く帰れたけど、もっと急がなきゃ」

ロズワールに鳥文《とりぶみ》を送って、急いで戻る途中のミルーラにクリンドが現れたときはとても驚かされた。そのあとの『転移』にももっと驚かされたが、まだ驚き足りない。

もっと驚くぐらい頑張って、帝国にいるスバルたちを迎えにいくために――、

「――ロズワール、入るわね」

扉越しに声をかけ、ベアトリスの手を引くエミリアは執務室に足を踏み入れる。

中では頼もしい仲間たちが揃《そろ》い、三人の到着を待ってくれていた。誰もがみんな、スバルとレムのことを心配し、力を貸してくれる大事な顔ぶれだ。

「――みんな、集まってくれてありがとう」

全員の視線を一身に集めながら、エミリアはきゅっと力のこもるベアトリスの小さな手を握り返し、真《ま》っ直《す》ぐに皆の顔を見渡した。

ここにいる全員が、同じ気持ちでいてくれるのを嬉《うれ》しく思っている。だから、焦って思い詰めて間違わないように、あくせくしている自分の心に言い聞かせるのだ。

きっと、みんなで力を合わせれば大丈夫だからと。

「絶対に、飛んでいっちゃったスバルたちのことを見つけてあげましょう」

その呼びかけに、一同が揃って頷《うなず》いてくれたのが、エミリアには何より心強かった。

《了》

『Stand by me Pleiades　放蕩《ほうとう》息子の帰還』

1

「ウチたちはカララギの方から攻めてみるわ。元々にらめっこしてるルグニカとヴォラキアより、カララギの方が警戒緩いかもしれんもん」

と、アナスタシアが提案してくれたのは、エミリアにとって嬉《うれ》しい驚きだった。

もちろん、アナスタシアやユリウス、エキドナの三人がスバルたちのことを心配してくれていたのはわかる。でも、三人は違う陣営の人たちだ。

元々、プレアデス監視塔に向かったのも、同じ理由だけど違う立場からのこと。こうして無事に戻ってからも、迷子探しに付き合う義理なんてないのだから。

「私もアナスタシア様と同意見です。帝国と王国の関係はもちろんのことですが、何よりもかの都市国家はホーシン商会の、アナスタシア様の本拠地だ」

「ウチの人脈も最大限使える。分の悪い賭けやないと思うよ？」

「アナスタシアさん、ユリウス……！」

にも拘《かかわ》らず、当たり前のように迷子探しを手伝ってくれる姿勢に感激したのだ。

思わず、エミリアは紫紺の瞳をじんわりと涙で潤ませながら、

「私、アナスタシアさんとお友達になれてよかった」

「まぁ、お友達とはちょこっと違うと思うわ。相変わらず、ウチとエミリアさんの立場は競合相手のまんまやし。でも」

「でも？」

「ナツキくんのことも王選も、全部片付いたらお友達になろか。エミリアさんと同じで、ウチもあんまり友達いないんよ」

感激したエミリアの言葉に、アナスタシアがはんなりとそう微笑《ほほえ》んだ。

「ちなみに、今のは照れ隠しじゃなく本当のことだよ。アナは友達が少ない」

「余計なこと言わんの、もう」

そんな茶々を入れるエキドナの鼻を摘《つ》まみ、アナスタシアが相方を黙らせる。その様子に小さく笑い、エミリアは期待と不安に自分の胸を撫《な》でた。

その安堵《あんど》するエミリアに、アナスタシアは「ただし」と少し声を厳しくすると、

「ぬか喜びはせんようにね？　カララギを経由する分、どうしたってウチたちのやり方は時間がかかる……ナツキくんの猶予、あんまりないんやろ？」

「ええ。うかうかはしてられなくて……だから、私たちはアナスタシアさんたちと違う方法で、何とか帝国に入るために頑張ってみようと思うの」

小さく拳を固めて、エミリアはアナスタシアの浅葱色《あさぎいろ》の瞳を真《ま》っ直《す》ぐ見つめ返した。

アナスタシアたちがカララギ側から、ヴォラキアに向かう方法を模索してくれる。その間、エミリアたちも自分たちなりのやり方でヴォラキア入りを目指すのだ。

そのためにもと、エミリアは真剣に表情を引き締めて――、

「――みんなで頑張って、密入国してくるから！」

「――――」

「――？　どうしたの？　二人とも……ううん、三人ともすごーく変な顔して」

意気込んだエミリアが、それを聞いたアナスタシアたちの反応に首を傾《かし》げる。その不思議がるエミリアに、アナスタシアは「いやいや」と手を振って、

「エミリアさんと話してると、いいことも悪いことも柔らかくなって面白いわ」

「そう？　よくわからないけど、硬いよりよさそう？」

「どうやろねえ。ユリウスはどう思う？」

「私、ですか？　……それは、エミリア様の美徳だと思いますが」

「ええと、ありがとう」

褒められたようなので、エミリアは素直にユリウスにお礼を言う。ただ、言われたユリウスはなんだか複雑そうで、アナスタシアは悪戯《いたずら》っぽく笑っていた。

こういう場合、エミリアが気付いていないだけで、たぶん深い意味がある。

「いつも、あんまりみんな説明してくれないのよね」

「まぁ、なかなか密入国を応援する機会もないからね。とはいえ、今回はその稀《まれ》な機会に

当たるだろう。ボクもアナも、君たちの奮闘を期待するよ」

「せやね。エミリアさんも、危ない賭けなんはわかっとるんやろ？」

「――ん、みんなからもこっぴどく言われてるから」

エキドナの言葉を引き取り、真面目な目になるアナスタシアにエミリアは頷《うなず》く。

密入国とは、つまり許可がないのに他国に忍び込むということだ。悪いことなので、見つかったら大目玉を食らうし、エミリアはルグニカ王国の王選候補者――。

「もしかしたら、私のせいで帝国との関係が悪くなるかもしれないし、ひょっとすると私の王選候補者の資格も取り上げられちゃうかもって」

「それでもやるん？　エミリアさんも、叶《かな》えたい目標があるんやないの？」

アナスタシアの問いかけは厳しく、そして優しいものだ。

彼女の言う通り、エミリアには王様になって叶えたい願いがある。救いたい人たちがいるし、王選が始まってから芽生えた夢や理想も、ある。

「でも、それは全部、スバルと一緒に叶えたいの。だから、頑張ってくるわね」

「――。スバルは、果報者ですね」

「スバルが果報者なんじゃなくて、私が果報者なんだと思うの」

旅の間もスバルと仲良しだったユリウス、心配する彼にエミリアはそう微笑《ほほえ》んだ。

一生懸命で頑張り屋なスバルに、エミリアはたくさん助けられてきた。だから、彼に何かあったなら、一番最初にエミリアが手を差し伸べにいきたいのだ。

「ご馳走様《ちそうさま》」

手を叩《たた》いて、食事を終わらせる挨拶をするアナスタシアの口元をじっと見る。当たり前だが、話している最中だったので何も食べていない。

「ご馳走様……」

どうして急にご馳走様と言ったのか、エミリアには全然わからなかった。

「はいはい、エミリアさんの考えはようわかったわ。ご馳走様」

「アナとボクたちも、遠からず出発させてもらうよ。幸い、メイザース辺境伯の話だと、あの執事の力を借りられるそうだからね」

「クリンドさんね？　執事じゃなくて、家令っていうんですって。本人が言ってた」

「いずれにせよ、カララギとの国境までは時間を短縮できる。――個人的には、どういった魔法なのか興味深くもありますが」

「その好奇心は後回し、やね」

魔法好きのユリウスは残念だが、クリンドの不思議な力の秘密はエミリアも知らない。今まで一度も見せてくれなかったものだから、特別な理由がないと使えない力なのだとは思う。その特別な理由にスバルたちを選んでくれたのが、とてもありがたい。もしかしたら、選んだのはクリンド自身ではないのかもしれないけれど。

「エミリアさん」

「あ、ごめんなさい。なに？」

「聞いての通り、ウチたちはナツキくんとレムさん探しに全力で協力する。それやから、塔での話を王都に持ってくんは、そっちの人らにお任せや」

「ええ、そうよね。ちゃんとアンネが……」

「――これは、ウチなりの信頼の証《あかし》や」

「――」


返事を遮って続けられた一言が、エミリアの胸にズンと重く突き刺さった。その響きに目を見張るエミリアに、アナスタシアが真剣に続ける。

「砂風も『賢者』も消えたプレアデス監視塔は、前と比べてずっと無防備になった。てっぺんに『神龍《しんりゅう》』がおるんは驚きやけど、それでも万全とは程遠い。もしも、悪巧みする人らか魔女教が塔を狙ったら一大事や」

「それらから塔を守るため、王国の力が必要となる。元より、我々の旅の目的は魔女教の被害者を救済する手段でした。あるいは『死者の書』の書架が、その突破口に」

「全てを読破して答えを導き出す。……大勢の手を必要とする、茨《いばら》の道だけどね」

アナスタシアに加え、ユリウスとエキドナの言葉が事の重大さを訴える。

三人の言う通り、プレアデス監視塔の可能性は無限大だ。きっと、あの塔は使う人間の気持ち次第で、いいことも悪いことも何でもできてしまう。

そうならない、させないために、塔は王国で管理してもらう必要があるのだ。

「前人未踏のアウグリア砂丘の踏破と、未知の可能性を秘めたプレアデス監視塔の確保やなんて大手柄、独り占めせんとちゃぁんと山分けしてな？」

と、直前までの硬い空気を、そんな茶目《ちゃめ》っ気《け》を込めた態度でアナスタシアが崩す。

それは王選候補者同士の牽制《けんせい》というより、ちょっぴり棘《とげ》のある確認という塩梅《あんばい》だった。

——否《いな》、そういうことにアナスタシアがしてくれたのだとわかる。

だから——、

「ええ、任せて。私、お友達をガッカリさせるようなこと、絶対しないから」

エミリアも、その思いやりに甘えすぎないようにしようと心に決めながら、自分なりの誠意と茶目っ気をたっぷり込めて、そう頷《うなず》き返したのだった。

2

「てっきり、お前なら帝国に出入りする手段ぐらい用意があるかと思ったのよ」

そう、いつも通りのつっけんどんな態度には、見え透いた強がりが付随していた。

短い腕を組んで、期待していなかったと言いたげな不遜な顔つき、それがかえって切実な願いを託していたと、少女の素直さを強く表明してしまっている。

だから珍しく、ロズワールは「すまないねーぇ」と本心から謝意を口にした。

「まさか、王選の最中に帝国に出向く事態がくるとは思わなくてね。私の知る限り、王選は全てルグニカ国内で完結するはずだったんだーぁが」

「ふん、ちゃんとした『叡智《えいち》の書』の持ち主が情けないことかしら。白紙の本を四百年抱えていたベティーとは違うところを見せてほしかったのよ」

「────」

「な、何かしら、その不気味な顔は」

執務室の机越しに、堂々と嘯《うそぶ》いたベアトリスをまじまじとロズワールは見てしまう。

四百年、何も記さない『叡智の書』を抱いていたベアトリスの傷は深く、誰もが触れることを恐れ、見て見ぬふりをし続けた聖痕とさえ言えただろう。

それを、ベアトリスが事も無げに語るものだから、驚かされたのだ。

「……嫉妬《しっと》するね、スバルくんには」

「意味がわからんのよ！　今、大弱りなスバルに余計な負担をかけるなかしら！　何ならお前、今すぐスバルたちを迎えに帝国にひとっ飛びしてくるのよ」

「飛竜にお尻を噛《か》まれるぐらいの失敗で済むならそれも一興だけどねーぇ」

無茶《むちゃ》苦茶なことを言われ、ロズワールは苦笑。その苦笑を維持したまま、「ベアトリス」と不安がる彼女の名前を呼び、

「可能な限りの手は打った。何としても、君を消させはしないとも」

「……いらない気遣いかしら。お前が必要としてるのはスバルなのよ。そして、ベティーはそれで一向に構わないかしら」

「寂しいことを言う。私が君を愛しているのは知っているだろうに」

「余計なことを……！」

「それも寂しい誤解だ。何が君を……ああ、そう言えば」

と、ロズワールはそこで言葉を切り、片目をつむった。左右色違いの瞳、その黄色い方の瞳にベアトリスを映しながら、何の気なしを装って尋ねる。

ロズワールにとってもベアトリスにとっても、避けては通れない話題――、

「――アナスタシア様の連れている、あの人工精霊だが」

「……名前だけ、なのよ。ベティーの確かめた限り、何も知らない様子かしら」

予想していたのだろう。ベアトリスの返答に澱《よど》みと躊躇《ためら》いはなかった。

アナスタシアの連れた、狐《きつね》の襟巻きに扮《ふん》した人工精霊――エキドナと、そう名乗った精霊は、ロズワールとベアトリスにとってとても無視できない存在だ。

どうやらベアトリスは、あの精霊が大事なことは何も知らないと信じたいようだが。

「そう思わせているだけでは？　君を騙《だま》しているのかもしれない」

「自分が人工精霊だってことは明かしているのよ。何の意味があるかしら」

ピリピリと辛みのあるベアトリスの答えに、ロズワールは目を細める。

何の意味があって偽《いつわ》るのか。――そんな理由など、いくらでもあるだろう。

究極、理由などなくとも嘘《うそ》をつくものは嘘をつくのだ。そうした性悪な思考の持ち主からすれば、ベアトリスの考えは甘すぎる。四百年生きた大精霊とは思えぬ純朴さだ。

そして、ベアトリスはそれでいいと、ロズワールは小さく吐息をついた。

「わかった。君にせっかくできた精霊の友人だ。私も野暮《やぼ》は言わないでおくさーぁ」

「と、友達なんかじゃないかしら！　変なこと言うんじゃないのよ」

「わかったわかった。ほら、旅支度はいいのかい？　準備が遅れたら……」

「言われるまでもないかしら！　ふん！　なのよ」

赤くした顔を背け、ベアトリスがぺたぺたと、気持ちだけはのしのしと重たい足音を立てて執務室から出ていった。

その、スバル不在の心身の辛《つら》さを見せない気丈な背中が見えなくなり――、

「――気はお済みになりましたか」

ベアトリスの退室を見届けたロズワール、その膝の上から声がした。ちらと見れば、すぐ間近にある薄紅の瞳と視線がぶつかり合う。

その視線の主の頭の重みと温《ぬく》もりを感じながら、ロズワールは肩をすくめた。

「必要な会話をしていただけだよ。それを気が済んだか、とは妙な言い回しだーぁね」

「ロズワール様は、ベアトリス様を愛していらっしゃいますからね」

「――。蒸し返されると、こそばゆい表現だ」

先のやり取りを揶揄《やゆ》され、ロズワールは唇を曲げる。それを柔らかい眼差《まなざ》しで見上げているのは、ロズワールの膝を枕に横たわるラムだった。

ベアトリスとの対話中も、ラムはずっとこの姿勢で話を聞いていた。無論、理由あってのことだからと、ベアトリスも何も言わなかったが。

「旅の間、相当な無理をしたね。スバルくんのことがなくとも、急いで戻って正解だ」

「心労と過労が重なりました。エミリア様やバルスを引率する大変さはご想像の通り……オットーがいればやらせたのですが、使えない」

「彼は彼で傷の療養中だったんだ。見逃してあげたまえよ。それに――」

「――代案を出しました。ので、見逃すことにします」

目をつむったラムの答えに、ロズワールは小さく笑った。

今のは彼女なりの最大級の褒め言葉である。オットーを高く評価している証《あかし》と言えた。

そんな会話を交わしながら、ロズワールはラムの額――折れた角の傷跡に触れ、そこから精緻に調整したマナを注ぎ込み、循環の悪い体内を洗浄していく。

その、濁り、渇いたマナの循環を確かめるだけで、ラムの味わう苦痛が想像できて。

「よく、無事に戻ってくれたね」

「――。ロズワール、様」

ふと、口をついて出た言葉に、ロズワールは「あ」と自分で驚いてしまう。

そうして驚いたあと、強烈な自己嫌悪がその身を焼いた。気の緩みへの怒りはもちろんだが、ロズワールを支配したのは己の恥知らずさへの怒りだ。

いったい、どの口でラムの無事を喜ぶ言葉を吐けるというのかと。

なのに――、

「――はい。こうして、ラムは戻りました」

ロズワールの一言に、幸せそうに微笑《ほほえ》むラムの姿が胸を掻《か》き毟《むし》る。

思いやり深い彼女のことだ。その心中、消えたスバルとレムのことで憂いが渦巻いているのは想像がつく。それでもこうして彼女が微笑むのは、ロズワールのためだ。

その微笑みが、ラムの思った通りの効果を発揮するのが耐え難かったから――、

「私が君の妹を、レムを屋敷に迎え入れた理由がわかった」

「――――」

ラムに微笑まれる資格などないと、彼女の失望を買うための事実を口にしようとする。

唐突感はあるだろうが、ずっと考えていたことだ。『暴食《ぼうしょく》』の権能であらゆる人から忘れられたレム、彼女の存在がロズワールの宿願の何の役に立つのかと。

最悪、眠ったままでも不自由がないレムという存在を、ロズワールは何のために屋敷に迎えていたのか。ようやく、それらしい予測が立てられたのだ。

実にロズワールらしい、ラムが知れば今度こそ許してくれないだろう思惑が――、

「それは……」

「――ラムの、角の代用品でしょう？」

「え」

「残念でした。また挑戦してください」

ラムに嫌われたければ、と言外に言い含め、ラムはゆっくりと瞼《まぶた》を閉じた。

呆気《あっけ》に取られながら、ロズワールはマナによる治療行為を続けるしかない。完全に彼女の手玉に取られ、情けないとわかっていても他に何もできなかった。

もう、どうすればラムの熱情を失わせることができるのか、わからなかった。

自分に道を示してくれるはずの『叡智《えいち》の書』は、他ならぬ膝の上の少女に燃やされ、永遠にロズワールに未来を示してくれない。

それがわかっていてなお、今この瞬間にこそ、『叡智の書』の記述が欲しかった。

3

「アンネ、メイリィと塔のことお願いね。ちゃんと頑張ってくるから！」

と、大きく元気に手を振って、エミリアは仲間たちと一緒に目的地へ飛んでいった。

それは本当に瞬《まばた》きの一瞬で、実際に体感する側にとっても同じこと。もちろん、見送る側のアンネローゼからも、煙のように消えたとしか見えなかった。

「ホント、とっても便利だけど、不思議よねえ」

そう言いながら、三つ編みを揺らす少女が地面を靴裏で撫《な》ぜる。直前まで、そこには二頭の地竜が引く竜車があったが、それも一緒に消え去った形だ。

目の前の出来事ながら、摩訶不思議《まかふしぎ》と少女が首を傾《かし》げたがる理由もわかる。

「なにせ、クリンドの得体の知れなさはわたくしも理解し切れていませんもの」

ミロード家の当主として、アンネローゼを教育したのは他ならぬクリンドだ。

育ての親や傅《めのと》に当たる関係性だが、あの怜悧《れいり》で揺るぎない姿勢を保つ家令は、アンネローゼの知る限り、見方も在り方も何も変わらず、その理由も一切わからない。

故に——、

「あなた、気を付けることですわね。あれは有能ですけれど、危険でもありましてよ」

「それえ、ペトラちゃんにも牙のお姉さんにも言われちゃったんだけどお、結局、どういう意味なのお？　ちっちゃい子が好きってことお？」

「有体に言えば、ですわね」

「なあんだ、そんなことお。別にそのぐらいへっちゃらだわあ」

ひらひらと手を振り、少女——メィリィが平然と答える。その答えにアンネローゼは片目を閉じ、無防備に見える少女の背をじっと見据えた。

年の頃はアンネローゼより二、三歳上で、可愛《かわい》らしい顔立ちと裏腹に、どこか厭世的《えんせいてき》な態度と口調が危うい印象を与える。事前に聞いた話が事実なら、それも当然か。

『えっとね、メィリィは前のお屋敷を燃やしちゃった子で……ううん、一人で燃やしたんじゃなくて、お姉さんと一緒に。でも、悪い子じゃないの！　あと、魔獣を操れる力があって、それでスバルも危なくて……でも、悪い子じゃないの！』

と、エミリアは一生懸命擁護していたが、一点の曇りもない危険人物である。

ただし、その身柄が自分に預けられたことと、エミリアたちに代わってやり遂げなくてはならない役目を考慮すれば、アンネローゼの態度は決まっている。

「あなたは、わたくしが守りますわ」

「――――」

「なんですの、そのお顔は。まるで、わたくしの保証では不安とでも？」

堂々たるアンネローゼの宣言に、しかし振り向いたメィリィの顔は訝《いぶか》しげだった。そのことを追及すると、メィリィは「そうじゃないけどお」と唇を尖《とが》らせ、

「あなたって、わたしより年下の子よねえ。わたしの方がお姉さんでしょお？」

「年齢の大小で頼もしさが決まると思いますの？　それを言い出したら、エミリーが一番頼もしいことになりましてよ」

「う……エミリアお姉さんのことを言うのはズルいと思うわあ」

痛いところを突かれたと、悔しがるメィリィにアンネローゼは勝ち誇る。この通り、エミリアは傍《そば》にいなくてもアンネローゼの力になってくれるのだ。

「それに、わたくしは小父様《おじさま》からもあなたを任されていますのよ。あの小父様が、少しでも不安のあるところに未来を託すとお思いに？」

「……あの辺境伯のことはよくわからないわあ。説得力は、あると思うけどお」

自分の唇に指を当てて考え込むメィリィ。すると、彼女の着込んだローブの襟元が蠢《うごめ》いて、フードの内から小さな影が頭の上に乗り出してくる。

赤い甲殻の、小さな蠍《さそり》だ。それがメィリィの頭の上で、こちらに鋏《はさみ》を向けている。

まるで、メィリィのことは自分が守るとでも言いたげだ。

「ずいぶんと、頼もしい護衛を連れていらっしゃるようですわね」

「でしょお？　だから不安はないんだけどお……いいわあ。しばらく、あなたに守られてあげるわねえ、お嬢ちゃん」

「アンネローゼ、ですわよ。理想を言えば、アンネローゼ様とお呼びなさいな」

幼さを理由に、アンネローゼを軽んじる相手は少なくない。この手の返し方も、アンネローゼにとっては慣れたものだ。

思い返せば、初めてエミリアと会ったときも同じような言葉を交わした。

あのとき出会った礼儀知らずなエルフの少女を、こんなに大事に思う未来がやってくるなんて思ってもみなかったけれど。

「あなたが、わたくしの友人になれるか楽しみにしておりますわね」

「……似たようなこと、ペトラちゃんにも言われてるのよねえ。もしかして、このお屋敷ってそういう口説き方を教えてるのお？」

口元に手を当て、微笑《ほほえ》んだアンネローゼの言葉にメィリィが疑わしい目をする。

そこへ――、

「――いいえ、それは誤った考えと言えましょう。訂正」

「きゃあああ!?」

突然降って湧いたクリンドに背後を取られ、メィリィが甲高い悲鳴を上げる。

驚いて飛び跳ねたメィリィ、その頭から飛ばされた蠍《さそり》を、「危ない。救助」と素早く伸ばした手でクリンドが捕まえた。が、それでは蠍の怒りは収まらなかったらしい。

「指、挟まれてますわね。いい気味でしてよ」

「それは何とも心無いお言葉。ですが、甘んじて受けましょう。甘美」

「蠍とわたくしの辛辣さを同一視しないでもらえませんこと!?」

行きと同じく、帰りも瞬《まばた》きの速度で現れたクリンド。指に蠍をぶら下げた自分の家令に辟易《へきえき》としながら、アンネローゼはメィリィを見やる。

両手で頭を抱えて、いきなりのことに目を丸くしているメィリィ。さっきは、クリンドなんてどうってことないと言い張った少女だが――、

「見ての通り、癖が強いんですのよ。ですから」

「だ、だからあ？」

「わたくしたち、仲良くした方がよろしいと思いましてよ？」

目を細め、唇を緩めて微笑《ほほえ》んだアンネローゼに、メィリィが小さく唾を呑《の》み込《こ》む。

決して、メィリィは言わなかったが、呑んだ言葉は言わないのが正解だった。

――その悪い顔、ロズワールの親戚と聞いて納得だなんて屈辱的な話だったから。

「実は、僕は故郷ではお尋ね者でして……いえ、お尋ね者というのも正確ではないんですが、あまり大っぴらに出歩けない立場なんです」

そう、神妙な顔でオットーが告白したとき、正直、フレデリカは内心で「やっぱり」と納得する自分がいるのを抑えられなかった。

エミリア陣営の内政官であり、その知力と行動力から欠かせない人員に数えられるオットーは、スバルやペトラと合わせ、陣営の三大拾い物の一人と言える人物だ。

「ペトラとお二人を並べるのは、わたくしとしては引っかかるものがありますが……」

ともあれ、フレデリカは以前から、そんな頼れるオットーの頼もしさが、どんな経緯と経験で磨かれてきたのか疑問視していた。

これがロズワールのように出自が確かで、エミリアのように磨かれた経歴があり、ペトラのような輝く原石であれば納得はできる。が、これに当てはまらないオットーやスバルが、有体に言えばフレデリカは怖かった。

でも、これでようやく、オットーに対する怖さは終止符を打てる。

「安心しましたわ。オットー様はやはり、お尋ね者になられるような方でしたのね」

「やはり!?　しかも安心!?　何故《なぜ》!?」

「いえ、お気になさらず。わたくしの個人的な見解ですから」

「そう言われる方がずっと気になるんですが⁉　フレデリカさん、僕が手配されてる人間って方が自然って思ってたんですか⁉」

「……それぐらいでないと、辻褄《つじつま》が合わないとは」

口元の牙を手で隠しながら、目を逸《そ》らしたフレデリカは率直な考えを述べた。

途端、天地がひっくり返ったみたいな顔で、オットーが口をパクパクさせながら周囲に助けを求める。自分とフレデリカ以外の、同行した仲間たちに。

「まさか、皆さんまで同じこと言い出しませんよね？」

「気にッすんなよ、オットー兄《あに》ィ。姉貴の言ってッこたァ大げさなんだよ」

「フレデリカが大げさかはわからないけど、私は前に聞いたことがあったから、それで驚いたりしてないわ。私も、故郷の方だとみんなに怖がられてたから」

「エミリア姉様のそれ、オットーさんの事情とちょっと違うと思いますっ。そんな顔しないでください。もう、オットーさんが余計なこと言うから……」

「これ、僕が悪いんですかねえ⁉」

ガーフィールとエミリア、流れでペトラからの回答を得たオットーだったが、自分で大声を出したあと、発端が自分の故郷での立場にあると思い出した顔だ。

すぐに掌《てのひら》で顔を覆い、「ああ」と力なくこぼすと、

「今回は珍しく、本当にちゃんと僕が悪い事例でした……」

「自己解決したようで喜ばしいわね。それで？　故郷に帰りづらいのはわかったけど、い

つまでもここにいられないでしょう」

天を仰いだオットーを、そう辛辣に言葉で打つのは己の肘を抱いたラムだ。

だが、優しさのない彼女の言い分は正しい。現状はクリンドの権能を用い、ロズワール邸から目的地——商業都市ピックタットへ飛んできたところだ。

さすがに街中に飛ぶのは目立ちすぎると、近くの森に飛び、そこから街道に合流する予定だったが、そこで飛び出したのがオットーの告白である。

故郷でお尋ね者になっているせいで、里帰りしづらいという話だったが。

「しかし、ピックタットでなら帝国入りの方法を見つけられるかもしれない。そう提案したのは他ならぬオットーくんだ。君を欠く選択はありえないだろーぉね」

「それは、もちろんです。……ただ、皆さんに迷惑をかけてしまうのと、一応、僕も普通の人間なので自分が狙われている地に踏み込むのは勇気がいるなと」

「『普通の人間……』」

木立ちの一本に寄りかかり、俯《うつむ》いたオットーの言葉に全員の感想が重なる。

「普通の人間とは、またずいぶんと吹いたもんなのよ」

「吹いてませんけどねえ⁉」

呆《あき》れたベアトリスの言葉に、オットーが周囲の評価との乖離《かいり》を嘆く。

そんな、オットーの自己認識のズレはともかくとして——、

「オットーくん、ホントにダメそうなら言ってね？　スバルとレムを連れ帰りたいのはも

ちろんだけど、それでオットーくんが辛《つら》い目に遭ったら、きっとスバルも自分のことみたいにめそめそ泣いちゃうと思うから」

「めそめそするナツキさんは見てみたくはありますが……」

「オットーさん、真面目にして」

オットーのぼやきを聞いて、ペトラが可愛《かわい》い目をキリリと厳しくする。

エミリア陣営の誰も逆らえない、ペトラの強権発動だ。これを無視できるのは、豪胆なラムとのんびり屋なエミリアの二人しかおらず、フレデリカもお手上げである。

「その圧力に屈したわけじゃありませんが、大丈夫ですよ、エミリア様。話を円滑に進めるためにも、僕がいた方がいいでしょう。それに……」

「それに？」

「――いい加減、故郷と過去と向き合うときがきたってことなんでしょうね」

首を傾《かし》げるエミリアに、オットーが決意を秘めた目を遠方――商業都市に向ける。

因縁の故郷への凱旋《がいせん》、オットーの心情は決して穏やかなものとは言えないだろうが。

「幸い、陣営で一番の不安要素がない状態で、全部の戦力を同行していますからね。これよりいい条件で里帰りする機会は、きっともうないでしょう！」

「オットーさん、真面目にしてっ」

「あれえ⁉」

拳を握り固めたオットーに、ペトラの鋭い叱咤《しった》の声が飛んだ。

故郷でお尋ね者になっている上、里帰りの安心材料に武力を平然と数えている。そういう姿勢でいるから、『武闘派内政官』なんて呼ばれ方をしているのだ。

「賢いオットー様が、ご自分の足下だけちゃんと見えていらっしゃらないのが、わたくしはいつも本当に不思議でなりませんのよね……」

と、フレデリカなどは本当に素直にそう思わされるばかりなのであった。

5

——街の入口に置かれた検問を無事に通過し、商業都市に入ったところで感じた空気の変化に、ガーフィールは思わず牙を鳴らしていた。

「コスツールやらプリステラやら、他のッでけェ街とも空気が違《ちげ》ェもんだなァ」

竜車の屋根の上にどっかり座り、周囲を眺めながらそう首をひねる。

元々、閉ざされた森の『聖域』で育ったガーフィールは、自分の見分の狭さを自覚している。森を出て約一年、世界はいまだに様々な未知で溢《あふ》れ返っていた。

屋敷の最寄りの大都市である工業都市コスツール、直近の日々を過ごした水門都市プリステラに続いて、ピックタットは直接目にする三つ目の大都市——いずれもルグニカ王国の五大都市に数えられる街だが、それぞれの特色の違いに目を奪われる一方だ。

「この街ァそこかしこで臭いが違ってやがる……普通、統一感があんだがなァ」

「あ、私、知ってる！　ピックタットはね、東西南北と真ん中の五つの区画に分かれてるの。それで、それぞれの区画で売ってるものが全然違うんですって」

「へェ！　エミリア様、さすが勉強してんなァ！」

「ふふ、でしょ？」

屋根の上のガーフィールの呟《つぶや》きを聞きつけ、講釈してくれたエミリアが自慢げにする。

国政や王国の在り方、街の成り立ちに事業方針その他諸々《もろもろ》――エミリアの学びは順調らしく、こうした機会に披露される知識には頷《うなず》かされることも多い。

実際、エミリアの言う通り、街の各所を漂っている香りの違いは、それぞれの区画が商っている品々の違いが影響していそうだ。通りには店舗を構えた店と、その日限りの露店の類《たぐい》が入り交じり、街全体が『市場』めいた活気に包まれている。

商業都市の名に恥じない、活力と喧騒《けんそう》に満たされた大都市と言えよう。

「こっちァ知らねェ食い物の匂い……ありゃァ、見たことねェ反物だな。お！　齧《かじ》りやすそうなナイフがあったッぜ！　いったん竜車止めて……」

「ガーフ、目的を見失うんじゃないわよ。しっかり警戒なさい」

「がお……っ。い、言われなくッてもやってるってんだよォ」

目を輝かせ、露店で売られるナイフに目を付けたガーフィールをラムが叱責する。その一言に名残惜しくも露店から目を離し、ガーフィールは胡坐《あぐら》する膝で頬杖《ほおづえ》。

そうしながら翠《みどり》の目を細め――自分たちの竜車を意識する視線に、鼻を鳴らした。

「──オットー兄《あに》ィ、本当に狙われッてやがんだなァ」

首を掻《か》きながらそうこぼし、ガーフィールは積極的な敵意の表れにうんざりする。

一応、問題のオットーは外から見えないように車内に隠してあるのに、どういうわけか都市に入ってすぐから、ずっとチクチクした視線に追い回されているのだ。

「戻って早々追っかけ回されるたァ……恨み買いすぎだろ、オットー兄ィ」

詳しい事情は聞かされていないが、これだけ相手の動きが早いのだ。

巨悪の悪事を暴いたとか、揉《も》み消《け》された不祥事を掘り起こしたとか、数年来、恨みを買い続けるようなよほどの大ごとを起こしたのでなくては説明がつかない。

よほどの権力者を敵に回したのだとしたら、ガーフィールもお手上げだ。もしも、この視線の主が一斉に襲ってきても、敵の頼みが腕力だけなら押し返してみせるが。

「殴ってどォにもならねェ奴《やつ》だけァ、ロズワールを頼るッしかねェ……」

森の外に敷かれた決まり事は、殴り合いの強さだけで決着しないから難しい。

業腹《ごうはら》だが、その決まり事に皆が従う世界では、ロズワールの肩書きが猛威を振るう。それがガーフィールは気に入らないし、気に入らないことは他にもある。

そもそも、今回の旅にロズワールが同行しているのも、大いに不満だった。

「野郎の肩書きが役に立つってのとおんなじぐれェ、野郎がとんでもねッなく危ねェ野郎ってことも、『人見知りのアレグレロ』ってぐれェわかり切ってんじゃァねェか」

ヴォラキア帝国に飛ばされ、安否のわからないスバルとレム。二人のために自分たちは一丸とならなくてはならないのに、ロズワールは明確な不安材料だ。

ただでさえ、ガーフィールは自分がプレアデス監視塔に同行しなかったのを悔やんでいる。——無論、水門都市に残って得られたものを否定するつもりはないが。

「……一歩一歩、詰めなきゃならねェってのはきついぜ、大将」

焦るな慌てるなと、スバルであれば言ってくれそうに思える。だが、本人から聞ければ心強い励ましの言葉も、本人不在の状況では空《むな》しい希望でしかない。

懸命さだけが、この不安の壁を掘り進めるための掘棒になるとわかっていても。

「——ガーフ」

と、そう考え込むガーフィールの意識が、御者台からの声に引き戻される。

竜車の手綱を握るフレデリカ、彼女のわずかに硬い声に気を引き締め、ガーフィールは彼女の意識が向いた先、すなわち竜車の進路に目を留めた。

黒と青、二頭の地竜の頭を飛び越え、その先で待ち構える光景に——、

「なんだァ？」

それを見て、ガーフィールはとっさにどう反応すべきか、態度に困った。

道の先、半獣の姉弟の目を奪ったのは、通りの真ん中で大きく手を振る恰幅《かっぷく》のいい男性と、その傍《かたわ》らで柔和に微笑《ほほえ》んでいる品のいい女性の二人だった。

爽やかに進路を妨害する中年の男女は、ガーフィールたちの困惑に口を開いて、

「どうぞご心配なさらず！　息子の連れの皆様、ようこそ、スーウェン商会へ！」

「うえええ!?」と、車内のオットーが驚いて壁に頭をぶつけるような挨拶を、大きく大きく通りに木霊《こだま》させるのだった。

6

「遠路はるばる、ようこそいらっしゃいました。マゼラン・スーウェンと申します」

そう言って、商会の代表――マゼラン・スーウェンは突然の訪客を笑顔で歓迎した。

応接用の部屋に通し、香り高いお茶と茶菓子を振る舞われ、人好きする笑みで歓待されれば誰も悪い気はするまい。

「この子にして、この親ありね」

「それ、絶対にいい意味で言ってくれてませんよね?」

「ハッ」

歓待の姿勢を端的に評したラムは、耳聡《みみざと》いオットーに鼻を鳴らしてそう応じた。

もっと言葉巧みにオットーをこき下ろすこともできるが、慈悲深いラムには親の前で子をいたぶる真似《まね》なんてできない。父親だけでなく、母親も揃《そろ》った場ならなおさらだ。

「それにしても、オットーったら突然帰ってくるんだから。昔から、思い込むと周りがあまり見えなくなる子で、よく困らされました」

「あ、でも、それは今でも変わってないかも。オットーくん、よくスバルと一緒に突拍子もないこととして、私たちを驚かせるものね」

「オットー様のことを思って、正直な感想は控えますわね」

「わたしも、フレデリカ姉様とおんなじ答えにしますねっ」

そう、エミリアたちとほのぼのと談笑する品のいい女性が、オットーの母親であるフラミル・スーウェン。――ここに、陣営とオットーの父母の対面が叶《かな》ったわけだが。

「ラム？　どォしたよ。じっとオットー兄《あに》ィの父ちゃん母ちゃん眺めて」

「別に。ただ、オットーがご両親の血を色濃く受け継いでいるようだから、橋の下から拾われてきた線をラムの中から消していただけよ」

「そんな疑い持つ必要あります!?　男三人兄弟の真ん中ですが!?」

「念には念を入れて、よ」

「何のために!?」

久々の実家で気分が盛り上がっているのか、いつもよりオットーが一回りうるさい。親の前だからとはしゃぐ気持ちはわかるが、落ち着いてもらいたいものだ。

「なかなか話も弾んでいるところだが、いいかな？」

と、そんな形でお互いの最初の印象を交換し終えたところで、そう手を上げたのはロズワールだ。彼は快く歓待を受け入れながら、大らかな様子でいるマゼランを見やり、

「温かく出迎えていただき、一同を代表して感謝を申し上げます。それにしても驚きました。帰郷の手紙も出せなかったのに、通りがかるより早く出迎えられたもので」

と、ロズワールが口にしたのは、ラムも疑問を抱いていたオットーの両親の出迎えだ。

クリンドの摩訶不思議《まかふしぎ》な力で飛んできた一行は、オットーの里帰りを彼の実家に伝えていなかった。にも拘《かかわ》らず、彼らが屋敷の前で待ち受けていたのは何故《なぜ》なのか、と。

「ああ、そのことで驚かせたなら申し訳ありません。この都市では当たり前のことでしたので、特段触れることもいたしませんで。──オットー」

「う、はい」

「お世話になっている方々に、何もお伝えしていないのはどういうことだい。まさか、伝え忘れたなんて愚かなことは言うまいね？」

「ええと、それは……失念していました。自省の極みです……」

父であるマゼランの静かな追及、それに目を泳がせたオットーががっくり項垂《うなだ》れる。

いじり倒されるオットーはともかく、正論でやり込められるオットーは珍しく、ラムも静かな感慨を抱いて、やれやれと首を振るマゼランを見据える。

マゼランは柔和な顔つきの中、歴戦を思わせる髭《ひげ》を指で触りながら、

「不肖の息子の説明不足をお詫《わ》びします。ただ、本当に特別なことではないのです。ここ商業都市ではあらゆるものが商われる。積み荷に人、情報もです」

「──なーぁるほど。ある種、検問はそのために」

答えを聞いて納得するロズワール、その言葉に「左様です」とマゼランも頷《うなず》いた。

二人のやり取りに遅れ、ラムもようやく裏の事情を把握し、薄紅の視線を屋敷の外──

竜車が通過した、都市の検問の方に向ける。

　当然だが、街を出入りするための検問では、衛兵に積み荷や乗員を検《あらた》められた。その情報が流れれば、マゼランの対応も、刺々《とげとげ》しい視線の山も納得できる。

「ただ、都市の衛兵の口が軽いなんて、信用問題になるのでは？」

「口が軽いなどと、とんでもない誤解です。彼らは話すべき事実を、伝えるべき相手へともたらすだけ。そこには確かな信用があります。契約とも言いますが」

　勝機と商機、それらは同じ音で似た意味だと思わされる発言だった。

　欲深い商人たちが跋扈《ばっこ》し、鎬《しのぎ》を削り合っているピックタット——この地で代々続く商家を営むということは、相応の成果を出し続けるということが求められる。

　その求めに応えるため、マゼランは手段を選ばないという手段を選んでいるのだ。

　——数年ぶりの息子の帰郷をいち早く察知したのも、検問の情報が伝わった証《あかし》。

　だが、そもそもメイザース家の竜車にオットーが乗り合わせている可能性は、息子が現在、どこに所属して何をしているか知らなくては芽吹かない。

　つまり、何から何まで全部、執念深さすら感じる前準備と事前対応の成果と言える。

「ますます、この子にしてこの親ありだわ」

「……同感なのよ。でも、おかげで頼れる機運は高まったかしら」

　ラムの呟《つぶや》きに頷いて、そう小さな声でこぼしたのはベアトリスだ。

　ソファに深く座り、隣のペトラの肩にもたれたベアトリスは、生命線であるスバルと合流するまで『ショウエネ』状態で過ごさざるを得ない。余所《よそ》からマナを取り込めない分、消耗を抑えることが唯一の対症療法というわけだ。

それでも呟《つぶや》かざるを得なかった彼女のもどかしさが、ラムには痛いほどわかる。

ラムも、一刻も早くこの腕に抱きしめたい。――スバルではなく、レムを。

「それでこそ、危険を冒した意味もある。――オットー、話しなさい」

「冒した危険は全部僕に降りかかるんですが……おほん。父さん、実は相談があります。厳しい情勢と承知の上ですが、ヴォラキア帝国のことで」

「ほう、ヴォラキア」

大げさに眉を上げ、声の調子を変えてマゼランが反応する。

その仕草や声の調子、どれもが相手の思考を誘導する商人の話術が使われている気がしたが、息子がうまく看破するのを期待し、話を先に進めさせる。

オットーは父の反応に、「ええ」と表情を引き締めながら、

「僕たちは早晩、帝国へ向かう必要があります。できればこの大所帯の全員で。ただ、真っ当な方法では国境は越えられません。なので……」

「越境のための手段が欲しい。そこに手を貸してほしいと？」

「はい、そうです。手段や情報、父さんたちのそれを頼りに里帰りしました」

帽子を脱いで、真剣な顔でオットーが自分の父親に事情を打ち明けた。マゼランも、その説明で目的を把握すると、少し考え込むように目を細める。

それから、マゼランが何事か言おうと口を開きかけ――、

「――それはつまり、スーウェン商会の力を借りたいということでしょう？　だったら、それは相談とは言わないわ、オットー」

「母さん……」

マゼランの返事よりも早く、その話題を割ったのはフラミルだった。

エミリアたちと話していた彼女は、夫と息子の話にも耳を傾けていたらしい。振り向いた息子に、優しく「いい？」と笑いかける。

「言葉は正しく使い分けなさいと教えているでしょう？　そして、家族相手であろうと事情は変わらない。それも覚えているわね」

「う……はい、覚えてます」

「よろしい。じゃあ、あなたが持ってきたのは相談じゃなくて？」

背筋を正したフラミルが、微笑《ほほえ》みを絶やさないままオットーに手を差し伸べる。

わずかな困惑がエミリアやフレデリカから伝わってきて、ガーフィールも目を白黒させながら成り行きを見守っている。ただ、ラムとロズワール、それに察しのいいペトラは嫌な予感を覚えていて、自然と視線がオットーに集まった。

陣営の、そして両親からの目を向けられ、オットーは観念した風に嘆息する。

そして――、

「僕が持ってきたのは相談じゃなく、『商談』です」

そう、自分の立ち位置に線を引いた瞬間に、室内の空気の変化をラムは感じ取る。

柔和な、優しげな印象を与えるマゼランとフラミル、その表情は変わっていないが、劇的に本質が変わった。——言うなれば、それは果たし合いの空気だ。

その瞬間から、この屋敷はオットーの実家ではなく、商談相手の本拠地となった。

「——話をしましょう、父さん、母さん。僕たち、エミリア様を筆頭とした一団と、スーウェン商会との実りある商談を」

「それでこそ」

「私たちの息子だ」

脱いだ帽子を胸に当てて、見得《みえ》を切ったオットーに夫婦が揃《そろ》って唇を綻ばせる。

そのやり取りの、余所《よそ》から見た親子たちの異様なこと異様なこと。筆舌に尽くし難《がた》い禍々《まがまが》しさが漂っているが、紛《まぎ》れもなく親子だと、そう外野に確信させる態度だ。

もう何度となく思った感慨が、ラムの中に今一度蘇る。

その様子に薄紅の瞳を細めるラムの傍《かたわ》ら、張り詰める空気をまるで意に介していない様子のエミリアが、のほほんと一言。

「オットーくんって、なんだかお父さんとお母さんの両方とそっくりなのね」

微笑《ほほえ》ましげなその感想に、ラムは何とも頭の重い気分でため息をつくのだった。

《了》

『Stand by me Pleiades　ペトラの男前交渉』

1

――商業都市ピックタットにて開かれた、スーウェン商会との密《ひそ》やかな商談。

代表者は王選候補者であるエミリアで、後ろ盾である辺境伯のロズワールも同席し、息子のオットーが久々に里帰りした事実、それらを一切斟酌《しんしゃく》しないマゼラン・スーウェンとフラミル・スーウェンの姿勢は、いっそ拍手したいぐらい商人だった。

ともあれ、求めた『商品』の内容が内容だ。彼らが慎重になるのも当然のこと。

商談の焦点は国境を封鎖し、両国の行き来を禁止した南のヴォラキア帝国へ入国する手段――端的に言えば、密入国の斡旋《あっせん》であったのだから。

当たり前の話だが、密入国というのは違法な手段だ。

苛烈な方針で知られる帝国相手の密入国となれば、発覚すればタダでは済まない。

その上、今回の密入国に関わるものの立場――前述の、エミリアとロズワールの存在がかなり問題視された。

身近すぎて実感が湧かないが、二人は王国の重大な要人なのだ。特にエミリアは、辺境伯のロズワールと比べてさえ、比較にならない重要人物と言える。

「旦那様だけなら、旦那様が首を刎《は》ねられて終わりかもしれないけど、エミリア姉様のことがバレちゃったら、帝国との戦争になっちゃうかも……」

偏見の入った考察をしながらも、ペトラはそれが大げさでないと知っている。

――ペトラ・レイテは忙しく、それはそれはとても忙しく走り続けているのだ。

故郷のアーラム村を離れ、一人の責任ある人間として励むペトラには、日々学ばなくてはならないことが盛りだくさんだ。メイドとしての業務、メイザース辺境伯に仕えるものとしての教養、個人的な目標に向けた心身の鍛錬と、数える指が足りないほど。

そうして慌ただしく過ごすペトラの学んだ限り、王国と帝国との関係はすこぶる悪く、ちょっとの火種が理由で何度も国同士の諍《いさか》いが起こっていた。

その、歴史書に残る様々な記録によれば、ささやかな理由で始まった戦争なんていくらでもある。それらの火種と比べたら、エミリアの存在なんて火種どころではない。

火の魔石だらけの倉庫に、酔っ払ったオットーを投げ込むような危ない行いだった。

なので――、

「絶対に、エミリア姉様のことで足を引っ張らないようにしなくちゃ」

「――ペトラちゃん、いいですか？」

「ぴいっ」

まとめた荷物の上に座り、心構えを改めていたペトラの肩が大きく跳ねる。

いきなり声をかけられたからではない。声をかけてきた相手が、今しがた頭の中で酒を飲ませ、酔わせて魔石だらけの倉庫に放り込んだオットーだったからだ。

慌てて振り向くペトラ、その過剰な反応に部屋の入口でオットーが軽く笑い、

「ずいぶん可愛《かわい》い悲鳴でしたね。驚かせてしまいましたか？」

「う、ううん、大丈夫です。ただ、ちょうどオットーさんを火の魔石がたくさん詰まった倉庫に押し込んだところだったので」

「僕を火の魔石が詰まった倉庫に押し込んだ!?」

「あ、気にしなくて大丈夫です。全然、大したお話じゃないですからっ」

「ペトラちゃんの頭の中の僕には大問題なんですが……なんだかそういうところ、フレデリカさんの一番弟子って感じがしますね」

自分の想像のオットーを倉庫ごと撤去するペトラは、その言葉に目を丸くする。

嬉《うれ》しい褒め言葉だ。なにせ、フレデリカはペトラの憧れで、人生の目標なのである。

ペトラが色々と勉強するのは、もちろん想《おも》い人であるスバルに相応《ふさわ》しくなるためでもあるが、仕えているエミリアに迷惑をかけないことも大事であり、そして教育係であるフレデリカに恥を掻《か》かせないことも絶対の誓いなのだ。

だから、フレデリカと似ていると言われるのは嬉しい。

「でも、その褒め言葉はできればもっと大事なときに取っておいてほしいです」

「必ずしも、今のは褒め言葉とは限らないんですが……本当にペトラちゃんは向上心が高くて偉いですね。見習ってほしい人がたくさんいるな……」

「そうですか？　オットーさんも、ご褒美は高い場所に置いてある方がやりがいを感じる人だと思いますけど」

「なるほど。言われてみるとそうかもしれません」

簡単なことで褒められるより、難しいことを達成して褒められる方が嬉《うれ》しい。

そんなペトラの意見に頷《うなず》いて、それからオットーが「おっと」と眉を上げた。

「そろそろ約束の時間でした。それで呼びにきたんですが、準備は大丈夫そうですね」

「はい、ばっちりです」

本来の目的を思い出したオットー、その彼の前でペトラがくるりと回ってみせる。そのペトラの装いはいつものメイド服から一転、おろしたての旅装となっていた。

袖の広めの上着と膝丈のスカート、内側にはズボンを穿《は》いて動きやすくしてあり、オシャレさと旅支度の共存、そして求められる役割を自分なりに考慮した結果だ。

「変に目立たないように気を付けたんですけど、どうですか？」

「ええ、いい感じだと思います。普段、ずっとメイド服姿を見ているから、そういうペトラちゃんは新鮮ですね」

「む～、そういう感心って感じじゃなく、可愛《かわい》いかどうかのお話ですよ」

「ああ、すみません。可愛いです。似合っていますよ」

望んだ答えをさっと返され、ペトラは「ですよねっ」と満足して微笑《ほほえ》む。

悪目立ちしてはいけないが、埋もれるのも避けたい乙女心。その絶妙な塩梅《あんばい》を攻めた結果なのだから、ちゃんと品評してもらわなくては困る。

できれば、この格好《かっこう》もスバルに見せて、彼の声で感想を聞きたいところだったが――。

「大丈夫です。必ず、会えますよ」

「――」

「――？　どうしました？」

押し黙ったペトラに、オットーが不思議そうに首を傾《かし》げる。その反応が小憎たらしいのは、自分の発言がおかしいとちっとも思っていないところ。

ペトラの胸中を読み切って、それをひけらかしもしないところだ。

「――。オットーさん、こういうときは一回で正解言うんですよね」

「あれ、もしかして責められてます？」

「褒めてます。嫌々ですけど」

「褒められてる僕も釈然としないんだよなぁ……」

渋い顔で頭を掻《か》くオットーがぼやくと、それでペトラは溜飲《りゅういん》を下げる。と、それから丸い瞳を部屋の外、屋敷の玄関ホールの方に向けた。

オットーの言う通り、約束の時間――待望の、待ち人来たる時間である。

「案内役の人、そろそろいらっしゃるんですよね」

「ええ。レグンドラ家の協力もあって、帝国への密入国請負人の到着です。――その可愛《かわい》らしい服装だけでなく、勇ましい心の準備もよろしいですか、お嬢様？」

「生意気言わないの、下男のくせにっ」

と、からかうようにペトラの『設定』を確かめてきたオットーに、ペトラも笑って高慢に、自分の『設定』通りの返事をするのだった。

2

「――国境越えには、おたくらに土の下をくぐってもらう必要がありやすぜ」

深く被《かぶ》ったフードで顔を隠した案内役は、陰気な声で一同にそう言い放った。

背丈が低く、こびりついた泥の汚れが目立つローブを頭から着込んだ人物だ。顔も見せない相手だが、自分の父親と同じぐらいの年齢とペトラは当たりを付ける。

口数の多い人物ではないものの、それなりに場数を踏んだ人物の印象を受けた。大都市ピックタットの豪商、レグンドラ家に呼ばれても堂々としていたから。

「最低限、へりくだりはしても必要以上にビビらない。あたしらみたいな生業《なりわい》は、舐《な》められすぎても回らなくなるんですぜ、お嬢さん」

「あ……」

「すみませんねえ。あたしの方は顔を見せないのに、お嬢さんの顔色は窺《うかが》ってるなんて性格の悪いお話なんですが……ととと」

不躾《ぶしつけ》な視線を咎《とが》められた気がして、ペトラが思わず顔を伏せる。すると、そのペトラと案内役の間に大股で割って入り、ガーフィールが相手を怖い顔で睨《にら》みつけた。

「悪《わり》ィこた言わねェ、うちのお姫様を威嚇ッすんのァやめろや。おっかねェ目に遭うぜ」

「怖い目、ですか。それはおたくがあたしを？」

「いや、俺様だけじゃァねェよ。俺様以外も、だ」

牙を見せたガーフィールが顎をしゃくり、案内役の視線を外に向けさせる。その彼の視界に飛び込むのは、案内役を警戒するフレデリカとラムの二人だった。

二人ともペトラと同じく、メイド服でない旅装に身を包んでいるが、切れ長の瞳を細めた両者はその美貌も相まって、ちょっと、かなり迫力があった。

その迫力を後押しするみたいに、二人は案内役の視線に微笑《ほほえ》んで、

「舐められてはいけない生業、大いに結構ね。でも」

「わたくしたちも、見た目ほどやわな客ではないと言っておきますわ」

「……これは失敬、あたしの方が分が悪い」

フードをより深く被り直し、案内役が二人の眼力に降参する。その頼もしい姉代わりの二人を誇らしく思いつつ、ペトラは目の前のガーフィールの背中をつついた。

「ありがと、ガーフさん」

「ハッ、当たり前のことしただけだ。大将がいねェ間、陣営の仲間を守んのが俺様の役目

ッだかんなァ。ペトラお嬢様も、あんまちょろッちょろしねェでくれや」

「わたし、ちょろちょろなんてしないもん。子ども扱いしないで」

からかってくるガーフィールに頰《ほお》を膨らませ、ペトラはつついた背中を手で叩《たた》いた。

それから、関係を悪くしたいわけではない案内役に「ごめんなさい」と謝って、

「さっきはじろじろ見て失礼でした。その、案内役さんは……」

「ムジカ、それがあたしの名前でして」

「ムジカさんは、わたしたちを連れていってくれるんですよね？　その、帝国まで」

ペトラの問いかけに、案内役――ムジカは一拍ののち、深々と頷《うなず》いた。

その反応を受け、ペトラは静かな期待の高まりを胸の奥に感じ取る。ようやく行方不明のスバルたちのため、真の意味で捜索が始められるのだと。

――密入国の請負人、そんな相手との接触には相応の困難が待ち受けていた。

最大の難所はなんと言っても、ムジカと繫《つな》がりのある豪商、レグンドラ家との商談であり、スーウェン商会の仲介を入れても話し合いは難航した。――否《いな》、この場合はスーウェン家の仲介を入れたから難航した、と言えなくもないのだが。

「ディアドラさん、ご紹介ありがとうございました」

「――。いいえ、私の方にも益があってのことだもの。礼には及ばないわ」

ペトラの感謝の言葉にそう応じたのは、長い髪を豪奢《ごうしゃ》に巻いた女性――ディアドラ・レグンドラであり、ムジカと接触できたのは彼女の紹介のおかげである。

　ただし、ディアドラとの関係は複雑を極めた。なにせ彼女こそが、たびたびのオットーの里帰りを断念させた、彼と因縁ある都市の有力者本人だったのだから。

　オットーとディアドラの間にあった確執、それについては両者に落ち度があり、ややオットーの軽率な行動の責任が勝ると、彼の謝罪で和解へ至った形だ。

　もちろん、殺し屋にオットーを狙わせたディアドラの行動は行き過ぎていたが――、

「当時の、ヤケクソで周りを顧みない僕の行動が死に値した、と言われるのであれば、それもやむなしな言動だったかなと」

　過去の自分を振り返り、オットーは自分の非をそう全面的に認めた。

　ディアドラと話して事情を知り、オットーに謝らせると提案したのは他ならぬペトラだったが、口先だけでない謝罪だったからこそ、ディアドラの胸を打った。

　そうして真摯に問題と向き合ったオットーを見て、ペトラは思ったものだ。

「やっぱり、オットーさんってちょっとどこかおかしいんじゃないかな……」と。

「――ペトラ様、準備はよろしくて？」

「あ……」

　不意に、意識を思案から現実に引き戻され、ペトラは目を瞬かせる。

　一瞬、呼ばれ方に違和感があったが、自分を見るディアドラの視線にすぐさま『設定』を思い出し、ペトラは微笑《ほほえ》みで自分を武装、貫く『設定』を装い直す。

「――」

旅装のフレデリカとラム、それにガーフィールとオットーも、様付けで呼ばれるペトラの言葉を静かに、当然のように待ち受けている。

それだけでなく――、

「そう緊張なさらずに。安心なさってくださいねーぇ、ペトラ様」

「ええ、そうね。私たちのこと、すごーく頼りにしてくれていいんだから」

ペトラの後ろに並んで、そう声をかけてくる二人に頬《ほお》が引きつりそうになる。が、ペトラはその衝動に耐えた。だって、ペトラは訳ありな立場のご令嬢であり――、

「――ありがとう。頼りにしてるからね、ダドリー、エミリー」

そんな偽名を名乗る二人、ロズワールとエミリアを従える立派な主人なのだから。

3

――ヴォラキア帝国に密入国する際、最大の焦点はもちろんエミリアと、ついでにロズワールの正体がバレないことだった。

王国と帝国の関係性から、二人の素性がバレれば戦争を引き起こしかねないことは前述の通り。となれば密入国の最中、二人の正体は隠し通す必要がある。

そこで作られた『設定』が、ペトラを訳ありな令嬢に仕立て上げ、同行する面々を彼女の傍付《そばづ》きや腕利きの護衛、そうした立場に偽装するというものだった。

「なんだか不謹慎だけど、すごーくドキドキしちゃうわね」

とは、見慣れた『認識阻害』のローブを着込み、『エミリー』という偽名で護衛になりすましているエミリアの発言だ。

メイドであるフレデリカたちと、武官と文官であるガーフィールとオットー、彼女らは普段の立場と変わらないので違和感ないが、エミリアの存在はかなりの違和感だ。

元々、エミリアは嘘《うそ》をつくのも、隠し事をするのも得意ではない。

根が素直で正直な、善性の塊であるエミリア。彼女には嘘をつくとお腹《なか》が痛くなるという弱点もあった。もちろん、エミリアはやる気満々だが、そのやる気が空回りすることもよくあることなので、彼女の言動には全員が神経を尖《とが》らせている。

一方、そんな不安要素の塊であるエミリアと裏腹に――、

「――ペトラ様、喉は渇かれておられませんか？　何かあれば、この私に何なりとお申し付けくーぅださいね」

「……その顔がイラっとします」

「おっと、おやめください。下々のものを相手に敬語などと。普段のように居丈高に接してくださって、一向に構いませんとーぉも」

「……その顔がイラっとするから、あっちいって」

竜車の中、甲斐甲斐《かいがい》しく世話を焼いてこようとする相手に唇を曲げ、ペトラは自分でも

わかる可愛《かわい》げのない声でそう応じた。

当の言われた相手は楽しげな様子で引っ込み、それがとても腹立たしい。

そうしてペトラをイラつかせるのは、エミリアと同じく、そしてエミリア以上にこの状況を満喫しているロズワールだ。

『ダドリー』の偽名を用い、ペトラの執事として振る舞う彼の装いは、普段の奇抜な衣装ではなく、長旅を見据えながらも洒落《しゃれ》っ気《け》のある旅装だ。ただし、洒落っ気はあくまで主《あるじ》の添え物になるのを前提としたまとめ方で、主張しすぎないのが趣味に合う。

長い髪を一つにまとめ、道化の化粧も落とした素顔——ロズワール・L・メイザースを知っている人間ほど、この執事と印象は重ならないだろう。

「ちゃんと、お化粧の効果があるのがいやらしい……」

印象を大きく変えるという意味で、普段の奇抜な衣装と化粧の効果が生まれる。

エミリアと違い、『認識阻害』の効果に頼らなくても変装できるのだから、ロズワールの日頃の悪ふざけはちゃんと有効ということだ。

それを、スバルの救出に動いている状態で見せつけられると、ペトラとしては何も言えなくなってとても苦い気持ちになる。

「気持ちァわかるぜ、お嬢様。『クエのリンガは甘そうで酸っぱい』ってなァ」

そんなペトラの胸の内を、ガーフィールがわかってくれるのは救いである。

彼もペトラと同じで、ロズワールには思うところのある一人だ。言い換えれば、ロズワールを厳しい目で見ていよう同盟だ。

この同盟にはオットーも参加しているのと、もう一人の参加者がおり——、

「——ベアトリスちゃん」

「————」

ペトラの呼びかけに、膝の上の少女からの返事はない。ただ、人形のような白い寝顔をしている彼女の頬《ほお》を、ペトラはそっと指で撫《な》でた。

ペトラの小さな膝を枕に、『ショウエネ』状態を保つベアトリスが眠っている。

部外者のいる場で、ご令嬢設定のペトラに大層不敬な態度だが、問題はない。何故《なぜ》ならペトラとベアトリスは、姉妹という『設定』でムジカに説明してあるからだ。

ちなみに姉がペトラで、妹がベアトリスということになっている。

「ベティーの方がずっと年上なのよって、そんな風に怒ってたけど」

顔を赤くして文句を言うベアトリスを思い出し、ペトラは唇を綻ばせる。

いかにもベアトリスらしい物言いだが、ペトラの方が背が高いのだから仕方ない。ベアトリスと出会って一年と少し、ペトラの成長は少女を女性へ変えていく。

精霊であり、その愛らしい姿から変わらないベアトリスとは違っているのだ。

「こうやってお休みしてる間に、またわたしとの時間が開いちゃうね」

柔らかい頬に触れながら、ペトラはベアトリスの寝顔にそうこぼす。

スバルと早く再会したい気持ちは強いが、ベアトリスはペトラにとって大事な友達だ。

その彼女が眠りを強いられるのは、離れ離れでいるよりずっと辛《つら》かった。

「妹御のお加減はいかがです？」

と、ベアトリスを案じるペトラの耳を、竜車に並走するムジカの声が打った。

自前の地竜に跨《また》がり、一行を目的地へ案内してくれているムジカ。代表という『設定』のペトラと膝のベアトリスを案じるのは、気配りか機嫌取りのどちらだろう。

なんて、嫌なことを考えているなとペトラは首を横に振って、

「お気遣いありがとう。妹の様子は変わりない、かな」

「……ああ、馬鹿なことを聞きましてすみません。竜車に揺られて持ち直すんなら、そもそもこんな行脚の必要もありませんでしたね」

「――ですね」

言葉少なに答えながら、ペトラはいちいち慎重になる自分を戒める。

探りを入れているようにも感じるムジカの態度だが、上得意であるディアドラの言いつけを健気《けなげ》に守り、客人を気遣った故の態度とも言えるだろう。

物事、悪意ある受け止め方をすれば悪意になり、善意ある受け止め方をすれば善意になるということはよくあることだ。

「わざわざ、妹の心配をしてくれたんですか？」

「それもありますが、それこそわざわざ護衛の方々に睨《にら》まれてまですることじゃありませんのでね。――そろそろ、あたしらの仕事場が近いもんで」

「仕事場……」

フードで顔を隠したムジカの表情は見えないが、彼が仕草で正面を示したのがわかる。

それに従って顔を上げ、御者台のオットーの向こうに目を凝らす。

すでにしばらく前から街道は途切れ、本来であれば人の立ち入らない条件の揃《そろ》った土地へ入り込んでいたが、目的地はその奥にある。

そここそが——、

「——シャムロック峡谷、あたしらの仕事場ってわけです」

「——」

ムジカの声を聞きながら、目的地を前にペトラは目を細める。

商業都市ピックタットの東にあるシャムロック峡谷は、広い国土を持つルグニカ王国の中でも曰《いわ》く付《つ》きの地として知られ、様々な暗い逸話《だ》のある場所だ。

晴れない霧が立ち込め、濃度の高いマナが吹き溜まるとされるその土地には、死者の魂であるホロゥが彷徨《さまよ》っているとも言われ、ほとんど人が立ち入らない魔境。

「それだけに、密《ひそ》やかな国境越えにはもってこいというわーぁけだね」

「ええ、まさしくそういうわけでして。あたしらにとっても、あたしらを頼らざるを得ないお客人方にとっても、天の恵みってもんでしょう?」

「間違っちゃァいねェが、言い方ッが気に食わねェ」

ロズワールとガーフィールとのやり取りに、肩をすくめながらムジカの意識がペトラの方を向く。曰《いわ》く付《つ》きの峡谷を前に、ペトラの顔色を窺《うかが》うような態度だ。

しかし――、

「わたしたちにとって好都合なら、ホロゥの聖地でも何でも使う。いちいち、こっちの顔色を窺おうとしなくていいですから」

「……なるほど、豪胆だ。心強いお返事で、ありがたい限り」

当てが外れた驚きを声に滲《にじ》ませて、ムジカはペトラに恭しく頭を下げた。それに鷹揚《おうよう》に頷《うなず》くペトラを見ながら、ガーフィールとロズワールはそれぞれ、

「さッすが、うちで一番肝が据わってやがる」

「やはり、最初に推薦して正解だったねーぇ」

部外者に聞こえない声量で、堂々としたペトラの態度を称賛していた。

ガーフィールの称賛は素直に、ロズワールの称賛は話半分に受け止めながら、ペトラはシャムロック峡谷への到着を心待ちにする。

強がりでなく、ペトラにはホロゥを恐れたり、現実味のない曰くなんかで足を止めるような可愛《かわい》げはなかった。一刻も早く、霧の谷を通り抜けたい構えだ。

ただ、一抹の不安があるとすれば――、

「――フレデリカ姉様たち、大丈夫かな」

そう、二台に分けた竜車の片割れ、後ろをついてくる方の竜車に乗り合わせている面々の胆力が気遣われることだった。

4

――晴れない霧と濃密なマナに包まれたシャムロック峡谷。

ルグニカ王国からヴォラキア帝国へ抜ける、文字通りの『抜け穴』は曰く付きの魔境の奥地に掘られたものだった。

「魔境と言っても、道先案内人がいれば怖がるものではありませんけどね」

「オットーさん、ホロゥとか怖がる性格じゃありませんもんね」

「まぁ、実物を目にすれば色々と思うところはあるでしょうが、今のところはそれらしいものと出くわした経験がないもので、恐れようがないというか」

生きた人間の方が、それも百戦錬磨の商人の方がよっぽど怖い。それが竜車の手綱を握るオットーの意見であり、ペトラも概《おおむ》ね同意見だった。

実際、足場の悪いでこぼこ道であっても、地竜の『風除《かぜよ》けの加護』は健在で、オットーの愛竜であるフルフーが引いた竜車は問題なく踏破してくれる。

もちろん、条件はスバルの愛竜のパトラッシュが引いている竜車も同じはずだが。

「ひっ！　い、今霧の向こうに誰かの顔が浮かんでましたわ!?」

「風ね。霧が掻《か》き回《まわ》されて、たまたまそう見えただけよ」

「あ、待って、ラム！　誰かが霧の中から呼んでるみたい！　えっと……『死ぬまで出られない』ですって。大変！　助けにいかないと！」

「風ね。谷間にいるから、人の声みたいに聞こえるだけよ」

大人しく進むこちらと違い、ラムが手綱を握っている向こうはバタバタうるさい。

本人は隠したがっているが、フレデリカは実は怖がりだ。ホロゥや説明のつかない変な現象にとても過敏に反応してしまう。聞いた話だとエミリアもホロゥを怖がっていたことがあるそうだが、彼女の場合は人とホロゥの区別を付けるところからだ。

呪いの言葉を救難信号と捉えているうちは、フレデリカの境地は遠い。

「そんな境地、永遠に辿《たど》り着《つ》かれなくていいわ。おもりするのは一人で十分よ」

「ラム姉様……じゃなくて、ラムの考えに反論できない……」

ともあれ、物理的にもまとめ役としても手綱を握ったラムのおかげで、後続組も迷わず峡谷を抜けて、目的の『抜け穴』へ到着することに成功する。

「ここが……」

「――『常闇《とこやみ》』ってあたしらは呼んでます。何でも、百年以上も前の、あたしらの爺《じい》さんの爺さん世代が掘り進めた抜け穴って話でして」

「ムジカさんのご先祖様が掘り進めた……？」

「ええ、この爪で」

眼前、小高い丘の中腹に口を開けた洞穴を見つめ、圧倒されるペトラの前でムジカがゆっくりとフードを脱いだ。

それまで見せなかった顔が露《あら》わになり、ペトラたちは軽く目を見張る。

「これまでご無礼をすみませんね。どうにも、あたしらは嫌われ者でして」

言いながら、それまでローブの下に隠してあった両手――太く鋭い爪を備えた手を振って、焦げ茶色の短い毛で覆われた顔を見せたムジカが笑う。

丸い鼻に大きな口、小さい耳のある顔は鼠《ねずみ》に似ている。小柄なわりに丸い体は太っているのではなく、みっしりと強靭《きょうじん》な筋肉が詰まっているのを窺《うかが》わせた。

その目元は土と同色の短い毛に覆われ、フードなしでも確かめることができない。

それでもペトラの頭に、はっきりとムジカが何者なのかは浮かんできた。

「土鼠人《もぐらびと》？」

「ですです。実物はあまりお目にかからないでしょうが、一目で看破されるのはお嬢さんが博識だからか、それともあたしらの悪名が知れ渡ってるからでしょうかね」

「……勉強熱心だからだと思います」

「ちちち、お優しいことで」

小さなムジカの笑い声は、皮肉にも感謝にもどちらにも聞こえた。

ムジカの自嘲の根っこにあるのは、彼が嫌われ者と称した『土鼠人』への風聞と、迫害されてきた歴史が関係していると想像がつく。

それは、王選の勝利を目指すエミリアの掲げる理想とも無縁ではないもので。

「――アイリスと茨《いばら》の王」

とある戯曲の題名を口にしたペトラに、ムジカが無言で指摘を肯定する。

史実を題材にしたとされるその戯曲は、ヴォラキア帝国を発祥とする有名な物語だ。

主人公であるアイリスという少女が、『茨の王』と呼ばれる相手と恋に落ち、窮地に陥る彼を救うために大勢の協力を得て、災禍へ立ち向かう一大叙事詩。

あらすじだけ聞けば、いかにも大衆に愛される物語といった風情だが、この戯曲が長く人々の心に残り続けているのは、その結末が悲劇として括《くく》られるからだ。

物語の最後、災禍を退けた主人公のアイリスは恋人との再会を目前に、味方の裏切りに遭って命を落とし、愛《いと》しい相手との再会が叶《かな》わぬまま物語は終わる。

そして、史実に基づいたこの物語の登場人物には原型があり、『茨の王』とは当時のヴォラキア皇帝であると示す記述が多く見つかっている。結ばれずに命を落としたアイリスという少女の実在も確信されており、その物語で――。

「アイリスを裏切って悲劇を生んだのが、彼女と災禍を退けたはずの土鼠人《もぐらびと》と狼人《おおかみびと》」

「そのせいで、あたしらは先祖代々帝国には居場所がない。逃げ方を知らなかった狼人は滅ぼされ、あたしらの先祖は穴を掘って……」

「この、『常闇《とこやみ》』ができた？」

背後に深々と広がる暗闇を背負いながら、ペトラの言葉にムジカが頷《うなず》いた。それから彼は小さく笑い、「本当に勉強熱心な方で」と感嘆する。

「……どうして、わざわざそんな話を？」

「土鼠人《もぐらびと》の掘った穴ってだけで、拒絶反応が出る方もいらっしゃる。中に入ってからごねられても困りますんで、引き返すなら入口でって老婆心ですぜ」

「安心感を買うという意味もあるでしょうね」

訝《いぶか》しんだペトラにムジカが答えると、そこにオットーが口を挟んだ。

同じように『常闇《とこやみ》』を眺めるオットーは、ペトラの疑問視に指を立てて、

「土鼠人を取り巻く風評を知っていれば、ムジカさんが仰《おっしゃ》るような抵抗感を示す人もいるでしょう。でも同時に、ムジカさんのご先祖が帝国から逃げてきたと知れば、この洞穴が国同士を繋《つな》いでいるという説得力にもなる」

「……あ、わたしたちを騙《だま》して、中に閉じ込めるつもりはないってこと？」

「そういうことです。いかがです？　こちらが言い出さなければ、ムジカさんの方から説明があったのではと思ってるんですが」

「やれやれ、おっかない方々だ。あたしらの商売の邪魔立てせんでくださいや」

片目をつむったオットーの指摘に、両手を上げてムジカが降参する。それはオットーの推測が当たった証左であり、彼が営業妨害した証《あかし》とも言えた。

頼もしさに嘘《うそ》のないオットーだが、行商人としての性質なのか本人の気質なのか、身内以外に厳しすぎるのが玉に瑕《きず》だ。ディアドラを怒らせたのも、さもありなん。

「そういうところ、スバルがいてくれたらちょうどいいんだけどね」

「おや、柔らかいお顔をされる。そのスバルという方は？」

「わたしの婚約者です」

「ぶっ」

堂々と嘯《うそぶ》くペトラにオットーが盛大に噴き出した。そんな彼に舌を出しながら、ペトラはぽっかりと口を開けた『常闇』を見つめる。

この大穴が生まれた経緯と、帝国に通じているだろう安心感は手に入ったのだ。

「ここを通り抜けて、帝国に入って、目的を果たす」

「妹御を救うためとはいえ、勇敢なお嬢さんだ」

拳を固めたペトラの意気込みに、ムジカが静かな称賛を感嘆の吐息に乗せた。

そう感心する彼には、この密入国の目的をベアトリスのためと話してある。浅く眠り続けるベアトリスの病、それを癒《いや》す特効薬が帝国にあるという説明だ。

あながち、嘘でもない。その特効薬を必要とするのはペトラも同じ、というだけで。

「で、どォすんだ？　こん中の案内も、あんたがしてくれるってことでいいのッかよォ」

「大まかには。ただ、『常闇』って名前の通り、中は光の射《さ》し込《こ》まない真っ暗闇が広がってましてね。火を持ち込むと息ができなくなりますんで……」

「んで？」

「ここから先は、あたしの一族総出で付き合わせてもらいますぜ」

振り向くムジカの背後、ガーフィールの疑問の答えがわかりやすく提示される。

土を踏み、複数の足音が暗い穴の中から這《は》い出し、現れるのは十数人の集団——全員、ムジカと同じ泥汚れの目立つローブを着込んだ、土鼠人《もぐらびと》たちだった。

「——中では『風除《かぜよ》けの加護』を切らした状態が続きますんでね。どうか、あたしらの指示をしっかり聞いて動くように頼みますぜ。さもないと」

「さもないと、どうなるんですか？」

声の調子を落として、言い聞かせる姿勢のムジカがペトラの方を向く。その、双眸《そうぼう》の在処《ありか》がわからない顔と見合い、頰《ほお》を引き締めるペトラに彼は笑った。

笑って、続けた。

「この暗い暗い『常闇《とこやみ》』の中で、永遠に彷徨《さまよ》い続けることになるかもしれませんぜ」と。

5

前もって脅された通り、『常闇』の道中はなかなかに困難を極めた。

まず、土の壁に囲まれた道々の圧倒的な暗さ。元々、日の光が射《さ》し込《こ》みづらいシャムロック峡谷の土中、外からの光が入ってくる余地が全くない。

道には一定の間隔で明かりになるラグマイト鉱石が用意されているが、その間隔はかなり広く大きく、慣れていないペトラにはほとんど頼りにならなかった。

周りが見えないということの精神的な負荷は、想像するよりもずっと大きい。

事前に暗い道をいくとは聞かされていても、実際に体験すれば心構えは簡単に闇の中へと隠されてしまった。もう拾える見込みもなさそうだ。

その沈む気持ちをさらに陰鬱とさせるのは、『常闇』の中の湿った空気だ。

峡谷に立ち込める霧の影響か、土中の湿気は強く、空気に粘り気さえ感じる。せめて、蒸し暑さに汗を掻《か》かないのが救いだが、最低に最低を塗り重ねず済んだだけと言えた。

ただ、湿り気と冷え込みは体調を崩しかねない条件なので、その注意も必要だ。

だが、その両者は序の口に過ぎない。この『常闇』最大の難所、それは——、

「お尻痛い……」

そうこぼして、ペトラは座席から浮かせたお尻を手で撫《な》でる。

座り方を変えたり、荷物を挟んだりして色々と工夫しているが、こればかりは最適な解決法が見つからず、ペトラは延々とお尻の痛みに苦しめられている。

長旅に欠かせない地竜の『風除けの加護』だが、この『常闇』の中ではその加護が発動する条件が満たされない。必要なのは一定の速度と、地竜が足を止めないこと。暗いでこぼこ道の続く『常闇』では、あまりに高い壁だった。

「ペトラ様、大丈夫？　私の膝の上に座る？」

「エミリー……」

苦しむペトラを見かねて申し出たのは、竜車に同乗するエミリアだった。

ちゃんと宛《あて》がわれた役割に沿って、ペトラを主人として扱っているエミリア。『風除《かぜよ》けの加護』が効かない条件は同じはずなのに、薄暗い中でもピンピンして見える。

「エミリーはお尻痛くないの？」

「もちろん、ちょっぴり痛いけどまだまだへっちゃらよ。椅子に座ったままより、私の膝の上の方がまだ楽かなって思うんだけど、どう？」

「う、嬉《うれ》しいけど、でも……」

自分の太ももを手で叩《たた》いて、エミリアがペトラの弱い心を誘惑してくる。

彼女の誘いに乗って、その膝を借りられたらかなり楽になる気がする。しかし、それは案内役のムジカたちから見て、主従の自然な姿になるだろうか。

お尻の痛さを理由に、彼らに怪しまれるのは本末転倒だ。

「だけど、泣きそうなくらい痛いの……っ」

「無理しすぎちゃダメよ、ペトラ様。私なら大丈夫だから。この暗い道がスバルのところに続いてるんだもの。全然へっちゃらで我慢できるわ」

「わたしも、我慢するっ」

「ええ!?　どうして!?」

突然のペトラの掌返《てのひらがえ》しに、エミリアが目を丸くしている。が、このお尻の痛みを、スバルへの想《おも》いを試す舞台に変えたのはエミリアだ。

たとえ無自覚な一言でも、ペトラが引き下がるわけにはいかなくなったのである。

しかし──、

「……何が面白いの、ダドリー」

「──。この暗い中、ペトラ様には私の顔は見えないのでは？」

「見えなくてもわかるの。大抵、ダドリーがわたしに見せる顔はおんなじだから」

ぼんやりと、ほとんど手元しか見えない竜車の車内、向かいの席に座っているロズワールの顔のあたりを眺め、ペトラはそう唇を尖《とが》らせた。

耐え抜こうと決めた直後、やり取りを聞いていたロズワールが笑った気配がした。それがどんな顔なのか、ペトラの脳裏にはありありと浮かび上がる。

とんだ言いがかりとも言えるが、暗がりで楽しげなロズワールからの反論はない。その飄々《ひょうひょう》とした態度、ちゃんとラムやフレデリカに灸《きゅう》を据えてもらうべきだろうか。

「わたしがいくら言っても、ちっとも効果がないんだもん」

「そうね、私もそう思う。ロズ……ダドリー、そういうのってよくないわ」

「ふむ、どういうことかな？　エミリー、君が私に何を言うのか実に興味深いね」

と、むくれるペトラにエミリアが味方すると、ロズワールが挑発的にそう言った。

一応、普段はエミリアを立てる発言をしているロズワールだが、上下関係のない仮の身分、エミリーとダドリーの間柄を彼なりに楽しんでいるようだ。

その性格の悪い振る舞いに、ペトラはげんなりとした顔になるが──、

「立場の問題じゃないの。ペトラ様はすごーく一生懸命で、あなたもそれをわかってるく

せに悪ぶって……それって、子どもみたいで格好《かっこ》悪いわ」

「では、君は常に深刻に、しかめ面《つら》で不安に浸って旅するのが正しいと？」

「また悪ぶった言い方して。私だって、スバルとレムのことは心配よ。でも、ずっと暗い気持ちでいなくちゃなんて言わないわ」

「エミリー……」

すぐ隣のエミリアが、ペトラの肩を抱き寄せてロズワールと睨《にら》み合《あ》う。すぐ間近のエミリアの顔にも影がかかっているが、その紫紺の瞳の輝きは見違えようがなかった。

「ダドリーが言いたいこともおんなじでしょう？　でも、あなたはそれを口で言おうとしないし、伝わらなくてもいいと思ってて……それが子どもっぽいの」

「――――」

「スバルなら、自分のしてくれたこととかしたいことをちゃんと言ってくれるわ。私も察しがいい方じゃないから、その方が嬉《うれ》しいことがちゃんとわかるの。いい？」

子どもに言い聞かせる調子でロズワールに言い、それからエミリアは「ペトラ様」とすぐ間近のペトラを見下ろした。

「ダドリーはあんな調子だけど、悪気は……あるかもしれないけど、それってペトラ様や私たちに向けてるんじゃなくて、自分に向けてるものだから」

「自分に、悪気を？」

「そう。すっかり大人なのに、甘えん坊なんだから」

訂正、子どもに言い聞かせるんじゃなく、手のかかる子どもに言い聞かせるの方が正しかったらしい。

そのエミリアの言いように、ペトラは思わず「ぷ」と笑ってしまう。

彼女にかかると、色んな殺伐とした物事は全部が柔らかい布に包まれたみたいな世界観に落とし込まれる。ロズワールの性悪さも甘えん坊扱いだ。

そしてそれが的外れでないことは、ロズワールの反論がないことが裏付けている。暗くて顔の見えないロズワールは、エミリアの言いように嘆息すると、

「ペトラ様、どうせなら気を紛《まぎ》らわすのに魔法の練習をされては？」

全く違う話題で、自分への矛先を逸《そ》らそうと試みてきた。その全く潔くない態度を見ると、エミリアの言い分にも確かにと頷《うなず》ける。

「魔法の練習って、ここで？　こんなに真っ暗なのに？」

「暗い方がかえって集中しやすいかーぁもですよ。瞑想《めいそう》し、自分の内を巡るマナの流れを把握するのは習熟の基本です」

「形勢が悪くなった言い逃れじゃなくて？」

「それもないとは言いませんが……ここはマナの密度が濃い。いーぃつもよりも、マナを感じやすい条件が揃《そろ》っていますよ」

暗闇の中、そう答えるロズワールがどんな顔をしているのかはわからない。

ただ、彼が話題を誤魔化《ごまか》すため、魔法について嘘《うそ》をついたり、適当なことを言うことは

ありえない。この数ヶ月、彼の魔法の生徒になったペトラには確信があった。

「――――」

その言いなりになるのは癪《しゃく》だが、ペトラは目をつむり、意識を己の内に向ける。

瞼《まぶた》を閉じても、外と暗さに大差はない。しかし、強制的に視覚を閉じた状態は、確かに普段以上に己の内側の、マナの循環を意識する手助けになった。

体を流れる血と同じように、マナも全身を循環する。ただし、心臓の鼓動に合わせて流れる血と違い、巡るマナには音がない。それを辿《たど》るのは難しいが――、

「音ではなく、色や熱で捉えてごらん」

「――――」

その助言が的確すぎて、苛立《いらだ》つより早く、世界の捉え方が変わった。

流れるマナに色を付ける。思い描いたのは好きな色、桃色のマナがペトラの中を巡り、水を吸う植物みたいに色が広がっていく。胸を、頭を、手足を――、

「目を、開けてごらん」

言われ、目を開けた途端、ペトラは一変した『常闇《とこやみ》』の姿に驚かされる。

手元がやっと見えるかどうかだった暗闇の中、ペトラの目には世界が桃色に、もっと正確に言えば桃色の濃淡で、人や物が区別できる状態になっていた。

ぼんやりと暗い空間に、淡い桃色の光を纏《まと》った人や物が見えている形だ。正面の、ロズワールの顔が桃色になりつつも、その表情までちゃんと見える。

「――――」

ロズワールはまるで、ひとりでに立ち上がった赤ん坊でも見るみたいな目をペトラに向けていた。それがわかって、ペトラはバツの悪さに目を逸《そ》らした。

すると、すぐ隣にものすごい大きな桃色の塊があってビックリする。

「ええ!? これ、エミリー!?」

「え？ なに？ どうしたの？ 私、何か変なことしちゃった？」

「変なことしちゃったっていうか、桃色の塊になってる……」

「桃色の……なんだかすごーく甘そうね」

ふわふわしたことを言う桃色の塊に、それがエミリアだと確信が持てる。

この『常闇』の環境も手伝い、ペトラの目には今、マナが可視化された状態なのだ。人や物、大気中のマナ――エミリアは、とんでもない量のマナの持ち主であるらしい。

以前から、屋敷でスバルと一緒に必殺技の練習と、一帯を氷漬けにしていたことがあったが、あれの正体も膨大なマナで力任せにやっていたのだと納得がいった。

「ベアトリスちゃんも、やっぱりマナの塊なんだ……」

エミリアの傍《かたわ》ら、座席で寝かされているベアトリスも輪郭がわからないぐらいのマナの塊だ。量ではエミリアが圧倒するが、圧縮具合はベアトリスの方が強い。

精霊という、マナで体ができている存在であることの成果か。

「でも、こんなの……ダドリーにはいつも世界がこう見えてるの？」

「そこまで極端なものではあーぁりませんよ。それはペトラ様の得意な属性が、肉体に作用する陽属性だからこそでしょうねーぇ」

「陽属性……」

首を振ったロズワールの説明に、ペトラは自分の手を見下ろして呟《つぶや》いた。

魔法には六つの属性があり、基本は火・水・風・地のいずれかに属するものが多い。ペトラの場合はそこから外れた陰陽、その陽属性に当てはまるということだ。

自分の属性の判明、それ自体は今後の魔法の習得の大いなる一歩と言えるが――、

「スバルとベアトリスちゃんと一緒の陰属性がよかったな……」

「ガッカリとは贅沢《ぜいたく》な。陽属性は珍しいので、掘り出し物ですよーぅ？」

「珍しいかどうかはあんまり重要じゃないもん」

食い下がるロズワールに、ペトラは敵愾心《てきがいしん》ではなく本心でそう答える。

スバルたちと違う属性なのも残念だが、珍しい属性はそれだけ先駆者も少なく、上達するための道が狭いことが予想され、そこがペトラ的には減点なのだ。

ペトラが歩くことを決めた道のりは、幼いことを言い訳にできない場所なのだから。

「でも、すごいわ、ペトラ様。じゃあ、暗い中でも周りが見えてるの？」

「ええと、そうみたい。後ろの、フルフーちゃんが引いてる竜車も、中にいるフレデリカ姉様たちもよく見えるし……」

胸の前で手を合わせたエミリアに答え、ペトラは周りを見回してみる。

『常闇《とこやみ》』と呼ばれる暗闇も、今のペトラの目にはその全部が桃色につまびらかだ。と言っても、壁の向こうが透けて見えたり、はるか先の帝国が見通せるわけではない。

せいぜい、ペトラたちの竜車を先導するムジカ率いる土鼠人《もぐらびと》たちの動きや、フレデリカの膝を枕に寝転がっているラムの様子が見えるぐらい。

「ラム姉様、くつろいでて羨ましい……あとは、ちょっと前の方の道が光ってる？」

進路の先に目を向け、ペトラはやけにマナの光が強く感じる地点に気付く。

あと十数メートルで竜車が通過する地面、そこに多くのマナが吹き溜《だ》まっていた。それを目にしたペトラの反応に、ロズワールが「前の、道？」と小さく呟く。

ペトラの話を聞いて、マナ溜まりの講釈を始める——という雰囲気ではなかった。

実際、その隙も余裕もなかった。——事態は、それより早く急変したからだ。

「——あうっ」

突然、座席を真下から突き上げられる衝撃にペトラが苦鳴を上げる。

竜車が問題のマナ溜まりを踏んだ瞬間、竜車全体が大きく弾んだのだ。それも、ただ弾んだだけでは済まず、竜車全体が大きく傾いて、前後左右に揺れる。

「——ペトラちゃん！」

伸びてくる腕がペトラを抱き寄せ、ぎゅっと頭を抱え込まれる。全身を襲う激しい揺れに揉《も》まれ、ペトラは自分を乗せた竜車が『落ちた』と理解した。

そう、落ちていく。土中の竜車が、さらに暗闇の奥深くへと落ちていくのだ。

「――ッツ」

竜車の軋《きし》む音に紛《まぎ》れ、パトラッシュの悲鳴が高く尾を引いた。

当然だが、竜車が落ちれば地竜だって巻き添えだ。ペトラとエミリア、そしてロズワールとベアトリスを乗せた竜車は衝撃に揉《も》まれ、揉まれ、地の底へ落ち――、

「――と、まった？」

まるで、永遠のように感じられた転落も、やがて終わりがやってくる。

エミリアの胸に頭を抱かれたまま、ペトラは息も絶え絶えに呟《つぶや》いて、それから自分の周囲、特に無防備だったベアトリスの存在に思い至る。

「――！　ベアトリスちゃ……」

「大丈夫、私の方で確保しているよ」

焦るペトラに答えたのは、斜めに傾いた車内で膝をつくロズワールだ。

変わらない暗闇の中、桃色のマナの多寡で人を見分けるペトラの視界には、ロズワールがその腕にしっかりベアトリスを抱きとめているのが映り込んでいた。

その事実に対する安堵《あんど》と、次いで湧き上がるのは状況への疑問だ。

マナ溜《だ》まりを踏んだ途端、竜車の足下が抜けたような感覚があった。

「ムジカさん！　何があったんですか？　そっちは無事で……」

「――手荒い真似《まね》をしてすみませんね、お嬢さん方」

車外からの応答、それがもたらしたのは安堵より警戒だった。静かな落ち着いた声音、

それが状況を意外に感じていないように聞こえて、ペトラは息を呑《の》む。

手荒い真似を、とムジカは言った。手違いがあった、ではなくだ。

「これはあなたたちの仕業なの？」

身を硬くするペトラに代わり、そうムジカに問《と》い質《ただ》したのはエミリアだ。

毅然《きぜん》とした彼女の声には、強い決意がみなぎっている。――すなわち、相手の答え次第では実力行使を厭《いと》わない、という類《たぐい》の決意だ。

それが相手にも伝わったのだろう。ムジカは「およしなさい」と声を投げかけ、

「この『常闇《とこやみ》』であたしらとやり合うのはおススメしませんよ。ここは狭くて暗くて湿っぽくて、あたしたちの世界だ」

「――。わたしたちを、どうするつもりなんですか」

事ここに至って、これが事故である可能性は完全に失われた。これが意図的に仕組まれた状況であるなら、ムジカたちには相応の目的がある。

それを問い質したペトラの目に、桃色の光の弱いムジカがため息をついたのが見えた。状況を仕組み、優位に立ったはずのムジカの、ひどく疲れたようなため息が。

そのことをペトラが訝《いぶか》しむ傍《かたわ》ら、車外のムジカは言った。

「大人しくしていれば、悪いようにはしませんぜ。――お嬢さん方にはただ、王国相手に交渉するための人質になってもらいたい。それだけですんで、ね」

6

——不自由を強いられると、そう前置きのあった『常闇《とこやみ》』からの密入国。

人目を忍び、暗く湿った洞窟の中を進むと言われ、ペトラはこれもスバルたちを取り戻すためと、どんな不便にも屈さない覚悟で『常闇』へ臨んだつもりだ。

もちろん、快適な旅になるなんて欠片《かけら》も期待していなかったが——、

「……あんまり、こういう不便のことは考えてなかったなって」

「この状況の感想がそれですかい。本気で大したお嬢さんですぜ」

思わずこぼしたペトラの一言に、それを聞きつけたムジカが低い声で笑う。

そのこもった声の陰気さと、置かれた閉鎖的な状況にペトラはがっくり肩を落とした。

ペトラの目に見えたマナ溜《だ》まりは、ムジカたちの用意した落とし穴であったらしい。事前に看破する余地があったのに、初めての経験だからと見落としたのが口惜しい。

そのせいで自分たちは地下の地下に落とされ、竜車も横倒しになってしまっている。

「うちの子……パトラッシュちゃんは無事ですか？」

「——？　ああ、この別嬪《べっぴん》な地竜ですか。驚かせはしましたが、土は柔らかくしときましたんでね。汚しても、怪我《けが》はさせちゃいませんぜ」

「——ッッ」

「とと、この通りでさ」

ムジカの言葉では足りないと思ったのか、パトラッシュの鳴き声が暗がりに響く。

オットーと違って地竜と話す手段はないが、その鳴き声が逼迫《ひっぱく》したものでないのは何となくわかった。少しだけ安心する。パトラッシュも、大事な仲間だ。

帝国に飛ばされたスバルたちを心配するのは、人間に限った話ではないのだから。

「パトラッシュちゃんが無事なのはよかったけど……後ろの、フレデリカ姉様たちの竜車と引き離されてるんだよね」

現状、『常闇』の中で二台の竜車は分断され、下層のペトラたちと上層のフレデリカたちとでは接触を断たれた状態だ。その状況の設定も、ムジカたちがこちらの行動を押さえるために仕組んだことだろう。ここまでは完全に彼らの掌《てのひら》の上だ。

その上、彼らがこうまでした理由というのが――、

「――王国との交渉、君たちはそう言っていたようだが」

静かに、極力感情を抑えた声で、同じ車内のロズワールが言葉を発した。

意識のないベアトリスを傍《かたわ》らに置いたロズワールは、車外からこちらを牽制《けんせい》するムジカたちの位置を正確に目で追いながら、

「私の聞き間違いかな？　このほの暗い、穴の底から王国と交渉とは」

「聞き間違いなんかじゃありませんぜ。あたしらはお嬢さん方を人質に取った。いいとこのお貴族様なんでしょう？　でしたら、王国も耳を貸す気になるはずだ」

「お、王国にわたしたちの話をするんですか？」

「ええ、そうですぜ。……ああ、密入国の件が漏れることがご心配で？　それに関しちゃ運がなかったと思ってもらうしかないですな。今日このとき、お嬢さん方があたしらの住《す》処《か》を通りたいと言ったのは、一種の天命ってやつとしか言いようがない」

ペトラの声の動揺、その意図をムジカたちは取り違えている。

それを、彼らの察しの悪さと評価するのは酷だろう。ペトラたちは彼らに身分を偽《いつわ》っているのだ。ムジカたちは真実に辿《たど》り着《つ》きようがない。

ただ、ムジカたちの認識が事実と食い違っていたとしても、王国への問い合わせがペトラたち――ひいては、エミリア陣営に取って都合が悪いのは間違いなかった。

「エミリア姉様の密入国がバレちゃう……」

今回の密入国は、帝国にバレるのはもちろん、王国にバレても十分都合が悪い。

王選候補者の違法行為となれば、王選への影響は避けられないし、おそらくは行動を監視され、王国からの出国は叶《かな》わない事態となるだろう。

「悪いことしようとしてるんだから、そのことを告げ口されて怒る資格なんて、私たちにはないけど……ないけど、すごーく困るわ」

「お嬢さん方に恨みはない。ですんで、そちらの妹御のことは胸が痛いですぜ。ただ、それを含んで、あたしらに従ってもらいます」

「どうしてもなの？」

「ええ。あたしらも遊びじゃない。逆らうのは、おススメしませんぜ」

話し合いでの解決を望むエミリアに、しかしムジカの答えは取りつく島もなかった。その答えに、『常闇《とこやみ》』の冷たい空気が一段と冷たくなった気が——否《いな》、違う。

「——そう。すごーく、残念」

ムジカに答えを返され、眉尻を下げたエミリアが、実際に気温を下げているのだ。

意外と短気なエミリア、その我慢の限界が近付いている証拠である。その事実にペトラが気付いたのだ。ロズワールも気付いているだろうに、止めない。

その答えは明白。——実力行使で、呆気《あっけ》なく事が片付く自信があるのだ。

「ムジカさんたちには可哀想《かわいそう》だけど……」

落とし穴の頭上を思えば、分断されたそちらの竜車にもガーフィールが乗っている。フレデリカやラム、オットーの機転もある以上、あちらも窮地とは言えないだろう。

最初の落とし穴にこそ驚かされたが、ムジカたちは決して選んではいけない相手を獲物に選んでしまった。——だから、彼らの目的は叶わない。

「そこまでして、王国と何を話したかったんですか？」

「ペトラ様？　彼らとこれ以上話しても……」

「ダドリー、いいから」

口を挟もうとしたロズワールを制し、ペトラはムジカたちの目的を問うた。

交渉したいわけではない。ただ、彼らの望みに興味があった。貴族と目したペトラたちを人質に、王国相手にどんな交渉を持ちかけるつもりだったのかと。

身代金目的の犯行だとしたら、失うものが大きすぎる賭けだ。

そうではない目的がきっとある。そう思うペトラの問いに、ムジカはしばし黙り——、

「——王位の選抜戦、お嬢さん方もご存知《ぞんじ》でしょう」

「——え？」

その、思いがけない方向からの衝撃に、エミリアが思わず息を詰めた。

当然、驚きはペトラにもあった。何かしらの特別な理由がムジカたちにはある。そう思って問い詰めたとはいえ、それが王選と繋《つな》がるのは予想外だ。

まるで狙いすましたような話題に、図らずも硬直してしまうペトラたち。その様子に気付いているのかいないのか、車外のムジカは話を続ける。

「国を揺るがす一大事だ。お嬢さんは、贔屓《ひいき》の候補者なんかいらっしゃるんで？」

「えっと、どうでしょう。まだ、見極めの真っ最中というか」

「実に慎重で奥ゆかしい答えだ、いい意味で。もちろん、あたしらも王選には注目してましてね。——ただし、悪い意味で」

「……どういう、ことなの？　悪い意味で、王選に注目してるって」

思わせぶりな言い方がもどかしく、エミリアがムジカの真意をそう問い質《ただ》す。

エミリアの立場からすれば、そう聞きたくなって当然の話だ。図らずも、当事者の当事者となったペトラたちに対し、その前のめりさをムジカはどう思うのだろうか。

そんなペトラの疑問を余所《よそ》に、ムジカはエミリアの問いに答える。

それは——、

「あたしらは王国に掛け合いたいんですよ。その王選に参加するハーフエルフ、エミリアって候補者の辞退を。お嬢さん方には、そのための人質になってもらいたいんです」

と、本当にエミリア陣営にとって、都合の悪い目的の告白であった。

7

「エミリアの、辞退……」

ぽつりと、そう呟《つぶや》かれる声を聞いて、ペトラは激しい後悔に襲われた。

ムジカの話になど、耳を傾けるべきではなかった。非情なロズワールの背中を押して、問答無用で相手の企《たくら》みを打ち壊してしまうべきだったのだ。

それをしなかったせいで、不用意にエミリアを傷付ける結果を招いてしまった。

「——。どういう、ことなんですか？」

そう後悔してすぐ、ペトラはムジカの真意を引っ張り出そうと判断した。

その言い分を詳しく語らせることで、余計にエミリアが傷付く可能性はある。でも、すでに放たれた矛はエミリアの胸を突いてしまった。なら、その矛に毒が塗られていたり、どのぐらい力が入れられていたのかを知らなくては。

傷の深さがわからなくては、手当ての仕方もわからないのだから。

「王選は王国にとって、とっても大事なことだってムジカさんも言ったじゃないですか。それなのに、その決まり事が簡単に変わったりしません。そんなの、わたしたちを人質にしたって……」

「お嬢さん方の命ぐらいじゃ国は揺るがない。そう言いたいわけですかい」

「……そうです」

冷静な受け答えを交換して、ペトラの胸は疑問に満たされる。

理屈の通った話ができているのだ。それはペトラもだが、ムジカの答えもそうだ。彼の答えには澱《よど》みがなくて、ペトラを無理やり黙らせようともしてこない。

冷静だ。だからこそ、この行為は矛盾だらけだった。

「立場だけなら、わたしたちは裕福な側の人間だと思います。でも、それは全体で見たらの話で、王国の真ん中にいる人たちの意見は違うと思うから」

「こんな真似《まね》をしても意味なんてない。そう、お嬢さん方はあたしらを説得なさると？」

「説得されてくれるなら」

ペトラの答えに苦笑するムジカ、そのことからも判断力は失っていないとわかる。

彼にもわかっているはずだ。少なくとも、表面上の情報だけなら、ペトラたちの存在はエミリアの王選参加を取りやめさせる決定打にはならないと。

実際には決定打どころの話ではないのが、事をややこしくしてしまっているのだが。

「――――」

ちらと、無言のロズワールに見つめられ、ペトラは顎をしゃくってエミリアを示した。

それだけで、察しのいいロズワールにはペトラの思惑がわかるだろう。

ただでさえ、スバルたちの心配で潰れてしまいそうな胸に、いきなり予想外の重石《おもし》を乗せられてはたまらない。だから、この重石は取り除かなくてはならないのだ。

他ならぬ、エミリアの未来のためにも――、

「いざってときの方法は、いざってときまで使わないでおけるもん」

本当の本当にどうしようもなくなれば、全てをご破算にする方法はいつでも取れる。

でもそれは、もしもスバルがこの場にいれば、最後の最後まで考え抜いて、何かを犠牲にしてそれでも無理なときに手を伸ばす手段だ。

色々と勉強して成長した実感のあるペトラだが、その真ん中にどっしりと根を張っているのはスバル流の哲学でありたい。彼の信念を実践したい。

だからここで、ムジカと対話の意思を投げ捨てることをしたくなかった。

「聞かせてください、ムジカさんたちの気持ち。説得するための材料が欲しいので」

「……なんて要求しなさる。言っておきますが、あたしらは国相手に交渉したいんであって、お嬢さんを納得させる必要はないんですがね」

「わたしみたいな小娘も言い負かせない訴えなら、国も相手しないと思います」

「――。時間稼ぎなら、無意味ですぜ」

「そんなつもりないです」

じっと竜車の外から注視される気配に、ペトラは堂々と嘘《うそ》をついた。

実際、時間稼ぎというならそれは本当のことだ。ただし、ペトラが稼いでいる時間は自分たちのためではなく、むしろムジカたちのためのものだった。

この会話を打ち切った瞬間、ロズワールは容赦なくムジカたちを一掃する。たぶん、それでペトラやエミリアたちは無事に窮地から抜け出せるだろう。

でも、それだとエミリアの胸に刺さった棘《とげ》を抜く方法はなくなる。

「それは、絶対にダメだもん」

棘も痛みも、時間が解決してくれることかもしれない。しかし、ペトラたちはこれから危険や未知が待ち受ける帝国に乗り込むところなのだ。

そこに傷心のエミリアを連れていくのは不安だし、何よりペトラが嫌だった。

エミリアに、痛く苦しい思いを味わわせたままにしてしまうことが。

「なんで、エミリア様に王選をやめてもらいたいんですか？　やっぱり、エミリア様がハーフエルフだから？」

「それ以外に何がありますか？　それで十分、退く理由にはなりましょうが」

挨拶代わりの質問、それがいきなりの正解を引いてペトラは唇を尖《とが》らせた。

それはあまりに聞き慣れた論理だ。エミリアを嫌う人の大部分は、ムジカと同じようにその出自を理由に挙げる。その問題の根深さは、ペトラも知っているつもりだ。

でも、それを言われるたびにペトラは悔しかった。

その、何も知らない人たちが口にする『ハーフエルフ』と、ペトラの大好きな『エミリア』とを勝手に一緒くたにされる現実に。

「そんな言い分、聞き飽きるぐらい言われてますね」

「それだけ同じことを思ってる方々が多いって証拠じゃありませんかい。国の王様になろうって候補者が、大勢にそっぽ向かれてちゃお話にならんでしょう」

「だからって――」

――誰も、ムジカたちみたいな強硬手段には出ない。

そう言おうとして、ペトラはとっさに口を噤《つぐ》んだ。彼らを怒らせるのが怖かったのではない。自分の言いかけた発言が、もっともだと自分で思ってしまったからだ。

「――――」

エミリアを嫌う人の大部分は、確かにムジカたちと同じ見方をしている。しかし、その人たちがみんな、エミリアに王選を辞退させようと暴れたりはしない。

銀髪のハーフエルフが、王様に選ばれるはずがない。

ペトラも憤慨を覚えるが、それが一般的な国民感情という現実だ。エミリアに勝ち目がないと思う人が大半の中、どうしてムジカたちは行動を起こしたのか。

それは、声を上げる理由のないものたちと、ムジカたちの立場が違っているから。

「――エミリア様が王選に出てると、土鼠人《もぐらびと》の皆さんは都合が悪いんですか？」

「──っ」

ペトラの口にした思いつきに、ムジカの反応がほんのりと尖《とが》った。

その手応えに、ペトラは自分の考えが的外れではなかったらしいと推測を進める。

エミリアの台頭をムジカたち──土鼠人《もぐらびと》が都合悪く思うのは何故《なぜ》なのか。

道中でも話した通り、土鼠人と言えば帝国から追放された種族でもある。史実を元にした『アイリスと茨《いばら》の王』という物語は、土鼠人の居場所を帝国から奪い去った。

その帝国を追われて逃げてきたのがムジカたちの祖先で、子孫である彼らは現在もシャムロック峡谷を住まいにし、密入国の手助けなどを生業《なりわい》に細々と暮らしている。

「──どうして？」

ここは帝国ではないのだから、ムジカたちが縮こまっている必要はないはずだ。

もちろん、『アイリスと茨の王』は王国でも知名度の高い、有名な話だ。それでも、帝国とでは扱いは雲泥の差のはずなのに、ムジカたちは人目を忍んで暮らしている。

外の世界との交わりを拒み、一族だけで閉じこもった生活はまるで──、

「……『聖域』みたい」

フレデリカとガーフィールの故郷、訳ありの亜人たちの集落であった『聖域』。

ペトラが足を運んだのは、『聖域』を取り巻く事変が解決したときの一度きりだが、閉ざされた集落は今は解体され、住民たちは領内の村々にそれぞれ移住している。

そのため、現在は立ち入りを禁じられた墓所の守り人として、フレデリカたちの祖母で

あるリューズを始めとした数名が残っているだけの地となっていた。

そんな『聖域』の暮らしと、このシャムロック峡谷で生きる土鼠人の在り方は、外界を拒絶した世界で過ごすという意味で同じものに思える。

だとしたら、そうした暮らしを選んだ切っ掛けも同じかもしれない。

「もしかして、ムジカさんたちがエミリア様を王選から下ろしたい理由って、『亜人戦争』と関係あったりしますか？」

「……お嬢さん、人の心でも読めるんですかい？」

「読めないですよ。読みたいなって思うことはありますけど」

時々、ラムやオットーなどは相手の心が読めているのではと思うような言動をする。それでも無神経な発言をするオットーはともかく、ラムの眼力は見習いたい。

陣営のみんなのいいところを全部吸収して、今日より素敵な明日の自分になるのがペトラの目標であるからだ。

ともあれ、そのムジカの反応はペトラの推理の正しさを裏付けていた。

「……『亜人戦争』」

——それは、ルグニカ王国で数十年前に起こった大規模な内乱だ。

人間と亜人族とが激しくぶつかり合ったその内戦は、ものすごい数の犠牲者を出しながら十年近くも続いた大きなものだった。切っ掛けは小さなことだったらしいが、そこには人と亜人との間の長年のわだかまりが強く影響していたと。

そして、そのわだかまりの発端となったのが――、

「――『嫉妬《しっと》の魔女』、ひいてはエルフを含めた亜人族への悪感情ってやつですぜ」

ペトラの辿《たど》った思考の最後を、他ならぬムジカがそう締めくくった。

『嫉妬の魔女』の単語を出され、エミリアの表情がますます曇ったのがわかる。そしてペトラも、ムジカの行動がとても当事者性の高いものだと思い知った。

彼の言う通り、『亜人戦争』の原因は亜人に対する悪感情――『嫉妬の魔女』の被害が大きかった王国では特に、エルフへの迫害は徹底していたらしい。

やがてそれはエルフ以外の亜人族にも飛び火し、内戦という大火に燃え上がったのだ。

そこまで話を聞いて、ペトラはようやく、ムジカの動機を理解した。

多くを傷付け、苦しめ、命を奪った恐るべき内乱――、

「世界は四百年かけて、じっくりと古傷を癒《いや》してきたんです。それを勝ち目のない戦いに挑むハーフエルフにほじくり返されて、また血が流れちゃ世話がない」

――その再来を恐れ、ムジカたちは行動を起こしたのだ。

8

「――――」

ムジカの低い声は、恐れと疲れの二つで擦り切れているように聞こえた。

その声に込められた複雑な感情を、ペトラはうまく消化し切れない。当たり前だ。ペトラの短い生涯で、親と同い年ぐらいのムジカの思いを量り切れるものか。

ましてや、それはムジカだけでなく、四百年の重みがある思いなのだから。

「あたしらはね、そのとばっちりは御免なんですよ。とばっちりってんなら、もう十分以上に味わってきたんですから」

「とばっちり……」

「ええ、爺《じい》さんの爺さんって世代がやらかしたことのとばっちりです。勉強熱心なお嬢さんでしたら、よくよくご存知《ぞんじ》でしょう」

「――――」

「親兄弟のしでかしたことなら諦めもつく。でも、爺さんの爺さんなんてあたしらにとっちゃ顔も知らない相手ですぜ。そんな相手の責任で穴倉暮らしですかい」

そのムジカの言い分に、ペトラは何も言ってやれなかった。

ペトラ自身、『アイリスと茨《いばら》の王』は一冊の本として楽しんだ。だが、それを悲劇的な物語だと、客観的に見ることを許されない当事者は確かにいるのだ。

お爺さんのお爺さん、そんな何代も遡った先祖の罪を負わされる、ムジカたちが。

「でも、それならハーフエルフだって同じじゃないですか。『嫉妬の魔女』と、おんなじ人なんていないのに、それなのに……」

「頑張ろうとする相手の邪魔をするのか？　……言ったでしょう。とばっちりを食らうのは御免だからです」

声を震わせるペトラと対照的に、ムジカの声色は感情を失っていく。淡々とした彼の語り口は、彼がどれだけひどい現実を見てきたかを如実に表していた。

「ああは言いましたがね、あたしらは自分の立場に諦めがついてるんですよ。生まれつきの金持ちと貧乏人がいるみたいに、土鼠人《もぐらびと》とそうでない人種がいるってだけ。暗がりで生きるのも日陰者なのも、それはあたしらの天命だ」

「そんな言い方……」

「お優しいお嬢さんには辛《つら》かろう現実でしょう。でも、そんな風に諦めがついてるあたしらだって、今より悪くなるのなんて望んじゃいないんです」

「今より、悪く……」

ムジカの語りを聞きながら、エミリアの唇がそう音を漏らした。

その呟《つぶや》きに、ムジカはペトラ以外の聞き手の存在を思い出したように、「そうです」と渇き切った声音を、もう少し聞かせるための熱を帯びたものに切り替える。

「ハーフエルフの王選候補者、本人も担いだ輩《やから》も何を考えているのかさっぱりわかりませんが、あたしらからしたら悪目立ちと言う他ありません」

「担いだ人が何を考えてるのかわからないのは、わたしも同意見ですけど……」

ちらと、ペトラの視線がまさにその張本人であるロズワールの方を向く。もちろん、ロズワールからの返事はないし、ペトラもそれを求めていない。

しかし、ロズワールの思惑はともかく、エミリアの思惑は周知されているはずだ。

「エミリア様の考えはちゃんと発表されてます。ムジカさんも……」

「生まれながらに選択肢を奪われ、苦境に立たされるものの立場の改善……ええ、あたしたちの耳にも入ってますとも。――とんだ余計なお世話ですがね」

「――余計な、お世話」

「ええ、そうですとも、護衛のお嬢さん」

投げやりな一言に堪《こら》えられず、言葉を反芻《はんすう》したエミリアにムジカの矛先が向いた。

「ハーフエルフ……それもよりにもよって『嫉妬《しっと》の魔女』と同じ、銀髪に紫紺の瞳の持ち主とは。いったい、誰がそんな相手に王様になってほしいと望みますかね」

「わ、わからないじゃないですか。例えば、わたしがそうかも」

「だとしたら、支持者が危ういってことをぜひ耳に入れて差し上げたいとこですな」

「むぅ……」

ああ言えばこう言い返され、ムジカの頑《かたく》なさに付け入る隙がない。だが、そうして押し込まれるペトラの傍《かたわ》ら、エミリアが「待って」とまたも声を上げた。

彼女は自分の素性を隠しながらも、隠し切れない真摯さを瞳に宿しながら、

「もう少し聞かせて。あなたの言う、余計なお世話とかとばっちりについて」

「――。やっぱり、時間稼ぎじゃないんですかい？　後ろの、あちらの竜車の方々が何かするのを期待してらっしゃるとか」

「そんなこと……！」

「──そっちはあんまり期待してません」

疑われて声を震わせるエミリアに代わり、ペトラがはっきりそう答える。

本心だ。分断されたフレデリカたちが状況を打開すると、ペトラは期待していない。というより、ムジカたちを取り押さえるだけなら今すぐにでもできるのだ。

後ろの竜車も、同じ判断をしているはず。それでも向こうに動きがないのは、静観を選んでいる証拠。──判断は、ペトラたちの方に委ねられている。

「なので、考えてることは全部話してもらって大丈夫です」

「ふてぶてしいお答えだ。あたしがそれを信じる根拠ってものは何もないんですが……余計なお世話と、とばっちりについてでしたか」

彼の言う通り、ペトラの言葉には信じさせる根拠は何もなかった。それでも、ムジカは神妙な空気を保ったまま、エミリアの疑問に答える姿勢を見せる。

それは彼なりの、巻き込んだペトラたちに対する誠意であるかもしれなかった。

「悪目立ちについて、説明がいりますかね？　ハーフエルフに勝ち目なんてないんですから、王選に参加すること自体、悪い意味で注目を集めるだけでしょう」

「そんなの、決めつけじゃないですか」

「勉強熱心なお嬢さんが、そこだけ不勉強なんて笑えませんぜ。『嫉妬《しっと》の魔女』がどれだけ怖がられてるか、お嬢さんも知っておいでのはずだ。そして、それを知ってることを思い出させるのが、一番の問題なんですよ」

「思い出させる……?」

おかしな言い回しだと、ペトラは首を傾《かし》げた。

ムジカの意見を肯定したいわけではないが、『嫉妬の魔女』に関する風聞は世界中で知られた常識だ。忘れるなんてありえないことだから、思い出す必要もないことだ。

しかし、そんなペトラの考えに、ムジカは小さく舌を鳴らして、

「思い出すんですよ、お嬢さん。ハーフエルフが公の場になんて出ていったら、みんなが意識しないで無視できてた相手が実在してるって、そう思い出すんです」

「……よく、意味がわからないです」

「あたしらにとっちゃ常識でしょう。『嫉妬の魔女』が恐ろしいもので、それを生み出したハーフエルフと関わるのは不吉でしかないって」

「――――」

「でも、常識ってのは言い換えれば、直視さえしなければ忘れておけることなんですよ。そう、せっかく忘れてられたんだ。……だのに、王選候補者のエミリアって人は思い出させる。あたしらが、それを怖がってたってことを」

暗い『常闇《とこやみ》』に、ムジカの冷たく薄暗い語り口が湿り気を帯びて響く。

ペトラは彼の言葉を聞きながら、しばらくぶりに思い出した。――自分もまた、『嫉妬の魔女』の存在を恐れる一介の村娘に過ぎなかったことを。

『嫉妬《しっと》の魔女』について、初めて知ったのがいつだったかなんて思い出せない。

でも、物心ついたときにはペトラは知っていた。『嫉妬の魔女』の単語も、それが夜思い出すだけで眠れなくなり、怯《おび》えて泣きじゃくったことがあったことさえ。

それは不可解なぐらい、少女の心に深々と突き刺さり、刻み込まれた原始的な恐怖。

「……とっても、怖がってた」

見たことも話したこともない『魔女』のことを、ペトラは心から恐れていた。不用意に触れてはいけない禁忌を思い、眠れない夜を過ごしたことが確かにあった。

その恐怖が薄れ、日が沈んでも思い出さなくなり、身近でなくなった『魔女』が頭の片隅に追いやられたのは、いったいいつからだっただろう。

でも、克服したわけではない。ふとしたとき、それは些細《ささい》な切っ掛けで顔を出す。

――例えばそれは、ハーフエルフの王選候補者が登場することで。

「……村のみんなも、ひどかったもんね」

王選の開始が正式に宣言され、その報《しら》せが国中を駆け巡ったとき、故郷であるアーラム村に起こった変化をペトラはちゃんと覚えている。

すぐ近くにあった領主の屋敷、そこに出入りする正体不明の少女が件《くだん》の銀髪のハーフエルフとわかった途端、村人は彼女に対してよそよそしい態度を取った。

彼女が村の人たちを守ろうと、必死で訴えても耳を貸さないぐらいに。

「それと、あなたたちのとばっちりと、どう繋《つな》がるの？」

そのときと、村人たちの拒絶に遭ったときと同じ銀鈴の声音で、エミリアがムジカをこの行動に駆り立てた真意を知ろうと言葉を尽くす。

「エミリアが王選に参加したら、みんなが『魔女』のことを考えちゃうのは……ええ、そうだと思う。でも、どうしてそれであなたたちが損をするの？」

「ただちに何かが起こるわけじゃない。でも、どんなに穏やかな川も、川上から川下に水が流れるように、問題ってものも流れ流れていずれは川下に辿《たど》り着《つ》く」

「――？」

「ハーフエルフから『魔女』に注目が集まれば、過去と同じことが起こりかねない。あたしはそれが、我が身に降りかかるのを恐れてる」

ゆるゆると首を横に振る気配があり、ムジカが問題を重々しく提起する。

「弱者の救済、大層立派な意見ですが、そんなのは子どもが『剣聖《けんせい》』に勝ったら、なんてできもしない口約束を言い触らしてるのとおんなじだ。それがただの洟垂《はなた》れの言葉だってんなら無視すればいい。でも、性質《たち》の悪いことに……」

「エミリアは無視できないから、すごーく困る……」

「まぁ、可愛《かわい》い言い方をするとそういうことで」

ようやく結論へ至る道が整備されたと、ムジカが頷《うなず》いているのがわかった。エミリアにも彼の主張が伝わり、彼女の形のいい眉が悲痛に顰《ひそ》められている。

もちろん、ペトラにもムジカの主張、考えは十分以上に伝わった。

しかしそれは――、

「あたしはね、御免なんですよ。――第二の『亜人戦争』なんてこと」

「そんなのっ」

悲観に悲観を重ねた、悪い悪い想像でしかない。被害妄想と言ってもいいくらいだ。

しかし、そんなペトラのとっさの反論は、「本当に？」と続いたムジカの声音の冷たさに引き止められた。

「本当にあたしらの考えすぎですかね？　その昔、『亜人戦争』が起こった頃も、まさかそんなことはないだろうってみんな思ってたんじゃないんですかい？」

「――――」

「あたしらが悲観的すぎると仰《おつしや》るならそうとも言えるでしょう。ですが、土弄《いじ》りばっかりしてる土鼠人《もぐらびと》の性《さが》ですかねえ。感じるんですよ、地響きを」

「地響き……」

「ええ。大きなものが崩れる予兆、そんな感じの地響きをね」

それは迷信めいた物言いなのに、やけにペトラの胸にも重く深く圧《お》し掛《か》かった。

ムジカの言い分をたっぷりと聞かされて、ペトラは自分の浅はかさを呪う。――エミリアの胸に刺さった棘《とげ》を抜くどころか、ペトラの胸も串刺しにされてしまった。

返しのついたこの棘は、抜こうとすれば傷口をむしろ押し広げてしまう。傷が浅いと希望を持てるうちに、この話は切り上げるべきだったのかもしれない。

何故《なぜ》なら——、

「わたし、エミリア姉様を疑いたくない……」

ムジカの理論武装を否定できないのは、悲観的すぎることを除けば、その理屈に通らない筋がないからだ。

過去、『嫉妬《しっと》の魔女』への悪感情を理由に内戦は起こった。

今回、それが同じにならないと言い切る根拠は誰にもない。ないものは証明できない。

——ペトラは、エミリアを知っている。だから、エミリアを信じられる。

でも、エミリアと幻想の『ハーフエルフ』との区別がつかない人たちに、いったいどうやってエミリアを信じさせたらいいのだろうか。

エミリアであることを隠すだけで、目の前のムジカすらも説得できないのに。

「え、エミリー、わたし……」

一瞬、動揺してエミリアと呼びかけそうになり、それはどうにか堪《こら》える。

何とか、エミリアの胸の痛みを取り除いてあげたかったのに、それをできなかった自分の無力さがペトラには耐え難くて——。

「——ペトラちゃん、大丈夫」

「あ……」

ふと、その体を抱き寄せられ、温かい胸にペトラの頭が収まった。エミリアに抱きしめられたのだと、すぐ頭上から降ってくる声で理解する。

ぎゅっと、押し付けられるエミリアの胸の奥、その心臓の鼓動が聞こえる。

追い詰められて苦しんで、必死に心の痛みを訴えていてもおかしくない心音――それは規則正しく、エミリアの優しさを象徴するみたいに穏やかに鳴っていて。

「私、思ったの。――きっと、ムジカさんたちみたいな人は他にも大勢いる。その人たちに安心してもらうにはどうしたらいいのかって」

「ど、どうするの……？」

それはまさしく、ペトラが一番欲しがっていた答えだった。

悲観的な未来に毒され、行動を起こしたムジカのような存在を、エミリアならばどうやって説得し、諭し、納得させてみせるのかと。

そう、答えを待つペトラにエミリアは――、

「私は『嫉妬《しっと》の魔女』と全然違うって、話して知ってもらうのが一番だと思うわ。だからきっと、私……ううん、エミリアは走ると思うの」

「は、走る……？」

「ええ、そう。人と違うこととか誤解とか、そういうことで大変になりそうなとき、エミリアはその人のところに走っていって話をするの。それでわかってもらえるまで話す。聞いてもらえなかったら、聞いてもらえるまで頑張る！」

ぐっと、エミリアが力強く拳を固めたのが伝わって、ペトラは絶句した。

その力技すぎる発言は、まさしくエミリアの哲学に疑いはない。が、この状況の問題解

決手段に、そのエミリアの哲学を使っていいのだろうか。

第一、エミリアを知っているペトラは納得しても、ムジカが納得するとは。

「あと、ムジカさんの言ってた話にちょっと私も言ってもいい？」

「……なんでしょうね、護衛のお嬢さん」

「あなたたちが二回目の『亜人戦争』を起こしたくない気持ちはすごーくわかる。私も同じ気持ちだもの。でも、さっきのお話にどうしても納得できないところがあるの」

「――――」

「言ったわよね。昔、『亜人戦争』が起こったとき、みんな起こると思ってなかったから起こったって。だけど、もう私たちは『亜人戦争』があったことを知ってる。もう誰も、『亜人戦争』を繰り返したくないって思ってることも、知ってるの」

ムジカの理論武装は、過去の出来事を踏まえてエミリアの危険性を訴えた。

『亜人戦争』の前例が、ムジカの意見に強い説得力を持たせていた。事実、ペトラが大きく動揺した理由が、その説得力に打ち負かされたことが原因だ。

しかし、エミリアはその過去の前例を逆手に取る。――否《いな》、そんな賢《さか》しいことをエミリアは考えてなんかいないだろう。

彼女は真剣に、過去の出来事を反省材料に、未来をよくしたいと願っているだけだ。

「みんなが嫌だって思っていて、それを知っているんなら、ムジカさんが聞いたって言ってる地響きはただの空耳よ。エミリアは、そう考えてる」

「……なんだか、不思議な気分ですぜ。まるで、あたしらが辞退させようとしてる張本人と話してるみたいに思えてくる。本気で、お嬢さん、エミリアの支持者なんで？」

エミリアの言いようとペトラの反応に、ムジカが当然の疑いを抱いている。

素性を隠すという意味では、もうボロボロに思える状態だ。その正体に勘付かれて不思議のない問いかけに、ペトラは否定も肯定も答えを返せなかった。

さっきのエミリアの、とても彼女らしくて、とても無茶《むちゃ》な発言は大好きだ。

でも、それが実現できるなんて希望を簡単には――、

「――大丈夫、私は『嫉妬《しっと》の魔女』じゃないし、一人でもないもの」

堂々と、ペトラの存在や、それ以外の仲間たちの存在を根拠としたエミリアの発言、それは未来を悲観するムジカの言葉より、ペトラの胸を強く打った。

それと同時に思い出す。――あれだけエミリアを邪険にしようとしたアーラム村の人たちが、いったいどうやって彼女の存在を受け入れたのか。

エミリアと話して、エミリアを知って、エミリアと触れ合って。

エミリアが全然怖くも何ともない、優しくて可愛《かわい》いハーフエルフだと知ってからだ。

伝承に語られる『嫉妬の魔女』のような、銀髪に紫紺の瞳の半魔などではなく――、

「――ぁ」

不意に、ペトラはあることに気付いた。

これまでの、この『常闇《とこやみ》』で交わされた会話を思い出し、その不自然さが引っかかる。

それが何を意味するのか、ペトラの思考が拡大する。

もしかしたら、ずっと目を逸《そ》らされていたのかもしれない。

その、抱いた疑問の答えを求め、ペトラはエミリアの胸から顔を上げ、意識を竜車の外にいるムジカの方へと向けた。

そして——、

「——ムジカさん、一度もエミリア様のことを半魔って呼ばないんですね」

と、最初の切っ掛けを掴《つか》むために、その引っかかりに指をかけた。

9

エミリアを嫌う人の大半は、ムジカたちと同じように出自を理由にする。

それがもう、ビックリするぐらいみんな同じなのだ。そして、そうする人たちの大半はエミリアを『半魔』と、ペトラの大嫌いな呼び方をする。

「でも、ムジカさんは一回も呼んでないです。わたし、ちゃんと覚えてます」

エミリアの王選失格を願い、その危険性をあれだけ訴えながら、それでもムジカは一貫して『ハーフエルフ』とエミリアを呼び続けた。

それは、実はムジカがエミリアを嫌っていないなんて虫のいい話ではなく、きっとその出自が関係している。——エミリアのではなく、ムジカ自身の出自が。

「ムジカさんも、周りに嫌な目で見られてきた土鼠人《もぐらびと》だから」

自分も偏見に晒《さら》されてきたムジカには、エミリアを『半魔』と悪《あ》しざまに呼ぶことが躊躇《ためら》われたのだろう。

そしてその在り方こそが、この計画の肝なのだとペトラには思えてならなかった。

「ムジカさん、わたしたちを人質に王国と交渉って、どうやるんですか？」

「――。難しい話じゃありません。あたしらがお嬢さん方といることは、レグンドラ家が承知していること。そのままレグンドラ家に事実を伝え、王都に報《しら》せを――」

「でも、うまくいかないってわかってる計画ですよね」

「――――」

「わたしたちを人質にしても、国の偉い人たちが聞いてくれるはずないって、ムジカさんたちも最初からわかってたはずです」

相変わらず、本物のエミリアがいることが事態をややこしくしているが、ムジカの認識通りにペトラたちがただの貴族の令嬢一行なら、その目的は成功しない。

ムジカたちの目的が、本当にエミリアを辞退させることだとしたら、だが。

「……一石を投じることに意味があると、そう信じるだけですぜ」

「最初に、その石を投げたかったんですよね」

「な……」

「そうしたら、土鼠人は『嫉妬《しっと》の魔女』の怖さを思い出させる相手に、一番最初に立ち向かった勇敢な人たちになれるから」

そう言われ、ムジカの声が初めて本気で動揺した。

その反応ではっきりわかる。これまでの反応が全部、予定調和の作り物だったのだと。

「落とし穴でパトラッシュちゃんが傷付かないようにしてくれてたところと、こうやって話に付き合ってくれてるのを変に思わなきゃいけなかったのに」

罠《わな》にかけた地竜を守り、囚《とら》われのペトラたちとも根気強く話に付き合う。時間稼ぎには付き合わないと言いつつ、ペトラの時間稼ぎにまんまと乗ってくれた。

話が進むにつれ、ペトラの中に植え付けられたハーフエルフの風評への不安――あれも全部、自分たちの訴えが失敗に終わったときの布石。無事に解放されたペトラたちの口から、今日の話が周りに広がることを期待してのものだ。

――エミリアを王選に参加させれば、第二の『亜人戦争』が勃発しかねない。土鼠人はそれを防ぐため、危険を冒してでも最初に声を上げたのだと思わせるための。

「王国貴族を人質に取るのも、話題作りが目的だーぁね。犯した罪が大きいほど人は知りたがる。――土鼠人の、世界を憂えた英雄的蛮行を」

「ぐ……っ」

あえて鋭角な言葉を選び、ロズワールの言葉がムジカの心を深く抉《えぐ》る。

それを聞いて、ペトラは嫌な顔をした。その性悪なやり口もだが、ロズワールが自分と同じ結論に、自分よりずっと早く辿《たど》り着いていたと気付かされたからだ。

その証拠に、ロズワールの口数は話し合いの後半から露骨に少なくなっていた。どの時点でムジカの思惑を看破したか知れないが、彼はずっと静観していたのだ。

その理由は、何となく察せられて腹立たしい。

「でも、わたしはもっと怒ってます。……こんなの、土鼠人《もぐらびと》みんなの自殺ですよ」

「え……!?」

微妙に話についてこられていないエミリアが、ペトラの言葉に目を見開く。でも、ついてこられないのも仕方ない。エミリアには絶対にない発想だろうから。

ムジカたちは、王国の未来を案じる勇敢な存在として死ぬことを覚悟していた。

それはおそらく――、

「史実が原因で迫害され、不条理を運命づけられたことへの反逆……土鼠人に向けられる偏見の目を消すための、君たちなりの戦いというところかな」

「……わたしは、本当に『亜人戦争』を起こしたくない気持ちもあると思います」

「ほう、さすがペトラお嬢様はお優しい」

付け足された嫌味《いやみ》に舌を出して、ペトラはロズワールへの嫌い度を強めた。

ムジカたちの行動は褒められたものではないし、ペトラたちにとってはいい迷惑だ。でも、その動機や思惑の全部を浅ましいと決めつけるのは一方的な見方だ。

そんなの、エミリアを『ハーフエルフ』と区別しない見方と何も変わらない。

「ムジカさんたち、どうなの?」

「……あたしらは、本気で何もかもうまくいかない天命に呪われてるらしい」

渇いた笑みを交えた声は、肩を落としている姿が目に浮かぶようだった。

「お嬢さん方の考えてらっしゃる通り、その浅ましい計画があたしらの思惑……アイリスを裏切り、茨《いばら》の王の怒りを買った末裔《まつえい》の、馬鹿な望みでありました」

ひとしきり笑ったあとで、観念したみたいにムジカがそう言った。

ペトラやロズワールの推測が正しく、彼らは先祖の行いという亡霊と戦ったのだと。

「あのね、ムジカさん、私は――」

「エミリー、待って」

その声の悲痛さに耐えかねて、エミリアの声に覚悟の色が灯《とも》った。が、それをすんでのところで引き止め、ペトラは彼女の決断に待ったをかける。

今、エミリアは自分の素性を打ち明け、ムジカと正面から向き合おうとした。

その考え自体は尊いし、エミリアらしいとも思う。でも、それをしてしまえば、ムジカの頭に混乱と、悪い考えがまたしても差し込みかねない。

だからここは、護衛のエミリーの出番ではなく、一行を率いるペトラお嬢様の出番だ。

第二の『亜人戦争』を阻止した勇敢な土鼠人、そう語られる未来を求めた彼らに――、

「――ムジカさん、王国と交渉するんじゃなくて、わたしと交渉しませんか？」

10

――ヴォラキア帝国へ突き進む『常闇《とこやみ》』の通行が再開し、竜車が揺れる。

「お尻痛い……」

揺れる竜車の座席の上、何度もお尻の角度を変えながらペトラは呟《つぶや》く。

そのペトラの言葉を聞いて、隣に座る人物が優しい言葉を――、

「無茶《むちゃ》をした報いだと思って、大人しく痛みに呻《うめ》いていることね」

かけられなかった。

「……ラム姉様、優しくない」

「優しくないわ。そもそも、姉様でもないもの。そうでしょう、ペトラお嬢様」

慈悲と無縁の薄紅の瞳に、ペトラは「うぅ……」と肩を落とす。

「ラム、ペトラお嬢様をイジメるのはおやめなさいな」

「フレデリカ姉様……っ」

しかし、そんなペトラとラムのやり取りに、そうして救いの手が差し伸べ――、

「姉様ではありませんことよ、ペトラお嬢様。それと、ラムを窘《たしな》めはしても、わたくしも怒ってはおりますの。ええ、もうプンプンですのよ」

られなかった。

対面の席で腕を組み、顔を背けるフレデリカにペトラはたじたじだ。途端、「くははははッ」と楽しそうな笑い声が屋根の上から聞こえて。

「しばらッくは仕方ねェよ、ペトラお嬢様。姉貴とラムが言いたくなる気持ちもわかるってもんだ。ロズワールの野郎を驚かせたってのは気分いいッけどよォ」

「ガーフ、軽々しく言うんじゃありませんわ！　ペトラお嬢様、何か体調に変化があったらすぐに言うんですのよ」

「わ、わかってます。その、心配させてごめんなさい、フレデリカね……フレデリカ」

頭を下げるペトラの言葉に、フレデリカが「まったく」と眉尻を下げる。その表情には叱責の色と、それ以上の憂いの色が強く出ている。

こうして合流した後続組の竜車に乗せられて以来、ペトラはずっと謝りっ放しだ。

でも、それも当然だった。

「まさか、相手の納得を引き出すための交渉をペトラお嬢様がしていたとは……エミリーはともかく、ダドリーさんは何をしてたんですかね」

「にやにや笑って、わたしが失敗するかどうか悪趣味に見てました」

「事実と大差なさそうだけど、決定的な部分ですれ違ってそうな偏見……！」

御者台で手綱を握るオットーが、ペトラの辛辣な答えに頬《ほお》を引きつらせる。若干、ペトラの曲がった先入観が働いているが、あながち嘘《うそ》でもないはずだ。

早々にムジカたちの目論見《もくろみ》を看破したロズワールが、その後の対話をペトラたちに任せて静観していた理由は、他に思いつかないのだから。

もちろん静観しながら、失敗を待ち望んでいたわけでないのはわかっているが。

と、そう考えてますます不機嫌になるペトラを視界の端に、オットーは「やれやれ」と自分の帽子の位置を手で直しながら、

「それで、本当に大丈夫なんですか、ペトラお嬢様。──誓約の影響は」

「……何ともないです。ホントですよ」

付け加えると嘘《うそ》っぽくなってしまうが、これは本当のことだった。

実際、体調の方には何の問題もない。精神的にはちょっと、早まった真似《まね》をしてしまったという気持ちもあるが、でもそれ以上に達成感の方が強い。

ようやく、エミリア陣営の一員として、エミリアの力になれたという達成感が。

「それ、嵌《は》まると危ない感覚ですから気を付けた方がいいですよ」

「オットーさんは、もう手遅れですもんねっ」

「若干の自覚はあるから言われたくないんですよねえ！」

オットーの高い声が裏返るのを聞きながら、ペトラは自分の体を見下ろし、その服の内側に刻まれた『誓約』の証《あかし》の存在を意識する。

それこそが、ペトラが『常闇《とこやみ》』を全員──ムジカたちも含め、全員で無事に抜け出すために交渉し、支払った未来の対価。

決して破ることのできない誓いを立て、未来を約束したことの証明だった。

計画を看破され、捕らえたペトラたちの存在が邪魔になってしまったムジカたちに、ペトラは彼らが短気を起こす前に交渉を持ちかけた。

その内容が——、

「——こんなやり方じゃなくて、土鼠人《もぐらびと》の人たちが『亜人戦争』を起こさないために頑張ったってことを、ちゃんとした方法で知ってもらうこと」

「そのために、エミリア様と直接会って話をする機会を用意する約束、ね。……すぐ隣にご本人を置いて、ずいぶんと意地の悪い約束をしたものだわ」

「土鼠人が欲したのは、先祖の犯した不名誉の払拭……でしたら、今代がそれを新たな評価で塗り替えればいい。わたくしは、よい落とし所だと思いますわよ」

ペトラの交わした誓約とその狙いを、ラムとフレデリカがそれぞれ評価する。ラムの言い方は厳しく、フレデリカの言い方は優しく。

ただし——、

「そのために、旦那様と同じような危険を冒すのはどうかと思いますけれど」

そう付け加えるフレデリカの目つきは厳しく、ペトラは小さくなって詫《わ》びるしかない。妹分であるペトラの思い切った行動に、フレデリカはかつてないほど怒り心頭で、どうすれば彼女の怒りを収められるのか見当もつかなかった。

「……ガーフさんガーフさん、何かいい方法ある？」

「あァ？　わッかんねェけど、なんか硬いッもんでも噛《か》ませといたらいいんじゃァねェか？

俺様も、歯が痒《かゆ》くなるとむしゃくしゃするッからよォ」

「うん、わかった。もうガーフさんに聞かないね」

「がお……っ!?」

意外でも何でもない評価に衝撃を受けるガーフィールは放置し、ペトラは自分の胸に触れて、みんなの心配の種の存在を再確認する。

——フレデリカを、たぶんラムも怒らせてしまったペトラの決断、それがムジカたちと交わした約束の履行を魂に結び付けた誓約だ。

この誓約を破れば、ペトラはただでは済まない。

誓約の内容は、ムジカたちとエミリアの対話なので、条件はゆるゆるなものだが。

「わたしたちがみんな、無事にルグニカに戻れればそれで問題ないもん」

そういう意味では、この誓約の存在はペトラの決意表明と言えるだろう。

必ずスバルと合流し、全員で王国へ戻ってくるという誓いだ。

ただ、フレデリカたちに怒られても仕方ないと、そう反省する部分も一個だけあって。

「旦那様の何でもわかってます～って顔を何とかしたくて、そのために誓約するって意地張っちゃったのだけ、子どもっぽかったかも……」

——その甲斐《かい》あって、そう提案したときのロズワールの顔は傑作だったのだけれど。

11

――そうして、ペトラが合流した仲間たちにお説教をされている頃。

「……私、自分がすごーく恵まれてるって実感したわ」

「恵まれている、かい？　エミリア様の存在が理由で、彼らのような思い詰めるものが出てくるにも拘《かかわ》らず？」

「ええ、そう。ムジカさんたちの考えとか、やろうとしてたことは賛成できないけど……でも、ペトラちゃんの気持ちが嬉《うれ》しかったの。ペトラちゃんがダドリーと違って、私の気持ちを優先してくれようとしたこと」

「――」

「あ、誓約の話を勝手に進めちゃったのは怒ってるから！」

「誓約、か……」

「ロズ……ダドリー？」

「いいや、あれには驚かされたね。その発想にも、覚悟の決まり方にも。何より、自分に不利益をもたらした相手をも救おうとする姿勢だ。まるで……」

「まるでスバルみたい？」

「ああ、エミリーの影響もあるようだが。やれやれ、あの調子では……」

「――？　他人事《ひとごと》みたいに何言ってるの？」

「……なんだい？」

「ペトラちゃんに魔法とか、あれこれ教えてるのはダドリーじゃない。だから、ダドリーの影響でもあるのよ。それを忘れちゃダメだからね」

「――――」

「あ、私、パトラッシュちゃんの様子見てくるわね。ムジカさんたちにも、あとどのぐらいで『常闇《とこやみ》』から出られるのか聞いてこなくちゃ」

「――――」

「……お前、神妙な顔してるかしら」

「おや、起きたのかい？」

「ちょっとだけ、なのよ。……ベティーの寝てる間、何かあったかしら？」

「そうだね、君が寝ている間に……」

「――？」

「とてもとても、言葉では言い表し難《がた》い感覚になる出来事が、あったよ」

《了》

『Stand by me Pleiades　フレデリカの血の花嫁』

1

——長く囚《とら》われた暗闇が晴れた瞬間、フレデリカは胸がすく思いを味わった。

殊更、太陽を恋しいと思った記憶はなかったが、それでも丸一日以上ぶりに日の光を浴びるとなると感慨深さは拭えない。

やはり、人間は太陽に生かされているのだと、そう実感する気分だった。

「やっと『常闇《とこやみ》』から出られてホッとしますね、姉様」

そう小声でフレデリカにこぼしたのは、周囲を気遣ったペトラだ。

令嬢風の装いで可憐《かれん》さと可愛《かわい》さが爆発している妹分は現在、旅する一行の中心人物としての立場を素晴らしい演技力で熱演し続けている。その事実に称賛と拍手と抱擁で応えたいのがフレデリカの本音だが、それができない事情があった。

一つは、ペトラとフレデリカ、双方が演じている立場の違いを弁《わきま》える必要があること。

ペトラは貴族の令嬢で、フレデリカは世話係兼護衛の立場だ。召使がご令嬢を抱きしめて称賛するなんて、一般的な主従としては外聞がよくない。

怪しまれたり訝《いぶか》しがられたり、そうした要素は可能な限り排除すべきなのだ。

そしてもう一つが――、

「――ペトラお嬢様、誓約の呪印《じゅいん》の影響はございませんの？」

「う……だ、大丈夫です。嬉《うれ》しいですけど、心配しすぎですよ、姉様」

「主《あるじ》のお体をいたわるのは従者の務めですもの。それと、姉様なんてお呼びになるのはやめてくださいな、ペトラお嬢様」

「うう～」

フレデリカの指摘に丸い瞳を潤ませ、俯《うつむ》くペトラが竜車の座席をぎゅっと掴《つか》む。

そうしていじけるペトラだが、フレデリカも理由なく意地悪しているわけではない。たとえ涙目のペトラが可愛くても、そんな理由で意地悪なんてしない。

「そもそも、ペトラは笑顔の方が可愛らしいのですから」

故に、フレデリカがペトラに棘《とげ》のある対応をするのはそれと別件――話題に上がった誓約の呪印、それを少女が幼い体に刻んだ経緯が理由だった。

『常闇』を支配し、王国と帝国との密入国を橋渡しする土鼠人《もぐらびと》の一団。一行を人質に王国との交渉に臨もうとした彼らを、堂々と説き伏せたのが他ならぬペトラだ。

その功績自体は褒《ほ》め称《たた》えたいが、やり方は手放しに褒められたものではなかった。

ペトラはとある約束と引き換えに、土鼠人たちの計画の変更と密入国の手引きの継続を取り付けた。そして、約束を守ることの証明として、誓いを破れば手痛い罰則がある誓約の呪印《じゅいん》を自らに刻み込むことを選んだのだ。

果たすと誓った約束そのものは、エミリアがいれば難しいものではないが――、

「――そのやり口が、旦那様そっくりなのはいただけませんわ」

「……はい、反省してます」

しゅんと項垂《うなだ》れたペトラを横目に、フレデリカは慰めたい気持ちにそっと蓋をする。

ここで痛い目を見なくては、ペトラに考え方を改めさせることができない。自分を不用意に危険に晒《さら》すことが最善だと、そう思われたままでは困るのだ。

そのためにも、ここは心を鬼にして気持ちの表明をしなくてはならない。

「そうでなくては、ここから先……帝国の流儀と無事に渡り合えませんもの」

『常闇《とこやみ》』と呼ばれる長い長い洞穴を抜け、射《さ》し込《こ》んでくる光の方へと向かえば、ゆっくりと開けた視界に見えてくるのは肥沃な緑の大地。

ルグニカ王国も見劣りしないが、見比べれば明らかに違うとわかる植生は、洞穴を抜けた先に待ち受けた世界が様変わりしてしまったことの証明だ。

神聖ヴォラキア帝国への堂々たる――否《いな》、

「密入国なのですから、堂々とは程遠い到着ですわね」

と、ようやく到着した帝国への道行きを、フレデリカはそう控えめに評したのだった。

2

「穴を抜けた先、しばらくいったところで大きい道と合流しますんでね。道なりに進めば町に辿《たど》り着けるでしょう。そこでどうするか決めるのをおススメしますぜ」

「ええ、ありがとう。ムジカさんたちにはお世話になりました」

「よしてくださいや。あたしたちは非礼を働いた身ですぜ。……約束を果たしてもらうためにも、お嬢さん方には無事に戻ってほしいですからね」

そう気遣いの言葉を残して、案内役のムジカたちは『常闇』へと再び潜っていった。

ペトラとの約束もあり、こちらの旅を見届けたい気持ちはあっただろうが、ムジカたち土鼠人《もぐらびと》には帝国で居場所がない。見つかれば即座に――なんて冗談っぽく言っていたが、フレデリカはそれが大げさな話ではないと考えていた。

帝国の苛烈な国風と、土鼠人への差別意識が重なれば問答無用も十分ありえる。人は、自分と違うものに対して驚くほど残酷にもなれる生き物なのだから。

ともあれ――、

「こうして帝国入りできたことは喜ばしい。しかし、我々の目的はここで終わりではなく、この先にある。それは皆、わかっているねーぇ？」

「んなこたァ、言われッなくてもわかってるってんだよォ。いちいちそんなッこと聞いてきやがって、なァに企《たくら》んでやがんだ？」

「口を慎みなさい、ガーフ。ダドリーは気を抜くなと忠告しているのよ」

「ちッ、それこそ言われッなくてもだろォが」

舌打ちして、ラムからの注意にガーフィールが目を逸《そ》らした。その悪態とぶっきらぼうな態度に薄紅の瞳を細め、ラムがダドリー——否《いな》、ロズワールに目で謝罪する。ロズワール本人は気にした様子もなく、肩をすくめるだけだったが。

ムジカたちと別れ、彼らに教えられた町へ向かう前に、止めた二台の竜車の中で一行は今後の方針を話し合う。——帝国入りした目的、スバルとレムの救出について。

「救出という表現は大げさかもしれないが、最悪の事態を想定するとしよう。もちろん、合流という表現で済むなら御の字ですが」

「……スバルが危ないところに飛び込んでないの、あんまり想像できないですもんね」

「僕も同意見です」

心配げに眉尻を下げたペトラに、額に手をやるオットーがそう頷《うなず》く。その二人の意見にフレデリカも——否、この場に揃《そろ》った全員が同意見だった。

実際、こうして一行がヴォラキア帝国に入るのを急いだ理由の大部分は、そうしなくてはスバルたちがどんな事態に巻き込まれるかわからない、という点が大きい。そうでなくても、ベアトリスとの契約など急いで合流すべき理由は多々ある。

そのため、帝国入りしてからも迅速な行動が求められるが——、

「でも、ヴォラキアってすごーく広いのよね。ルグニカよりも大きな国って聞いてるから、

どうやったらスバルたちが見つかるかしら……」

「それに関しては大きく二つ、打つべき手立てがあるかと。――オットーくん」

「はいはい、同じ考えかと思いますが説明させていただきますよ」

唇に指を当てたエミリアの疑問に、頷くロズワールがオットーを促した。その呼びかけに帽子の位置を直し、オットーが「いいですか？」と一同を見回すと、

「ダドリーの言った二つの手立てですが、端的に言えば情報収集と人足集めですね」

「人足……スバルたちを探すのに、人を雇うってことですか？」

「それが賢明でしょう。この広い帝国を、僕たち八人で探し人というのは現実的とは言えません。ただ、これも簡単ではありませんね」

「え……もしかして、すごーくお金がかかっちゃうとか？」

「まぁ、安上がりでは済まないとは思いますよ」

お金がかかると聞いて、エミリアが「そうよね……」としょんぼり項垂《うなだ》れる。

資金面の話となると、エミリアが自分でどうこう口出しできる領分ではなくなる。もちろん、この旅にかかる旅費の工面はメイザース家の懐だ。口止め料も含め、『常闇《とこやみ》』を抜けるために雇ったムジカたちにも、相応の金額が支払われている。

「ちなみに、どのぐらいか聞いてもいい？」

「聞かない方がいいわよ、エミリー。驚いて目玉が飛び出すから」

「やだ、怖い……」

「それで、人を雇うのが難しいというのはどういう意味ですの？」

金額を気にしたエミリアが、ラムの忠告に青い顔をして震え上がる。その傍《かたわ》ら、フレデリカがオットーの真意を聞くべく話を進めた。

そのフレデリカの問いかけに、オットーは「言葉通りです」と応じて、

「まず、帝国では僕たちの身分が通用しません。貴族でも王選候補者でもない以上、特別扱いは望めないということです。それに加え、ツテを頼ることも難しい」

「ツテってーと、知り合いだよなァ。オットー兄《あに》ィ、帝国に知り合いいねェのかよ」

「生憎《あいにく》と、帝国入りには故郷に近付く必要があったので避けてたんですよ。なので、帝国には僕も頼れる相手がいません。……グステコやカララギならまだしも」

ゆるゆると首を横に振って、オットーがわずかに悔しそうに頬《ほお》の内側を噛《か》む。知識豊富で顔も広いオットーは、エミリア陣営でも得難《えがた》い人員の一人だ。が、そのオットーの商人時代の人脈も、場所が帝国となると効力を発揮しないらしい。

と、そこへ――、

「今のオットーくんが述べた問題だが、一応、私の方で対応できるかもしれない。蜜月というほどではないが、帝国にも知人がいるかーぁらね」

「――！　じゃあ、人手を借りられそう？」

「確約はできない。が、話してわからない相手ではないはずだ。とはいえ、その相手にまで素性を偽《いつわ》るわけにはいかないので、事実を話すことになる。そこで――」

「ダドリーが一人で向かうと？　承服できないわね。一緒にいくわ」

「む……」

オットーの懸念に待ったをかけたロズワールが、別の懸念を抱いたラムに待ったをかけられる。片目をつむったロズワールの反応は、ラムの指摘が正しい証左だった。

「まさか、お一人で発《た》たれるつもりでしたの？　それはいくら何でも……」

「だが、状況的にそれが最善だろう。聞く耳を持つにしても持たないにしても、必要なのは私の身柄だけ……わざわざ、エミリーや皆を危険に晒《さら》す必要はない」

「――。どのみち、ダドリーと離れればラムの体は長くもたない。同行を断られる理由が見当たらないわね」

「やれやれ……それを決めるのは私だと思うのだけどねーぇ」

淡々と逃げ道を塞ぐラムに、ロズワールが苦笑しながらそう呟《つぶや》く。

フレデリカからすれば、ロズワールの考えもラムの意見もどちらもわかるものだ。強いて言うなら、ロズワールがラムと二人きりになるのを躊躇《ためら》っていることが問題だが、

「このことで、ラム姉様より旦那様の味方をする人なんていませんもんね」

「……一応、俺様ァ嫌とは言っとくぜ」

胸の前で手を合わせて、微笑《ほほえ》むペトラの一言にガーフィールが渋い顔をする。

が、ガーフィールも心情を除けば、何が理に適《かな》っているかはよくわかっている。味方がいないのは過去のツケと、ロズワールには大人しく多数決に従ってもらおう。

「頼れそうな人がいてくれるなら、話し合いはダドリーに任せていいのね？　だったら、お手伝いのラムと二人で頑張ってみて」

「承知したわ。ダドリーも、異論はないでしょう？」

「——。ないとーぉも」

最後のひと押しを他意のないエミリアからされて、ラムの視線にロズワールが屈する。

そうして、ひとまず人足集めの頼りはロズワールたちに託されるとして——、

「オットー兄《あに》ィ、情報収集ってのァ？」

「読んで字の如《ごと》く、ナツキさんたちの居所や足取りを知るための情報を追うことですよ。ただし、こっちはこっちで難しい問題が考えられます」

「と、言いますと？」

「さすがにナツキさんも、自分がヴォラキア帝国にいると気付いたら、『ナツキ・スバル』とは名乗ろうとしないでしょうから」

「あ、私とかダドリーと同じってこと？」

目を丸くしたエミリア、彼女の言葉にオットーが「ええ」と頷《うなず》く。そのやり取りに、フレデリカも当然の配慮だと理解が追いついた。

想定外の出来事で帝国に飛ばされたスバルたちだが、最初の状況把握さえ済めば、置かれた立場の不安定さにスバルはすぐ気付くだろう。

当然、自分の名前が帝国で広まることの危険性にも思い至ったはずだ。

「では、スバル様を探すにしても、ナツキ・スバルの名前ではなく……」

「何かしでかすとしても、偽名を使っている可能性が高いかなと。ある程度、わかりやすい名前を使ってくれているといいんですが」

「大将の偽名ねェ……」

　腕を組み、首をひねるガーフィール。しかし、そこから答えがひねり出される期待は難しいだろう。スバルの考えはスバルにしかわからない。

　そしてフレデリカにとって、スバルの発想は異次元から湧いてくるものだった。

「それなら、わたしたちが聞いて回らなきゃなのは、スバルの名前より特徴……髪の色とか瞳の色、服装とか目つきってことですね」

「そうね。……スバルが『じゃあじ』を着ててくれたままだったら、もっと目立ってわかりやすかったけど」

「それはそれで、バルスの素性が見抜かれて火炙《ひあぶ》りを免れませんから」

「火炙りは言いすぎですわよ。……言いすぎですわよね？」

　己の肘を抱いたラムの一言に、不安になったフレデリカが周囲に問いかける。が、帝国に関する知識の深い浅いに拘《かかわ》らず、好ましい答えは返ってこなかった。

　ともあれ――、

「ダドリーとラムの二人には、頼れそうな人に協力してもらえるか話にいってもらって、私たちは近くの町でスバルたちの噂《うわさ》がないか聞いてみる……で、いい？」

そう話をまとめたエミリアに、異論の声は上がらない。

この異国の地で、仲間同士で別行動することには不安があるが。

「旦那様……ダドリーとラムの二人でしたら、無茶《むちゃ》はなさいませんわよね」

「安心なさい。多少の無茶があっても、ダドリーと二人でこじ開けてくるわ」

「無茶をしないでくださいませんこと？」

頼もしいのかそうでないのか、ラムの答えにフレデリカは頬《ほお》を引きつらせて注意する。

それにラムが「ハッ」と鼻を鳴らすのは、緊張のない証拠と捉えていいものか。

「別行動中ですが、どう合流しますか？」

「私一人であれば、適当に派手な目印でも上げるつもりでいたけれど、ラムがいるなら『千里眼』でどうとでも追いついてみせるよ。心配無用だ」

「てめェじゃなく、ラムの心配ッしてんだよォ」

一方、男性陣はロズワールがオットーとガーフィールの二人に詰められ、化粧のない素の顔立ちで飄々《ひょうひょう》と詰問に対応している。

そんな調子で、お互いのやるべきことの方針が示されると――、

「――では、私たちは行くとするよ。お互いに吉報があることを期待する。もし、君たちの方で何かしらの問題が生じて、我々と合流を目指すなら……」

「ええと、さっき話してたダドリーのお友達……ドラクロイさんって人のところを目指したらいいのよね」

「ええ、それで間違いありません。少々、気難しい人物ではありますが」

　エミリアの確認に鷹揚《おうよう》に頷《うなず》いて、それからロズワールがそっと手を伸ばした。その手の先にいたラムが、言われずともという雰囲気でその腕の中へ向かう。

　そうしてロズワールの胸に収まったラムが、抱き上げられながら振り向いて、

「フレデリカ、しっかり頼むわよ」

「――。ええ、言われずともですわ」

　この中で、あえて名前を呼んで託す相手に選ばれ、フレデリカは深々と頷き返した。

　それを見届けると、ロズワールとラムの姿がゆっくりと上昇を始め、瞬く間に空へ浮かび上がり、そのままどんどんどんどん高く、雲の中まで潜っていく。

　ロズワールの飛行魔法、その圧倒的な移動力を発揮する場面の到来だ。

「ちッ、いつもより高く飛びッやがって……『ハンファンの求愛は誰よりも高く』ってつもりかよォ」

「帝国だもん。飛んでるところが見つかっても、『なんだ、メイザース辺境伯か……』って納得してもらえないから、見つからないようにするのは仕方ないですよ」

「わーァってるよ。それでどォすんだ、エミリー」

　雲間に消えたロズワールたちを見送って、態度の悪いガーフィールが振り返る。そのガーフィールの言葉に、エミリアはぎゅっと拳を固めると、

「私たちも、二人に負けないように動き始めましょう。まずは近くの町で泊まる場所を見

つけて、それから情報収集ね」

そう、帝国での最初の行動方針を打ち立てたのだった。

3

――『常闇《とこやみ》』を抜けた最寄りの町、『モーゾット』は活気に乏しい印象だった。

帝国といえば肥沃な大地に恵まれ、温暖な気候も手伝って年中実り豊かな土地であるという風聞をよく聞く。実際、洞穴を出てからの短い帝国行脚の経験しかないが、緑の生い茂った森や草原、程よく湿り気を孕《はら》んだ空気はその先入観を手伝った。

ただし、そうした自然が孕んだ温かみと対照的に、人の手が入った町並みはどこか寂しげで無機質、渇いた印象を抱かずにはおれない。

踏み固められただけの未舗装の地面や、罅《ひび》割れや破損がそのままになっている建物、色合いも目を楽しませる目的を置き去りに、灰色の景色が並んでいる。

これまであまり意識したことがなかったが、色彩が心に与える影響とは、無自覚にこれほど大きいものだったのだ。

単一的ということは、ただそれだけでひどく不自由さを感じさせる。それが意図的なのか恣意的なのか、フレデリカには判断がつかなかったが――。

「なんだか、すごーく寂しい雰囲気ね」

そう思ったのは自分だけではなかったらしく、エミリアの一言に少し安堵《あんど》する。が、それは目的の妨げになる可能性が高く、喜んでなどいられなかった。

モーゾットでフレデリカたちが望むのは、スバルたちの足取りに繋《つな》がる情報だ。

しかし——、

「あんまり元気がない町だと、人とか噂《うわさ》の出入りもちょっと怪しいですよね……」

「どうせッならもうちっと、威勢のいい場所まで洞穴延ばせってんだよなァ」

「それはムジカさんたちに無茶《むちゃ》言いすぎ……でも、わたしもガーフさんとおんなじ意見」

きょろきょろと町並みを見回しながら、ガーフィールとペトラがそう言葉を交わす。鼻面に皺《しわ》を寄せたガーフィールは、焦《じ》れる自分の心情が顔に出通しだ。

元々、ガーフィールの役目は実力行使の部分が強く、思い切った行動のできない今回の旅では鬱憤が溜《た》まる場面が多い。——否《いな》、自分が役立てる場面が少ないことが、スバルを心配する彼自身の焦りと無力感を生んでいるのだろう。

「ガーフ、焦りは禁物ですわよ。必ず、ガーフの力が必要になる場面がありますわ」

「姉貴に言われッなくてもわかってるってんだよォ。……わかってんだよォ」

視線を逸《そ》らし、苛立《いらだ》っている自分を抑えるガーフィール。指摘の意味をちゃんと理解しているだろう弟の反応に、フレデリカは「わかっていますわ」とそう返す。

とはいえ、ようやく念願のヴォラキアに到着したのだ。

焦《じ》れる気持ちを抑え、積極的に迷子探しを始めたいのは全員同じ気持ちだった。

「あまり情報を期待できませんが、どうあれ宿は取るべきでしょう。竜車を置く場所は必要ですし、町の外で野営するのもできれば避けたい」

「みんな、竜車で寝泊まりして体がカチコチだもんね」

「ベッドでちゃんと休むべき、という考えも確かにあります。拠点も欲しいですしね。ペトラちゃんには、ベアトリスちゃんを見ててもらわないと」

「えっ」

竜車を転がしながら、そう述べたオットーにペトラが目を丸くする。

宿でベアトリスの面倒を見るということは、彼女は町での聞き込みに参加できないということだ。スバルの身を強く案じる彼女に、それは酷な仕打ちというもの。

しかし――、

「ペトラお嬢様、わたくしもオットー様に同意見ですわ。わたくしたちの役割を思えば、お嬢様が率先して聞き込みして回るのも奇妙な話……わかりますわね」

「う……それはそう、ですけど……」

「なにせ、俺様ッたちはペトラお嬢様とベアトリスお嬢様の護衛だッかんなァ。その護衛対象にうろちょろされたとあっちゃ、気が休まったもんじゃァねェ」

ペトラの意気込みはわかるが、今回の旅はそうした役割分担を敷いている。

それに、これも言えばペトラの反感は避けられないだろうが、まだしっかりと帝国の歩き方がわかっていない現状、幼い彼女が危険に晒《さら》される可能性は極力避けたかった。

たとえ彼女が年齢不相応に賢く、度胸があるとしても、少女は少女だ。

「もどかしい気持ちはわかるけど、ここは私たちに任せて、ペトラお嬢様」

「エミリー……」

「ベアトリスも、一日に何回も起きてられないけど、目が覚めたときに周りに誰もいなかったらすごーく心細いと思うの。スバルが一緒にいられない今、ベアトリスと一緒にいてあげるのも、私たちの大切な役目だと思うから」

「……ズルい」

エミリアにそのつもりがなくても、ベアトリスを理由にされてはペトラは降参だ。

あの黒髪の少年に想《おも》いを寄せるのと同じぐらい、ペトラはベアトリスに対する友情を大切にしている。だからこそ、今回の旅にかけるペトラの意気込みは強い。

それこそ、自分の体に誓約の呪印《じゅいん》を刻み込むことも厭《いと》わないぐらいに。

「適材適所ですよ。それに、ペトラちゃんはすでに大仕事を果たしてくれたあとです。そろそろ僕たちも仕事をしませんと、大人に挽回《ばんかい》の機会をください」

「エミリーと違って、オットーさんの言い方っていやらしくて嫌いです」

「僕なんか悪いこと言いましたかねえ!?」

「言ってないです。言い方の問題なので」

プイッと顔を背けて、赤い頬《ほお》を膨らませるペトラが不満を表明する。しかし、頭のいい少女にはこちらの話の正当性がすぐに検証できてしまった。

もちろん、その裏に隠れたフレデリカの真意――ペトラを危険から遠ざけたい意図も、きっと見抜かれてしまったのだろうけれど。

「……わかりたくないけど、わかりました。ベアトリスちゃんとお宿で待ってます。でもちゃんと、いい情報を持ち帰ってくださいね」

「ええ、ペトラお嬢様がベアトリスといてくれるなら安心していってこられる。きっと、スバルの居場所を突き止めてみせるわね！」

「いきなり本命を引き当てるのは、いささか期待しすぎと思いますけれど」

でも、そのぐらいの意気込みがなくては、この広い帝国でたった二人を見つけるのは簡単なことではないのかもしれない。

そんな風に、フレデリカがエミリアたちの意気込みに目尻を下げていると――、

「――フレデリカさん、ちょっといいですか？」

小声で、オットーがフレデリカだけにそう呼びかけてくる。

他の、エミリアたちに聞かせたくない意図を感じて、フレデリカは背筋を正した。こうしたとき、オットーがする話は重要なことが多い。

そのフレデリカの印象は、今回も裏切られることはなかった。

「このあとの聞き込みですが、当然、ナツキさんの外見の特徴とか、直近で起こった国内の情報について聞いて回ることになります」

「ええ、そうですわね。それが？」

「僕もあまり考えたくないんですが……国内で起こった出来事については、『暴食《ぼうしょく》』の被害めいたものに関してても気にしていてほしいなと」

「――――」

嫌な前置きをしただけあり、オットーの指摘した内容――『暴食』という単語は、確かにフレデリカの眉を顰《ひそ》めさせるに足るものだった。

だが、彼の懸念の正当さはフレデリカもよくわかる。

「塔から消えたのは、スバル様とレムの二人だけではありませんものね」

エミリアたちの報告では、『賢者』シャウラとの接見を求めて向かったプレアデス監塔を『暴食』の大罪司教が襲撃した。複数いたこの大罪司教を撃破・捕縛したエミリアたちだが、最後に突然現れた三人目が、スバルたち共々行方不明――。

「消えた現場は見ていない以上、スバル様たちと関係ない形で行方をくらましたという可能性もないではないですが……」

「ナツキさんが頭痛の種と無縁でいられると？　ありえませんね」

「ありえませんわね……」

全く同じ思いを抱きながら、フレデリカとオットーが同時にため息をつく。

本人の望みとは裏腹に、厄介事と無縁でいられないのがスバルの因果だ。直近に災いの種があったなら、服にくっつけて飛んだと考えるのが自然だろう。

その厄介事、災いの種が大罪司教というのが笑えない話だが――、

「もしもナツキさんが『暴食《ぼうしょく》』の被害に遭えば、僕たちがこうして帝国へくる手間も省けていたはずです。覚えていない人を探しにはこれませんから」

「オットー様……」

「エミリア様やペトラちゃんには聞かせませんよ。僕も怒られたくはないので」

「わたくしだって怒りますわよ」

オットーのどことなく突き放した物言いに、フレデリカはそうやって釘《くぎ》を刺す。時折、偽悪的に振る舞うことのあるオットーだが、彼なりの処世術なのだろう。

ちゃんと聞かせる相手を選んでいるあたり、理性的な言動と言えるかもしれないが。

「とにかく、『暴食』による被害……具体的にはわかりませんが、凄惨な被害が出ている可能性にも耳をそばだてておけばよろしいのですわね」

「です。起こってほしくはありませんが、手掛かりゼロよりマシだと言えるので、そこは望むべきか難しいところですね」

魔女教が暴れれば、必ず目を背けたくなる被害が生まれることになる。

オットーの言う通り、手掛かりがないのは避けたいが、そのために大惨事が起こってほしいなどとは口が裂けても言えないのが本音だった。

「二人とも、何をこしょこしょ話してるの？」

「いえ、ちょっとした確認事項ですよ。とりあえず、組み分けしましょうか。とはいえ、

あまり大きな町ではありませんから――」

　フレデリカたちの様子に気付いて、声をかけてきたエミリアにそつなく答えるオットー。彼はきょろきょろと町の様子を眺めると、思案げに目を細めた。

　オットーの言う通り、モーゾットは人口五百に満たないだろう小規模な町だ。

　長旅の準備に立ち寄る宿場町としては問題なくても、帝国中の情報を集めるための要所とするにはいささか頼りない印象は拭えない。

「ペトラちゃんとベアトリスちゃん……お嬢様お二人は宿に残っていただいて、残った四人は聞き込みをしましょう。フレデリカさん、エミリーをお願いできますか」

「え、四人でバラバラに動くんじゃないの？」

「見知らぬ土地で女性の一人歩きは危険ですから。ナツキさんと再会したとき、ぎゃあぎゃあ言われる理由を作るのは御免です」

　しれっと答えるオットーに、エミリアは「そっか……」と不承不承頷《うなず》いている。

　もちろん、それはオットーの方便で、本音はエミリアの単独行動に不安があったからだろう。ただし、エミリアが傷付く不安ではなく、その逆の不安だ。

「エミリー、初めての土地ですからお互いを守り合いましょう。わたくしの不安が理由で申し訳ありませんけれど……」

「あ、ううん、全然へっちゃらよ。そうよね、私、ちゃんと周りが見えてないみたい。フレデリカのことは、私がしっかり守ってあげるから」

「ええ、心強いですわ。――ガーフ、しっかりやるんですのよ」

きゅっと表情を引き締めたエミリアに、フレデリカは微笑《ほほえ》んで頷《うなず》き返す。

その傍《かたわ》ら、単独行動の指示を与えられ、やる気満々に拳の骨を鳴らし始めるガーフィールがいるので、そちらには釘《くぎ》を刺しておく。

その注意に「わかってるってんだよォ」とガーフィールは顔をしかめた。

「そしたらオットー兄《あに》ィ、どうする？」

「では、お嬢様たちに宿に残っていただいて、それから三時間……きっかり、火の刻の終わりに町の真ん中で集合しましょう」

「おォ、わかった」

指を立てたオットーの提案に、ガーフィールを始めとして全員が頷く。

それから、いざ行動に移る前の最後の一声として――、

「それじゃみんな、気を付けて行動しましょう。私たちの正体がバレたりしちゃったらすごーく大変だから、危ないことがないようにしてね」

と、エミリアの注意があってから、それぞれの行動が始まった。

4

「黒い髪に黒い目の旅人ぉ？　いやぁ、特別何にも聞いちゃいねえなぁ。しかし、見た目

の話ってんなら、嬢ちゃんたちの方が気を付けろよ。なにせ――」

「青い髪の子と二人連れ……知らないな、他を当たってくれ。ただ、お前の見た目ならこれを覚えておいた方がいいぞ――」

「何か珍しいことねえ。これといって耳に入ってきてるもんはないな。ああ、でも、お嬢ちゃんが美人だから言っておくんだが――」

「――みんな、おんなじことを注意してくれたの。誘拐結婚に気を付けろって」

「誘拐結婚、だァ？」

集合を約束した町の中心、広場というには寂しい場所は、単純に町の真ん中ということで広めの土地が用意され、小さな市が開かれているだけの空間だった。

その市を遠目に眺めながら、三時間の聞き込みを終えたフレデリカとエミリア、それにガーフィールとが顔を合わせ、成果を報告し合っている。

オットーの合流は遅れているが、彼ならばフレデリカたちが集めた情報の、さらに深いところを探ってくるという妙な信頼があるので、そこは誤差だろう。

生憎《あいにく》と、黒髪黒瞳――スバルの特徴や、レムらしき少女の情報についてはそれらしい話は聞かれなかった。一応、『暴食《ぼうしょく》』の被害についても探りを入れてみたものの、そちらについてもめぼしい情報がなく、それがよいのか悪いのか。

ともあれ、一番気になる情報が冒頭のそれだったのはフレデリカも同意見だ。

「誘拐結婚……何でも、見初めた相手と結ばれるため、強引に身柄を拉致し、家に連れ込んでしまう風習だそうで……」

「おっかねェ風習だな……それ、危ねェのは女だけか？」

「ううん、男の人も誘拐されることがあるみたい。その場合、女の人が大勢だったり、女の人の家族とかお友達が手伝うんですって」

「笑って見逃せねェ絵面《えづら》じゃァねェか。いきッなり帝国流って話聞かされたぜ」

腕を組んだガーフィールの感想に、不謹慎だがフレデリカも賛同する。

女性が大勢で徒党を組んで、一人の男性を連れ去るというのはすごい光景だ。もしも現場に出くわしたら、呆気《あっけ》に取られて何もできない気さえしてくる。

しかしと、そこでガーフィールが首を傾《かし》げ、

「エミリーやら姉貴やらはみんなに忠告されッたって話だが、俺様ァ聞いてねェぞ。なんで俺様には内緒にされッてんだ？」

「そう言えばそうね。なんでかしら？」

「……純粋に、ガーフが連れ去られる理由が見当たらなかったのでしょう。わたくしたちに忠告してくださった方々も、わたくしたちがその、美人だからと」

「姉貴がァ？　オイオイ、そいつらッどこに目ェ付けて……痛《いて》ェ！　言い切ってねェ！」

「もうほとんど言い切ってましたわよ！　失礼な子ですわね！」

呆《あき》れ顔《がお》をしたガーフィールの耳を引っ張り、フレデリカは顔を赤くする。

もちろん、フレデリカも自分が美人だなんて声高に言い張るつもりはない。身近なところにエミリアがいるし、ラムやペトラのような可愛《かわい》い少女たちもいるのだ。

それと比べて自分は体は大きいし、口の牙は鋭い。多少、瞳の色や目元の雰囲気は悪くないとは思っている。以前はよく、それを褒めてもらった覚えもあった。

それも成長した途端になくなったので、ただのおべっかだとは思っているが。

「────」

「痛ェ痛ェ痛ェ！　いつまでッ耳引っ張ってんだよッ！」

「あら、ごめんなさい。つい力が入ってしまいましたわ」

嫌な思い出を振り返っていたのもあり、つい指に力が入ってしまった。パッと指を離すと、ガーフィールが耳を押さえてエミリアの後ろに隠れる。

その様子にエミリアが小さく笑い、

「大丈夫、フレデリカは可愛いもの。ガーフィールは弟だから褒めづらいだけよ」

「あ、ありがとうございます……ただその、可愛いという表現はわたくしには似合わないかなと。可愛いという言葉は、特別ですから」

「そうなの？　じゃあ、美人だから大丈夫！」

「うう……お、オットー様はまだですかしら。遅いですわね！」

微塵《みじん》も悪気のないエミリアに褒められ、フレデリカは耳まで熱い思いを味わう。奇《く》しくも姉弟が揃《そろ》って耳を押さえている状況で、エミリアは「そうね」と周りを見渡し、

「誰かと話し込んじゃってるのかしら……オットーくん、お酒が入るとへべれけのお話好きになっちゃうから」

「オットー兄《あに》ィの絡み酒を、そォ表現すんのァエミリーぐれェだろォよ。……けど、遅《おせ》ェのは気になるってなァ確かだな」

唇に指を当てて、眉を寄せるエミリアにガーフィールがそう牙を鳴らした。その二人の言葉に、パタパタと手で顔を扇《あお》ぐフレデリカも不安を覚える。

何気なく言ったことだったが、オットーらしくないのは間違いない。

エミリアの言うように、日常では酒量で失敗することもあるオットーだが、それは警戒せずにいられる環境だからこそ——敵地とも言える場所で、それは考えにくい。

何かあったのではないかと、嫌な予感が徐々に高まり——、

「そォ言やァ、さっきの話……誘拐結婚だったか？」

「ええ、誘拐結婚。そう言えば私、レグルスに結婚させられそうになったけど、あれも誘拐結婚だったのかしら……」

「エミリーが見舞われた事態のことはお気の毒でしたけれど……ガーフ？」

微妙に話が脱線しかけたが、フレデリカがガーフィールを呼んで先を促す。すると、彼は「いや」と自身の短い金髪をガシガシと掻《か》き毟《むし》りながら、

「考えすぎッかもしれねェけどよ、さっきの話じゃァ男もさらわれるって話だったじゃァねェか」

「そういう風にみんなは話してたわね」

「……まァさか、オットー兄ィが狙われたってこたァねェよなァ？」

「――――」

一瞬、ガーフィールの言葉に変な沈黙が生まれた。

しかし、それはすぐに「まさか」という弛緩《しかん》した思考に邪魔される。

「い、いえいえ、いくら何でもそんなことありませんわよ。ガーフ、それはちょっと考えすぎというか、突飛な考えというものですわ」

「だ、だよなァ？　そもそも、オットー兄ィが迂闊《うかつ》な真似《まね》するッわけねェし、狙われッたところで捕まるよォな間抜けでも……」

「た、大変！　オットーくんが危ないなんて、そんなのダメよ！」

「『エミリー!?』」

だが、フレデリカとガーフィールの考えを振り切り、血相を変えたエミリアが走り出してしまった。

そのエミリアの背中を、一拍遅れてフレデリカたちも追いかける。

「エミリー！　その、さすがにその心配は……」

「私の考えすぎだったらそれでいいの！　でも、違ったら大変じゃない！」

「──っ」

前を行くエミリアの訴えに、フレデリカはガツンと殴られた気分を味わった。

彼女の言う通り、思い過ごしならそれでいいのだ。だが、もしも思い過ごしでなかった場合のことを考えて、この場は走るべきなのだと。

「ガーフ、オットー様の匂いは……」

「姉貴もわかってッだろォ。元々、オットー兄《あに》ィは匂いが薄いんだよ。そうじゃッなくても俺様も姉貴も、帝国の土でうまく鼻が働いてねェ」

半獣人であるフレデリカとガーフィールは、普通の人間と比べて嗅覚に優れる。が、その鼻の働きが、帝国入りしたての現状はかなり鈍い。

ガーフィールの言う通り、帝国の風と土、草花の独特な匂いに鼻が慣れておらず、とてもではないがオットー探しに嗅覚を役立てるどころではなかった。

そんな歯痒《はがゆ》い思いを抱えたまま、走るエミリアに二人が追いつく。足を止めたエミリアが向かっていたのは、さっき、フレデリカと聞き込みをした露店だった。

その店主に、エミリアは「店主さん！」と声をかける。

「お？　おお、さっきの嬢ちゃんたちか。どうした、血相変えて」

「さっきのお話、誘拐結婚のことなんだけど、もっと詳しく教えてほしいの！」

「詳しく？　いや、詳しくって言っても、さっき話した以上のことは……」

「何でもッいいから話しちゃァくれねェか。俺様たちの身内がやべェかもしれねェんだ」

詰め寄られ、目を丸くした店主が、ガーフィールの言葉に顔を強張《こわば》らせた。それから、彼はわずかに声を潜めると、

「身内が危ないってのは、誘拐されたってことか？」

「わからないの。ただ、約束の時間になっても待ち合わせ場所にこなくて……すごーく几《き》帳面《ちょうめん》な子だから、滅多《めった》にそんなことないんだけど」

「聞くのはあれだが、その相手ってのは美人なのかい？」

「美人……ええ、美人だと思う。そうよね？」

「美形、なのは事実と思いますわ。あまりそういう印象を与えませんが……」

真っ向からエミリアに聞かれて、フレデリカは答えに窮しながらそう応じる。

黙っていれば美形、というのがオットーのわかりやすい評価とフレデリカは考える。彼にあまりそういう印象がないのは、普段の付き合いがあるからだろう。

スバルやガーフィールと接しているとき、表情豊かな彼は美形というより、表現力が幅広くて魅力的な人物、という印象が強い。美形より、面白いの方が先立つ感想だ。

ともあれ――、

「そうか、美人か……なら、蝙蝠人《こうもりびと》に連れてかれた可能性は高いな」

「蝙蝠人……？」

「誘拐結婚をやってる連中さ。この町だけじゃなく、あちこちの町で被害が出てる」

額に手をやって、気の毒そうにこちらを見る店主。彼の言葉に息を呑《の》んで、フレデリカ

たち三人は顔を見合わせた。

「で、ですが、相手が手馴《てな》れていようとそう簡単にオットー様が……」

「どんなッ方法で誘拐すんだ？」

「聞いた話じゃ、いきなり後ろから殴ってふん縛るらしい」

「よりによって一番対処が苦手そうな方法を……！」

大抵の相手に対応する術《すべ》を持っていそうなオットーだが、おそらく、彼が唯一と言っていいぐらい苦手とする類《たぐい》の状況が『問答無用』だろう。

「いくらオットー兄《あに》ィでも、いきッなりやられたらどうにもならねェか……？」

「スバル様もオットー様も、普通に揉《も》み合《あ》いになっては勝ち目がありませんから……」

最悪の想像が次々と裏付けられ、フレデリカとガーフィールの顔色も悪くなる。

誘拐の目的が『結婚』である以上、命を奪われる心配はないのかもしれない。しかし、世の中には弾みで命が奪われることも往々にしてある。

ヴォラキア帝国にきて数時間、たったそれだけで早くもルグニカ王国では出くわさないような被害に出くわすなんて、運が悪いどころの話ではなかった。

「いったい、どうすれば……」

「ねえ、店主さん、どうして誘拐してる人たちが蝙蝠人《こうもりびと》の人たちってわかるの？」

「エミリー？」

対応を誤れば、オットーの命が危うい。

その感覚に怯《おび》えるフレデリカの傍《かたわ》ら、エミリアが真剣な目で店主を見つめている。『認識阻害』のローブ越しとはいえ、じっとエミリアの顔が覗《のぞ》き込《こ》まれると、フレデリカたちにもいくらか緊迫感が走る。

しかし、店主はエミリアの素性ではなく、その眼力に気圧《けお》されたように、

「れ、連中の仕業ってわかる理由は簡単だよ。その、血だ」

「――血？」

「そう、血。蝙蝠人の奴《やつ》らは血を飲むんだよ、人間の。それで、さらう相手も血の良《よ》し悪《あ》しで選ぶらしいんだが……」

そこで言葉を区切った店主だが、おおよそ続く言葉に想像はついた。

血の良し悪しで誘拐相手を選ぶなら、まずは血の良し悪しを確かめなくてはならない。そのために、さらった現場で血の味見をするということなのだろう。

蝙蝠人の仕業だと、そう一目瞭然と思われるぐらいの痕跡が現場に残るほどに。

「蝙蝠人の一団は、国中移動しながら相手探しをしてる。今回は、この町と近隣の町が標的にされてるらしい。だから、嬢ちゃんたちに気を付けろって話したのさ」

「そう。……その人たち、止めるわけにはいかないの？」

「蝙蝠人連中を？　まともにやり合って、連中を怒らせたらそれこそヤバい。歯向かわなければ、流れる血は奴らが啜《すす》る分だけで済むが、それを破ったら飲み切れない分の血が流れる。どっちの方がマシか、考えるまでもないだろ」

エミリアの考えを窘《たしな》めるように言って、店主はゆるゆると首を横に振った。それから彼は、エミリアたちに「馬鹿な真似《まね》は考えるなよ」と忠告し、仕事に戻る。

蝙蝠人《こうもりびと》と事を構えるなんて考えるなら、連れ去られた一人を見殺しにした方が賢い。店主の言動からは、そうした考えでいるのが感じ取れた。

それ自体は、この町で暮らす店主の処世術で、善意の助言だったのだろうが――、

「――たとえそう言ってもらえても、引けない理由があるもの」

店主に深々と頭を下げて、エミリアは教えてもらった感謝を述べつつも、自分の結論が別にあることを宣言する。

それから、エミリアはフレデリカとガーフィールを連れ、店から離れると、

「二人はどう思う？　オットーくんはさらわれちゃったと思う？」

「――。考えッたくはねェが、待ち合わせにこねェのと、相手のやり口を聞くと、オットー兄《あに》ィでも捕まりかねねェなって思うぜ」

「土地が違えば勝手が違う。普段のオットー様の手際の良さも、帝国ではなかなか通用しなかった……その可能性もありえるかと。ですが」

「――私たちが勝手なことをして、町の人に迷惑はかけられない」

そう付け加えたエミリアに、フレデリカはおずおずと頷《うなず》いた。

先ほどの店主の話が事実なら、オットーを連れ去った可能性のある蝙蝠人はかなり危険な集団と思われる。余所者《よそもの》のフレデリカたちが場を荒らすことで、彼らの怒りに火を付け

る可能性は十分考えられた。

　その場合、それらの牙は自分たちではなく、町に向けられる可能性がある。

「そういう心配があるのはわかる。わかるんだけど……」

「エミリー？」

「わかるんだけど……私、すごーく怒ってるの。それってダメなことかしら？」

「――――」

「私、結婚ってすごーく素敵で、大切なことだと思ってるの。だから、無理やり連れていって力ずくでって、そんな方法でお嫁さん探しをしてるのもやだなって思うし、オットーくんが危ないならなおさら、どうにかしたいって思う」

　控えめで彼女らしい物言いだが、エミリアの怒りはフレデリカにも伝わってくる。

　そしてフレデリカも、『誘拐結婚』の字面《じづら》の強さに押されていたが、その行為自体を受け入れ難《がた》いと思う気持ちがあるのは同意見だった。

　ましてエミリアは、水門都市で大罪司教から似たような目に遭わされかけたと聞く。

「あのとき、スバルが迎えにきてくれてすごーく嬉《うれ》しかった。今度は私が、迎えにいく側をやってあげたい。……相手はスバルじゃなくて、オットーくんだけど」

「……本気ですのね？　敵を作れば、スバル様たちを探すのも一段と難しくなりますわ」

「けッどよォ、姉貴。そいつァ……」

「ガーフ」

ぴしゃりと、一言名前を呼んで口を挟みかけた弟を黙らせる。

ガーフィールが言いたいことはわかる。わかるが、それも含めてフレデリカはエミリアの覚悟を問うたのだ。

そのフレデリカの問いかけに、エミリアは紫紺の瞳を凛《りん》と輝かせると、

「きてすぐなのに騒がしくしちゃうかもしれないわ。でも、それで動きづらくなっても、オットーくんがいなくなっちゃうよりずっといい。でしょ？」

「──。覚悟がおありなら、わたくしは何とも言えませんわ。……あとで、ラムにはきっと散々小言を言われるでしょうけれど」

任せると、そう託されてすぐにこの状況ではラムから怒られても仕方ない。たぶん、その場合は一番槍玉《やりだま》に挙げられるのはオットーだろうけど。

「話ァまとまったッみてェだな。そしたら、どォしてやる？」

自分の胸の前で拳と拳を打ち合わせ、ガーフィールが牙を見せて笑う。獰猛《どうもう》な戦意を高めるガーフィール、その言葉に「そうね」とエミリアは考え込み、

「店主さんのお話だと、蝙蝠人《こうもりびと》は血がおいしそうな人を狙うって……どうやったら、血がおいしくなるのかしら？」

「俺様も、肉は好きッだが血は得意でも何でもねェしな……」

血の味の良《よ》し悪《あ》しなんてわからない、とエミリアとガーフィールが首を傾《かし》げる。

実際、蝙蝠人の好みに関して、こちら側から歩み寄るのはなかなか困難だろう。フレデ

リカも、おいしい血の味の心当たりは残念ながらない。

しかし――、

「エミリー、ガーフ、わたくしに提案がありますわ」

「――！　何か、思いつくの？」

「ええ。あまり、やりたくはない方法なのですけれど」

期待に目を輝かせるエミリアに、フレデリカは自分の服の袖をまくった。そして、ほんのりと血管の透けて見える肌、そこに指を滑らせながら、

「わたくしも、血の味の良し悪しを見極める目は持ちません。ですけれど、味がよいとされる血には心当たりが。――この、わたくし自身に」

「フレデリカの、血？」

「――ッ、おいおい、姉貴、まさか」

ハッとした顔になり、ガーフィールがフレデリカの肩を掴《つか》む。その力の強さだけ伝わってくる心配、それをフレデリカはそっと優しく引《ひ》き剥《は》がした。

ガーフィールの懸念、それは正しい。

「エミリー、わたくしの体に流れる血は特別な、『稀血《まれけつ》』と呼ばれるものだそうです」

「マレケツ……？」

「わたくし自身にはこれと言って実感はありませんが」

自分に流れる血が特別だと、そう話してくれたのはクリンドだ。

正確には、フレデリカの血を目当てに引き起こされた事件の際、黒幕を打ち倒したクリンドの口から聞かされた、という方が適切ではある。

実際、フレデリカ自身、特別性の血とやらが何らかの手助けをしてくれた覚えはない。むしろ、いざこざの発端になったという方が記憶に鮮明だ。

しかし——、

「聞いた話が事実だとしたら、わたくしの血ならば蝙蝠人《こうもりびと》のお気に召す可能性が高いのではないかと。少なくとも、何の手掛かりもないよりかは」

「クリンドからは、滅多《めった》に口にすんじゃねェって言われッてッぜ」

フレデリカの言葉を遮り、ガーフィールが真剣な目でそう言ってくる。直前まで、兄貴分の救出に腕を振るえると勇んでいた姿から一転、実の姉を真摯に気遣う姿は、この場にラムがいないのが惜しいと慰めたくなるくらい精悍《せいかん》だった。

そう、ガーフィールが案じてくれる気持ちはありがたいし、とても嬉《うれ》しい。

「ですが、わたくしの血が役立つ機会なんて、この機を逃せば他にあるとも思えません。クリンドの忠告は、悪いことが起こる可能性を考慮したものでしょう？」

「……オットー兄《あに》ィを助けるためなら、そうはならねェってのかよ」

「ええ、そうですわ。——エミリー」

ガーフィールの視線に頷《うなず》いて、それからフレデリカはエミリアに話の矛先を向けた。

今の話を聞きながら、エミリアはじっとフレデリカの腕——否《いな》、その内側を流れている血のことを気にしていた。

その瞳に過《よぎ》った色は、ガーフィールと同じようにフレデリカを心配している。

ここで、作戦の可否を決める権利を持つのはエミリアだ。彼女がフレデリカの安全を優先し、その作戦は実行できないと決めれば、違う手段を考えるしかない。

だが、フレデリカにはある種の確信が――否、期待があった。

それは――、

「――やりましょう。私とガーフィールで、必ず守ってみせるから」

必要な決断を迫られたとき、エミリアがそれを決断できる強さがあることだった。

5

――ズキズキと痛む頭を押さえ、ヘマを踏んだとオットーは自嘲する。

「気を付けてたつもりなんですがね……」

あえて人気のない路地へ入ったり、柄の悪い相手と接触するのは極力避けた。見知らぬ土地では挽回《ばんかい》が利かない。危険には、最初から近寄らないことが肝要だと。

だが、そんなこちらの慎重さは、相手の大胆さの前に呆気《あっけ》なく砕かれた。――どちらかというと、大胆というより無謀や乱暴と言い換えたいところだが。

いずれにせよ、頭を殴られたのは周囲に人がいなくなった一瞬の隙のことだった。

「どうやら、僕だけですか」

痛みを堪《こら》えながら、周りを観察してオットーはそうこぼした。

頭を殴られ、どこかへ運ばれたオットーは鉄の檻《おり》に入れられている。大きさはかろうじて寝転がれるくらいなので、とても快適とは言えない環境だ。

そして、どうやらオットー以外にも、同じような境遇の人間がちらほらいるらしい。辺りからはすすり泣きや呻《うめ》く声が聞こえていて、誰もが悲嘆に暮れていた。

ただ、その中に自分の身内——エミリアやフレデリカの姿がなかったことは、オットーにとって安堵《あんど》すべき状況ではあった。

「しかし、また人さらい……つくづく、売り買いに縁がありますね、僕は」

人さらいの目的となれば、おそらく人身売買だろう。以前にも一度人買いに捕まったことがあるが、もしかしたら呪われているのかもしれない。

それを言い出せば、いざこざと無縁でいられない人生を見直す必要が出てくるが——、

「——？」

ふと、オットーは空気が冷え込む気配に身震いし、檻の外に目を細めた。

薄暗い空間と冷えた空気から、オットーは檻が置かれているのは地下か洞窟の類《たぐい》と当たりを付けていたが、急な冷気にはいい予感はしない。

そして実際、オットーの予感は間違いではなかった。

「——諸君、長らく待たせているな」

そんな言葉と共に、檻の外——その空間が歪《ゆが》み、黒い人影がその場に現れる。

そこに立っていたのは細身の長身で、緑髪を後ろに撫《な》で付《つ》けた黒衣の男だった。一見、冷たい印象を受けるが、背筋が震えるような美形である。

ただし、薄暗い場所だからなのか、その顔色が死人のように青白く見えるのだけが、どうにも不気味に思われてならなかった。

そうした心証を抱いたオットーの視界、男はその場に深々と一礼すると、

「我輩はジャッカローゼ・ブラウ。少々不躾《ぶしつけ》な手法だが、諸君らをこうして集めたのには理由がある。そう、やむにやまれぬ理由が」

厳《おごそ》かな声色で、男——ジャッカローゼと名乗った人物がそう述べる。

彼の語った『不躾』というのが、いきなり殴って拉致することを指しているなら、もう少し誠意を込めた謝罪をもらいたいところだ。

が、余計な茶々を入れ、相手の反感を買うのもうまくない。

まず、相手の要求を聞いて、それからどう対応するのか判断すべきだ。そう考え、口を挟まなかったオットーは、その判断を心底自賛することになる。

なにせ、顔を上げたジャッカローゼの続く言葉は——、

「——こうして集まった諸君は、我輩の血の花嫁の候補である。古き血を引き継ぐ我輩の伴侶には、相応《ふさわ》しき血の持ち主こそが望ましい」

「————」

朗々と、まるで歌うようなジャッカローゼの言葉が空間に響き渡り、すすり泣いていた声が引きつって、時間が静止したような瞬間が訪れた。

その時間を有効活用し、オットーは先のジャッカローゼの言葉と、それから周りの檻《おり》の様子をもっと詳しく見て、気付く。

――他の檻に入れられているのは、全員が女性だったことに。

「……なら、なんで僕だけ？」

と、心底不思議に思いながらも、オットーは疑問を胸に留め置くのに成功する。

もしも声に出していたら、注目を集めていたら、いったいどうなっていたことか。もっとも、言わなかったことがどれだけ事態を好転させるか、オットーもわからない。

わかることがあるとすれば――、

「――あとで絶対、ラムさんとペトラちゃんに怒られる」

陣営の二大怖い女性に、大層叱られるという確信だけであった。

6

――モーゾットの町の暗い路地を、背の高い一人の女性が歩んでいる。

静かな靴音を立てて歩くのは、ピンと伸ばした背筋に長い金色の髪を流した女性だ。その髪の隙間から覗《のぞ》く首筋や耳、わずかに露出した肌は白く透き通るようで、後ろ姿からだけでもその美貌の想像に思わず喉が鳴りそうになる。

しかし、その後ろ姿を注視し、喉を鳴らしかけたものたちにとって、その女性が最も魅力的に感じられるのは、その鼻孔をくすぐるかぐわしい血の香りだ。

どうやら、女性はその左腕に傷を負っているらしく、袖口からちらちらと見える手首に包帯を巻いている。すでに血は止まっており、大事に至る傷ではない。

ただし、傷は危険と無縁でも、香る血の芳香ばかりは隠しようがなかった。

故に――、

「――――」

息を潜め、暗がりの中で二人の狩人《かりうど》は視線を交わし、互いの意思を交換した。

躊躇《ためら》う理由や見送る言い訳、その一切合切がかぐわしい血の香りの前に消える。総身の震え上がる感覚を味わいながら、二人はゆっくりと影から抜け出した。

音も気配もなく、するりと相手の背後へ滑り寄る。夕闇に沈んだ町並み、とうに噂《うわさ》は広まっているだろうに不用心の極み。

それでも、今日このときまで不用心でいてくれて大いに感謝したい。貢物《みつぎもの》を用意できないことを散々責められ、悔しい思いを耐え忍んだ甲斐《かい》があった。

後ろから襲いかかり、その意識を一瞬で奪い去る。――あるいは捕まえるとき、わずかに爪を引っ掻《か》けて血が流れてしまっても。

　そう、舌なめずりした瞬間だった。

「──欲ッ掻いたじゃァねェか、そいつァいただけねェよ」

「「え」」

　荒々しい声の主に後ろから肩を叩《たた》かれ、弾《はじ》かれたように二人が振り返る。すると、女の背後を取ったはずの自分たちの、そのさらに背後に誰かが立っていた。

　それは夕闇の路地に浮かんだ翠《みどり》の瞳と、鋭い犬歯を備えた人影で──。

「──っ」

　ゾッと、怖気《おぞけ》が背中を駆け抜け、本能的に体が動いた。

　甘くかぐわしい血の香りに誘われたのも本能なら、反射的に爪を振り上げたのも本能の為《な》せる業だ。だが、本能の命じた行動はどちらも叶《かな》わない。

「とォ」

　振り上げた腕が、何気なく持ち上がる相手の手に掴《つか》まれる。

　それも、掴まれた腕は二本、反射的に動いた二人が揃《そろ》ってそれを止められていた。そして、そのことに驚いて凍り付く二人の腕を、相手が力任せにひねり上げ、

「大人ッしくしてろやァ！」

　ぐるっと視界が回り、無防備に背中から地面に落とされる。息の詰まる感覚に全身を打たれ、苦鳴もこぼせないまま、白く弾けた意識が遠のいていく。

文字通りの前後不覚、何が起こったのかもわからないまま、意識は彼方《かなた》へ――。

「ガーフ、やりすぎですわ！」

「仕方ッねェだろ！　俺様も、こォなっとは思わなかったんだよ！」

「待って、二人とも！　あ、ダメ！　気絶しちゃう！」

その、途切れそうな意識の向こうで、しまりのない言い争いの声が聞こえていた。

もしかしたら死ぬのかもしれないと、そんな悲観的な考えが頭を過《よぎ》る中で、それが人生の最後に聞こえる声だとしたら、とても嫌だなと思った。

だから、そうではありませんようにと縋《すが》るように、意識が消える寸前まで祈っていた。

7

「――なるほど、誘拐結婚ですか」

と、鉄の牢《ろう》の中ですすり泣く女性たちを宥《なだ》め、何とかその情報を聞き出したところで、オットーは静かに自分の顎を手で撫《な》でた。

路地でいきなり殴られ、ふん縛られた状態で連れてこられた場所――そこはどうやら、モーゾットや近隣の町で話題の『誘拐結婚』を行う輩《やから》のアジトであるらしい。

先ほど、大仰な態度と声音で挨拶した長身の男、ジャッカローゼ・ブラウと名乗った人物こそがその首魁《しゅかい》であり、下手人たる蝙蝠人《こうもりびと》の代表者ということだった。

「――――」

状況を整理しながら、オットーはまずは自分の間の悪さを呪う。

行く先々でたびたび不幸に巻き込まれる体質なのは自覚していたが、ここしばらくはエミリア陣営に拠点を定めていたので、ちょっと気が抜けていたかもしれない。

ましてや、ここはオットーの常識が通用しないヴォラキア帝国だ。単独行動が招き得る被害について、もっと慎重に考えるべきだったと自省する。

「ただ、反省しすぎると、プリステラで起こったことまで僕の不運のせいにされかねないので、そこはほどほどにしておきたいですが」

そもそも、行く先々で不運に見舞われるというなら、スバルやエミリアの体質だってどっこいどっこいと言える。自分も含めて合わせ技と考えると悲しくなるが、この体質がなければ今の出会いもなかったと思うと、そこは痛しかゆしとも言えた。

いずれにせよ――、

「周囲の状況からすると、女性に間違われたんですかね……」

あまり考えたくなかったが、状況証拠はそれを示しているように思えてならない。

周囲、快適とは言えない鉄の牢《ろう》にはざっくり二十人ほどが囚《とら》われているが、そのいずれも女性だし、『誘拐結婚』の花婿がジャッカローゼならそれが自然だ。

唯一、そこと食い違いが生じているのが、他ならぬオットー自身なのである。

実際、オットーはあえて体格のわかりにくい服装を選んでいる。顔立ちも中性的な自覚があるので、女性に間違われるのも理解できる話だ。この迫力の足りない顔や体格も、商談の席では交渉を有利に進める手札になり得るものであるのだが。

「こういうことがあると、ナツキさんとガーフィールの目つきの悪さが羨ましくなるんですよね……」

それはそれで商談に不向きな資質だが、厄介事を遠ざけられるのは魅力的だ。無論、悪い目つきは別口の厄介を呼び込む可能性もあるので、万事が理想通りとはいかない。

結局のところ、人は配られた手札以外で勝負することはできないのである。

目つきも顔つきも声や背丈も、相手を選んで自由に取り換えられれば最善と思うが、それは高望み。――あるいは、自分という大事な資本の損失だろうか。

「――待ち合わせの時間はとっくに過ぎてるでしょうね」

女性たちによれば、『誘拐結婚』の噂《うわさ》はモーゾットでも広まっている。待ち合わせ場所に現れないオットー、その行方と噂を結び付けることはエミリアたちにも可能のはずだ。

普通なら馬鹿馬鹿しいと笑い飛ばされる事態だが、フレデリカやペトラはオットーが女装した事実も知っているし、そうした発想には至りやすいだろう。

それも、スバルやロズワールのふざけた発想が役立つみたいで面白くはないが。

「あれに関して辺境伯に責任を求めるのはさすがに酷ですかね。悪いのは悪しき前例を作《あ》ったナツキさんですし」

ともあれ、オットーは事を荒立てず、エミリアたちの救助を待つのが得策だ。

下手に脱出しようなどと画策すれば、オットーだけならともかく、誘拐被害に遭った他の女性たちに危険が及びかねない。ここはもどかしくても、見《けん》に徹する。

ひとまず、男とバレることがなければ事態の静観は困らないだろう。

「あまり注意を引かないように……気持ち、高い声を意識してたらいいのかな……」

これがここにいたのがスバルなら、オットーがドン引きするぐらい完璧に女性を演じ切っただろう。ガーフィールなら、女装がバレても腕ずくで事態の打開が図れた。

要するに、一番中途半端な自分が連れてこられたのが手詰まりの原因だ。

せめて、ジャッカローゼと仲間たちが花嫁の吟味に時間をかけてくれるのを祈り――、

「――時は満ちた！　我輩の血の花嫁を選ぶときぞ！」

「って、ええええ⁉」

長期戦に覚悟と期待を寄せた瞬間、そんな意気込みが聞こえて思わずオットーは反応してしまった。慌てて口を塞ぐが、劇的な反応をしたあとではもう遅い。

さらわれた女性の入れられた檻《おり》、それがいくつも点在した異様な空間――冷たい空気と暗闇の満ちる洞窟、その硬い地面に靴音を立て、ジャッカローゼが現れる。

目力の強い偉丈夫、その紫色の瞳が口を押さえるオットーを見据えた。

「どうした、我が花嫁候補よ。そんなにも驚きの声を上げるとは」

「いえ、その……ずいぶんと性急だと思ってしまって。もっとじっくりと時間をかけて、古き血に見合った花嫁を選ばれるのだとばかり」

ゆるゆると首を横に振り、袖で口元を隠しながらオットーはそう答える。

気持ち声のか細さを意識し、顔を伏せて怯《おび》えているように見せかけながら、背格好《せかっこう》と性別を誤魔化《ごまか》す姿勢だ。

できればあまり話をしたくなかったが、この状況ではやむを得ない。

そんなオットーの内心を余所《よそ》に、ジャッカローゼは「うむ」とたくましい腕を組み、

「花嫁候補、そなたの言い分もわかる。だが、我輩には……ひいては我々にはあまり長く時間は残されていない」

「でも、血の花嫁はそう簡単に選んでいいものではないでしょう？　古き血の尊さを考えれば、見合う相手と手軽には出会えないはず……」

「言い分もっともだ。しかし、最初から古き血に見合うものと容易《たやす》く出会えるとは我輩も思ってはいない。それは高望みというものだ。むしろ、選んだ花嫁を古き血に見合うだけの存在へ昇華する。それが肝要なのではないか？」

「え、ええと、立派なお考えだと思いますが」

思いますが、思った以上に真っ当な返事をされて、オットーは困惑した。

ジャッカローゼの答えは想像以上にまともで、意外と現実が見えている。実際、古き血を家柄と解釈して、花嫁選びに高望みをしないと捉えれば理想的な回答だ。

問題は、選定する花嫁の集め方がそもそも誘拐である点と、その方法で連れてこられた花嫁と友好的な関係を結ぶことは、オットーの知る文化では不可能ということ。

つまり、ジャッカローゼの発想は入口で躓《つまず》いているのである。

それがジャッカローゼたちの、ひいては蝙蝠人《こうもりびと》の伴侶の選び方だというなら、そのやり方を現代まで続けてきたことに文化の隔たりを感じるが。

「しかし、そなた、ずいぶんと真剣に我輩と血族のことを思ってくれているな」

「はい？」

「このような連れ方をして、娘たちの多くは嘆き悲しみ、我輩と言葉を交わすことすら尋常ではない。しかし、そなたは声を震わせながらも、違う態度を貫いた。あるいは」

感銘を受けたようなジャッカローゼの声音、それを聞きながら、オットーはものすごく嫌な予感に身を焦がした。しかし、嫌な予感に魂まで焦がされたところで、それを止められるかどうかは相手の意思次第なのである。

故に、オットーにそれをどうにかする術《すべ》はなく――、

「そなたこそが、我輩の伴侶に相応《ふさわ》しいやもしれぬ」

「――――」

――言われた、とオットーは思った。

この場合を自惚《うぬぼ》れというべきなのか甚だ疑問が尽きないが、話の流れがそうした方向に転がっている実感はあった。案の定、という感覚だ。

ジャッカローゼの双眸《そうぼう》が、鉄格子越しにオットーを見つめる。いつしか、周囲の女性たちもすすり泣きをやめ、わずかな期待と好奇を瞳に宿していた。

期待はわかる。花嫁が一人選ばれれば、残りの候補は解放されるかもしれないからだ。だが、好奇は何なのか。その答えは聞きたくなかった。

「そなた、名は？」

いっそ、オットー・スーウェンと衝動的に答えてやろうかと思ったが、感情に従った行動はあとで反省と大いなる後悔を生むことが多い。ぐっと堪《こら》えた。

ぐっと堪え、オットーは状況を最大限利用すべきだと、そう自分に言い聞かせた。

言い聞かせながら、答えを決めた。決めて、言った。

「――オードリー・スフレと申します」と。

8

「じゃあ、ジャギとモーゼのお兄さんが、『誘拐結婚』の花婿さんなのね」

「う、うん……」「そうだぜ」

「そう……でも、自分の花嫁さんを探すんなら、お兄さんが自分で探した方がいいと思うの。弟たちとか、お友達に探させるんじゃなくて」

眉尻を下げ、どこかズレた指摘をするエミリア。彼女にお説教される二人の少年、その両手足を氷で拘束された蝙蝠人――ジャギとモーゼは渋い顔をしていた。

二人からすれば、叩《たた》きのめされた上でお説教までされているのだ。とても、素直に話を聞いて反省する気になんてなれないだろう。

ましてや、それが種族の掟《おきて》に従った行いであるなら、反省する方が難しい。

「エミリーの言い分もわかりますけれど、種族の溝は埋め難《がた》いですわね……」

「だァからってこいつらは見逃せねェぜ。オットー兄《あに》ィの貞操がかかってテッからよォ」

「……わ、わかってますわよ、もう」

ゆるゆると首を横に振り、口さがないガーフィールを目で窘《たしな》める。

直接的な物言いだが、オットーの状況を思えば笑い話とは言い切れない。わざわざフレデリカが囮《おとり》役を果たしたのも、そうした不安を危ぶんでのことだったのだから。

――『誘拐結婚』を実行している蝙蝠人《こうもりびと》を誘《おび》き出《だ》す囮作戦、その囮役を務めたのがフレデリカであり、その決定打が自分の体に流れる『稀血《まれけつ》』であった。

女性が一人で人気のない路地にいるだけでも、十分危ないと思われる環境だ。下手人の目的が女性と、その体に流れる血となればフレデリカ以上の適任はいない。

実際、驚くほど簡単に目的の相手を釣り出すことができた。

「もっとも、相手が子どもとなると、わたくしである必要はなかったかもしれませんが」

言いながら見下ろす視線の先、拘束されて地面に座っているジャギとモーゼは、ペトラと同年代ぐらいにしか見えない少年たちだった。

気配や足音の消し方も雑で、ガーフィールが取り押さえるまで、何かの罠《わな》や引っかけかと襲われるのを待つフレデリカがハラハラしたほどだ。

「実際には、ただの未熟な子たちというだけでしたが……」

「そんなことない！　あんたの血はうまそうだった！」「そうだぜ！」

「嬉《うれ》しくありませんわよ！」

見当違いの取り繕いをされ、フレデリカがそう声を高くする。

どうあれ、狙い通り相手を押さえることには成功した。二人によれば、『誘拐結婚』の目的は彼らの兄――蝙蝠人の族長、その結婚相手である血の花嫁探しであるらしい。

蝙蝠人にとっての古く尊い血、それを後世へ残すための覇業とのことだが。

「それッでやることが無理やりの連れ去りたァ、大した覇業もあったッもんだな」

「一族の伝統的なやり方だ。兄《に》ぃは間違ってない！」「そうだぞ！」

「……その種族には、その種族にしかわからない悩みとか辛《つら》いことがあるから、私が簡単に口出しできることじゃないけど」

呆《あき》れた様子のガーフィールにジャギたちが反論する。と、そこに真剣な顔をしたエミリアが割り込み、じっと紫紺の瞳で二人を見据えた。

その真剣な透き通る眼差《まなざ》しに、ジャギとモーゼが「う」と息を詰まらせる。

「そのやり方で気持ちいいのがあなたたちだけしかいないなら、もっといい方法を考えた方がいいと思う。少なくとも、私たちはすごーく悲しい気持ちでいるから」

「「――――」」

「あなたたちは、いつもこんな風に花嫁さんを探してるの？」

「……いつもは違う」「そうだぜ……」

エミリアの問いかけに、ジャギとモーゼの兄弟が俯《うつむ》きながら答える。それを聞いたエミリアは「そう」と呟《つぶや》いたが、フレデリカは驚きに眉を上げた。

てっきり、このやり方が帝国の蝙蝠人《こうもりびと》には根付いたものだと思ったが。

「いつもは違うというなら、何故《なぜ》このようなやり方で花嫁を？」

「兄《に》ぃが必要だって言ったから」「そうだぜ」

「兄貴の言い分だから詳しいこたァわからねェ、か？　気に入らねェなァ」

不満げに喉を唸《うな》らせるガーフィール、その言葉に兄弟が肩を縮こまらせる。

ガーフィールの苛立《いらだ》ちは、唯々諾々と兄の言いなりになる二人に向けたものか、弟や仲間たちに『誘拐結婚』を命じる兄に向けたものか。

そう、傍《かたわ》らのガーフィールの内心をフレデリカが推し量ったときだった。

「――そのお兄さんのところに案内してくれない？」

「「え」」

じっと、正面切ってそう言い放ったエミリアに兄弟は目を見張った。

そのエミリアらしい真っ向勝負の姿勢に、フレデリカは指で眉間を揉《も》む。フレデリカも同じことを提案するつもりだったが、適切な頼み方を探していたところだったのだ。

騙《だま》し討《う》ちや懐柔、言葉は悪いがそうした手が必要ではと考えていた。いくら何でも、エミリアの頼み方で彼らが頷《うなず》いてくれるとはとても。

しかし――、

「あなたたちも、こんなやり方へんてこだって思ってるんじゃない？　だから、さっきもバツが悪そうに、しおしおした顔をしてたんでしょう？」

「あっさりやられッて凹《へこ》んでたって可能性もあんじゃァねェか？」

「そうかもしれない。でも、私はそうじゃないかもって思うの」

口を挟んだガーフィールに答えて、エミリアは「どう？」としゃがみ、ジャギとモーゼの兄弟と視線を合わせ、問いを重ねる。

その重ねた問いと、透き通る紫紺の瞳に兄弟は口ごもり、やがて――、

「兄ぃは、ちょっと焦ってる気がするんだ」「そうだぜ……」

「焦ってる？　早く結婚しなくちゃって、誘拐結婚もそれで？」

「うん……」「そうだぜ」

「その焦ってる理由、二人はお兄さんから聞いてるの？」

小首を傾《かし》げたエミリアに、二人は首を横に振った。

兄に感じている違和感、その原因はわからない。しかし、違和感そのものは間違いないと頷き合う兄弟に、嘘《うそ》をついている様子は見られなかった。

何故、少年たちの兄は『誘拐結婚』に踏み切ったのか。その理由を知るには――、

「――やっぱり、私たちとお兄さんを会わせてほしい。それで、お兄さんから本当の気持ちを聞きましょう」

「でも……兄《に》ぃを裏切るみたいで」「そうだぜ」

「あなたたちが、花嫁さんを探してたのはお兄さんのため。でも、これが本当にお兄さんのためなのか知りたがるのも、お兄さんのことを思って。だったら」

そこで一度言葉を切り、エミリアはそっと、ジャギとモーゼの肩に手を置いた。

そして、真剣な目で二人に頷《うなず》きかけて、

「迷わないで、ちゃんとお兄さんの味方ができるように、本当のことを知るの。そうしたい気持ちを、私は裏切りなんて思わないわ」

「――――」

そのエミリアの言葉を受け、迷いのあったジャギとモーゼの瞳が揺らめく。それが、まだ幼い少年たちの胸を打ったのがフレデリカにもはっきりわかった。

これを言ったのが、ロズワールやオットーならその裏の作意を疑っただろう。だが、真剣に二人の説得にかかるエミリアに、そうした作意なんて存在しない。

それ故に、エミリアの存在と志には大きな意味があると、フレデリカは思うのだ。

だから――、

「兄ぃと、一緒に話してくれる？」「……そうだぜ」

「ええ、もちろん！」

そう、幼い兄弟のか細い頼みを聞いて、快く頷き返すエミリア。その彼女の姿に胸を張るガーフィール共々、フレデリカも感嘆を抱かざるを得ないのだった。

9

「この平穏は仮初めのものだ。やがて、必ず薄氷がひび割れ、冷たい水が津々と染み出してくるときを迎える。それまでに、我々は力を取り戻さなくてはならない」

大きな、長い指が特徴的な手をぎゅっと握りしめ、ジャッカローゼがそう力説する。

その憂慮の気配が色濃い男の声を聞きながら、オットーは不運に見舞われる自分の才能も極まったものと、がっくり肩を落としていた。

無論、必要なことだった。あれは必要に迫られ、言わざるを得なかった言い訳だ。

しかし——、

「わかるだろう、オードリー」

そう呼ばれることになった判断に、スバルの悪影響がなかったと言えば嘘《うそ》にはなる。

ジャッカローゼに名乗った『オードリー・スフレ』の名前は、オットーにとっては何とも複雑な思い出、基本的には嫌な要素の濃い記憶と結び付く代物だ。

だが、ジャッカローゼに自分を女性だと誤解させたままでいるために、男の名前を告げるわけにはいかなかった。なので、嫌な記憶も開帳《かいちょう》するしかなかったのだ。

そんなオットーの内省を余所《よそ》に、続くジャッカローゼの言葉に熱が入る。

「ヴィンセント・ヴォラキア皇帝が即位し、戦乱の絶えなかった帝国にはひと時の平穏が横たわっている。だが、我輩にはわかる。必ず、横たわったそれが起き上がり、あるいはどかされ、火を噴くことになるのだと。だから――」

「……誘拐結婚の伝統に従って、花嫁候補として私たちを？」

「告げた通り、勝手な言い分とは重々承知している。不便や不自由を強いる分、できるだけ花嫁の希望を叶《かな》えるつもりだ。もちろん、義務は果たしてもらうが」

「義務というと……」

「当然、血の花嫁の役割だ。――その清らかな身に流れる、血をいただく」

鉄格子の向こうに立つジャッカローゼが、そのたくましい胸を張って答える。

その偉丈夫の体躯《たいく》を包む黒い装い、礼服めいたそれは彼なりの勝負服であり、集められた花嫁候補たちに失礼のないよう選び抜かれた一張羅なのだろう。

やり方は滅法悪いが、ジャッカローゼは生来かなり真面目な気質のようだ。この行いも私利私欲などではなく、本気で一族の未来を憂えてのものであるらしい。

彼の抱いている危惧、それが現実的なものなのかどうか、ヴォラキア帝国に入って半日未満のオットーにははっきりしたことは言えない。

ヴォラキアの現皇帝であるヴィンセント・ヴォラキアは、争乱の火種が尽きないとされる帝国を丁寧に御し、安寧を作り上げてきた平穏の担い手とオットーは認識している。

もちろん、当事者と部外者とでは見え方が違うのも道理だ。

皇帝の治世も限界に達し、知らず知らず崩壊の兆しを見せていると帝国民が言うなら、そうした可能性はあるのだろう。

ただし、ジャッカローゼの被害妄想の可能性も多分に孕《はら》んではいるのだ。

「本当に、帝国の未来は明るくないと？」

「皇帝閣下の手腕は見事なものだ。だが、あえて日中から暗がりに潜む我輩たちの感覚は鋭敏だ。すぐそこまで、夜の帳《とばり》は近付いている」

「そのために、蝙蝠人《こうもりびと》が一丸となる必要がある。そのための血の花嫁、ですか」

「かつて、激しい戦乱の風が吹き荒れる帝国において、我ら蝙蝠人の先祖は一騎当千を誇ったという。そこには血族を率いる血主《けつしゅ》と、それを支える血の花嫁の存在あってこそ。その古き時代の、強き蝙蝠人を取り戻すのだ」

力強く言い放ち、ジャッカローゼの紫の瞳の瞳孔が細くなる。

微《かす》かに聞こえる骨の軋《きし》むような音は、彼の口の中でひと際強く存在を主張している二本の犬歯の鋭さが増していく証拠だ。獣化とは異なる形で、争いに適した状態へ肉体が変異するのは、亜人の中でも個体差が生じる部分――すなわち、こう言い切れる。

帝国の実状の是非はわからなくとも、ジャッカローゼの実力だけは本物であると。

「より悪いじゃないですか……」

被害妄想の可能性を否定し切れないのに、その発言者が強者であるとはわかるのだ。

言いくるめるのにも暴れられる危険が伴う以上、口八丁を繰り出すのも躊躇《ためら》われる。

「――」

幸い、話したがりのジャッカローゼのおかげで、オットーの意図と無関係に話を長引かせることはできている。ただ、長年の行商人生活で染みついた感覚は、ジャッカローゼの実力を正しく把握し、逃げるのは無理だと白旗を上げていた。

蝙蝠人《こうもりびと》の特性上、彼らは夜目が利く上にとんでもなく聴覚が優れている。

普段は『言霊の加護』で何らかの打開策を練ることの多いオットーも、たとえ彼にはわからない言葉を発するとしても、迂闊《うかつ》な口は開けなかった。

捕まったのは間の悪さだが、逃げられないのは相手が悪い。相性が最悪だ。

この分だと、運悪く婚姻に持ち込まれても結婚生活もうまくいかないと思われる。

「……ちなみに、花嫁はどう決めるんです？」

「相応《ふさわ》しきものを見れば、おのずと我輩にはわかる……と聞いている。今、我輩の弟たちが候補を連れ帰るのを待っているが、現時点で我輩は心を決めているぞ」

「……詳しくお聞きしても？」

「はしたない真似《まね》はよせ」

奥手なのか積極的なのか、鉄格子越しのジャッカローゼの熱い眼差《まなざ》しに、オットーは初夜で破綻するだろう結婚生活を思い描くのが精一杯だった。

なるべく決着が先延ばしになるよう、ジャッカローゼの弟たちの帰りが遅れに遅れるのを切に願う。が、願ってすぐにオットーは失敗を悟った。

そもそも、最初にジャッカローゼの目に留まったときだって、これ以上の問題が起こらないように願った直後だったのだから――。

「――ジャッカローゼ」

　オットーが我が身を呪ったのとほぼ同時、誘拐の被害者が集うこの場所に見張りの蝙蝠人がやってくる。相手に呼ばれ、ジャッカローゼは顔を上げると、

「我輩のことは血主《けつしゅ》と呼べ」

「わかった。血主、ジャギたちが戻ったぞ。花嫁を連れてる」

「そうか、戻ったか。とはいえ、言葉は正しく使え。あくまで花嫁候補で花嫁ではない。さすがに我輩の目に適《かな》うとは思えないが、我が弟たちも一端《いっぱし》の仕事をした。ようやく、血主の弟としての自覚が芽生えて……」

「それも、三人も連れ帰った」

「三人も!?　そ、そうか。思った以上の自覚が芽生えていて我輩も喜ばしいぞ」

　期待以上の成果報告をされて、驚いたジャッカローゼが咳払《せきばら》いして気持ちを整える。

「だが、弟の選んだ候補だからと優遇はしない。大事なのは古き血に見合う器かどうか。血の花嫁の資質は数でなく、その血の質と志が物を言うのだ」

「そうだな。……気を付けろ、ジャッカローゼ」

「血主と呼べと言ったろう。……気を付けろ、とは？」

　訂正を口にして、それから要領を得ない仲間の言葉にジャッカローゼが首を傾《かし》げる。そんな彼に対し、すでに花嫁候補を見ただろう男が声を潜める。

彼は状況の見えていないジャッカローゼを憐《あわ》れむように、

「さっき、俺に正しく言葉を使えと言ったな」

「ああ、言ったぞ。それが――」

「俺は、正しい言葉を使った。――くるのは、花嫁だ」

そう、はっきりと断定的な言葉が用いられ、ジャッカローゼが太い眉を寄せた直後だ。

「――ぁ」

わずかに鼻を震わせ、ジャッカローゼが弾《はじ》かれたように顔を上げる。唖然《あぜん》と、そう形容する以外にない彼の表情、それが物語るのは驚愕《きょうがく》と驚嘆、そして歓喜だ。

彼の反応の意味が、蝙蝠人《こうもりびと》ではないオットーにはピンとこない。しかし、その答えはすぐに蝙蝠人でないオットーにもわかる形で訪れる。

それは――、

「――兄《に》ぃ、戻ったよ」「そうだぜ」

と、まだ幼く、どことなくジャッカローゼと似た雰囲気を容貌に残した二人の少年と、その背後に続いている三人の人影――とりわけ、ジャッカローゼと蝙蝠人の注目が集まる長身の女性の姿が目に留まったからだ。

長く美しい金色の髪と、宝石のような翠《みどり》の瞳が特徴的な美女。その女性を目にして、次の瞬間にジャッカローゼの紫の瞳が一挙に血走った。

「そ、なたは……」

「お初にお目にかかります。——フレデリカと、そう申しますわ」

静々と、見慣れた普段の装いとは違う服装ながらも、見慣れた美しい姿勢で一礼してみせる女性——フレデリカ・バウマンの登場に、洞窟の空気が一変する。

それは、空気だけなら素直に歓迎していいものか測りかねるが、それ以外の部分を鑑《かんが》みてオットーは深々と、安堵《あんど》の息をついた。

そして——、

「悪い手札を引き続けましたが、ようやく運が向いてきましたか……」

と、破綻確実の結婚生活が遠のく気配に、口の端を力なく緩めたのだった。

10

ジャギとモーゼの兄弟に案内されたのは、モーゾットの町からそれほど離れていない森の奥、崖下に巧妙に隠された岩肌の奥の洞窟だった。

「この手の天然の洞窟を見つけるのは、蝙蝠人の十八番《おはこ》なんだ」「そうだぜ」

「また穴の中……」

自慢げにする兄弟の横で、穴倉を眺めるエミリアが不安げに呟《つぶや》く。

が、無理もない。時間にしてみれば、土鼠人《もぐらびと》の案内で帝国入りしてから半日と経《た》っていないのだ。二日以上かけて『常闇《とこやみ》』を潜《くぐ》り抜《ぬ》け、そのあとすぐにまた洞窟に潜るとなったらうんざりするのも仕方ない。

「あ、ううん、へっちゃらよ。ムジカたちのときは、ペトラお嬢様に頑張らせちゃったもの。今度はそんな風にならないようにしっかりしなくちゃよね」

しかし、エミリアは不安の原因を誤魔化《ごまか》さず、フレデリカたちに頷《うなず》きかける。

宿にベアトリスと一緒に残しているペトラ、彼女が無理をしたことについて、フレデリカも深く反省しているので、エミリアの意見には賛成だ。

どちらかというと、ペトラと同じぐらい平気で無茶《むちゃ》をしかねないオットーが、うっかり誓約の呪印《じゅいん》を体に刻む三人目にならないうちに助け出さなくては。

「安心ッしろや。何があろォと、俺様が絶対に手出しッさせねェ」

「……ええ、心強いですわ」

ぐっと、自分の胸の前で拳を合わせ、そう意気込む弟にフレデリカは頷く。

正直、この作戦でいいのかと悩ましく思う気持ちは強めにあるのだが、ジャギたちの太鼓判と、騒ぎを起こさずに済ませたいという切実な事情もある。

そのための措置が、フレデリカがガーフィールを複雑な目で見る結果になるのが皮肉な話だが――、

「――ガーネットだ」

そう言って、全く声色も変えずに堂々と名乗ったガーネット――もといガーフィール。

フレデリカが名乗り、エミリアが「エミリー」と自分の偽名を告げ、そして名乗る順番が回ってきたところで、ガーフィールは躊躇《ちゅうちょ》なくそう言い切った。

そのガーフィールは、頭からフレデリカの渡した上着を被《かぶ》り、一応、その体型と顔つきなどをできるだけ隠している。正直、小柄で綺麗《きれい》な瞳をしている部分以外は、女装とも女のふりとも言えない体たらくだが、この場まで押し切って入り込めた。

本来なら、こんな変装は通用しない。言い出しっぺのエミリアをどうにか言いくるめ、考え直させるべき作戦だ。しかし、今回だけは通用した。

――他ならぬ、フレデリカの『稀血《まれけつ》』が蝙蝠人《こうもりびと》から正常な判断力を奪うのだ。

「――――」

凝然と目を見張り、フレデリカを見つめる偉丈夫――ジャギとモーゼが兄と呼んだことから、彼がこの洞窟にいる血族の代表、ジャッカローゼだとわかる。

そのジャッカローゼの視線は、名乗ったエミリアとガーフィールには目もくれず、じっとフレデリカへと釘付《くぎづ》けの状態だ。

ガーフィールの稚拙な変装、それがバレないのは大助かりではあるが――、

「――――」

その視線がフレデリカ自身を貫いて、肌の下を流れる血に向いているようでいい気分ではない。フレデリカも、自分が単純に可愛《かわい》いや綺麗と括《くく》れる外見でない自覚はあるが、それでも容姿や服飾を褒められるのは嫌ではなかった。

もちろん、仕事ぶりや人間性といったものを褒められるのも悪くない。

ただ、流れる血に価値を見出《みいだ》されるのは、例えば長い髪を褒められたり、翠《みどり》の瞳を美しいと言われるのとは、全く違った感覚を抱くものだった。

「——なんと、我輩の聞いていたことは正しかった。相応《ふさわ》しき相手と巡り合えば、一目でそれがわかるだろうと……！」

「ええと、そう〟ですの？」

「フレデリカ、そなたの内を流れる血はかぐわしく、瑞々《みずみず》しい。まさしく、我輩が、我々の血族が長きにわたり求めていた、血の花嫁そのものだ！」

その場に片膝をついて、目を血走らせたジャッカローゼが声高に訴える。

それがどれだけ情熱的な口説き文句なのか、ジャギとモーゼ、それに案内してくれた蝙《こう》蝠人《もりびと》たちが口に手を当て、驚いていることからぼんやり伝わってくる。

きっと、ものすごく褒めてくれたのだ。ただ、全くピンとこなかった。

全く違うとは思うが、まるで吐く息の白さを褒められたような感覚だ。確かにそれは自分と関連しているのだが、自分の手柄とまるで思えない類《たぐい》の称賛。

もちろん、他者の血を舐《な》める習性がある蝙蝠人の文化では、それはきっと一世一代の求愛というべきものだったのだとは思うが。

「あの、ジャッカローゼ様、わたくしは……」

「こうなれば、他の花嫁候補にはお帰り願おう。ジャギ、モーゼ、お前たちも彼女たちを家へ帰す手伝いを。丁重に扱え。大切な客人となった女性たちだ」
「ジャッカローゼ様！」
「無論、フレデリカ、そなたは別格だ。そなたは客人ではなく、迎え入れるべき血の花嫁
……おお、そうだ、オードリー。そなたも、気を持たせてすまなかった」
すっくと立ち上がり、ものすごくサクサクと話を進めようとするジャッカローゼ。彼は
フレデリカを見初めると、即座に他の誘拐の被害者たちの返還へ動き始めた。
その聞く耳の持たなさに声を高くするフレデリカだが、背後の牢《ろう》を振り向いたジャッカ
ローゼの発言に、後ろのエミリアたちと一緒に「オードリー？」と首を傾《かし》げる。
ジャッカローゼの後ろに檻《おり》があり、周囲のそれと同じようにさらわれてきた人影が囚《とら》わ
れている。そして、その『オードリー』と呼ばれた人物こそが――、
「お、オットー様!?」
「……いえ、オードリーです」
「何をしれっと仰《おつしや》っていますの！　……あ、いえ、そういうことですのね？」
檻の中、小さく手を上げていたのは、フレデリカたちが安否を心配し、ここに足を運ん
だ最大の理由であるオットーだった。
彼の無事と、やはり連れ去られていた事実に脱力しつつ、さらにオットーが『オードリ
ー』などと自称したことにも、フレデリカはすぐ納得する。
女性と間違って連れ去られたので、バレないように立ち回ったのだろう。

「とはいえ、ガーフがガーネットを名乗った場で、オットー様までオードリーと……」

「ははは、嫌な偶然ですね。ここを出たらすぐに忘れましょうね」

驚きを隠せないフレデリカに、オットーは乾いた笑みと懇願で答える。

以前、ガーフィールとオットーの二人がその偽名を名乗ったのは、諸事情で二人が女装していたときのことだ。諸事情で女装、言っていて首を傾《かし》げたくなる。

正しくはそのとき、スバルも女装していたので諸事情があったのは三人だ。もし今、スバルまで女装していたら、なんてゾッとしない冗句が思い浮かぶ。

ともあれ――、

「伝統に従い、血の花嫁を見つけ出すことができた。あとは血主《けつしゅ》たる我輩と、花嫁との婚儀を執り行い、それから……」

「――そこまでよ」

「む」

なおも、こちらの意思は無視して話を進めようとするジャッカローゼだが、その大きな体の前に細身で割り込んで、じっとエミリアが真下から彼を睨《にら》みつけた。

『認識阻害』のローブを羽織り、頭から被《かぶ》った猫の耳を模したフードがたまらなく可愛《かわい》らしいエミリア、その真剣な眼差《まなざ》しにジャッカローゼは太い眉を寄せ、

「フレデリカの連れか。そなたたちも元の場所に……いや、フレデリカの連れであるなら婚儀に参加してもらうべきか」

「ええ、結婚式はすご一く出てみたいわ。でも、それもちゃんと花嫁さんと花婿さんがおんなじ方向を見て、一緒に幸せになりましょうって約束してたらの話よ」

「それは」

「あなたのやり方で、ホントに花嫁さんは納得してるの？　フレデリカがくる前、他の子たちはずっとしくしくって泣いてたみたい。オットーくんだって、そう」

「オードリー！」

「オードリーだってそう！」

顎に手をやり、その勢いに唇を曲げたジャッカローゼがエミリアを見る。

オットーが偽名を名乗った意味がわかっていなさそうなエミリアは、フレデリカやオットーではなく、まだ牢《ろう》の中にいる他の花嫁候補たちを手で示した。

「伝統だからって、誰かを悲しませるやり方は私は好きじゃないわ。そう思うのは私だけじゃない。ジャギとモーゼ、あなたの弟たちもそう思ってる」

「なに？　お前たち、本当か？」

じろっと、エミリアの言葉にジャッカローゼの視線が弟たちを射抜く。一瞬、少年たちは兄の形相に身を竦《すく》ませたが、その二人の肩を後ろからガーフィールが支えた。

エミリアも、二人の前に立って気持ちを代弁してくれている。

だから――、

「そ、そうだよ、兄《に》ぃ。こんなの、やっぱりよくないよ」「そうだぜ……っ」

勇気を振り絞り、ジャギとモーゼが兄であり、族長であるジャッカローゼに意見する。その二人の言葉にジャッカローゼは目を見張り、息を吐いた。

「……弟たちに入れ知恵したのは、そなたたちか？」

「入れ知恵なんて言い方しないで。ちゃんと、一生懸命話し合ったの！」

「黙れ――ッ!!」

正面から、そう叩《たた》き潰《つぶ》すようなジャッカローゼの声がエミリアへ圧《お》し掛《か》かる。だが、エミリアは風を浴びたようにローブをなびかせながらも、引き下がらなかった。

ジャッカローゼの威圧感を真っ向から受け止め、堂々と撥《は》ね除《の》ける。

「そんな風に怒ったふりをしてもダメよ。私がここで引き下がったら、せっかく勇気を出してくれたジャギとモーゼに申し訳ないもの」

「――っ」

「怒鳴って遠ざける前に、ちゃんと話しましょう。ジャギたちは、あなたが必要だから花嫁さん探しを手伝ってるって。それは……」

「――目の前に迫る、帝国の破綻に備えるため、だそうですよ」

真摯に問いかけるエミリア、その疑問に当事者の代わりに答えたのは、この中で一番ジャッカローゼと話す時間に恵まれたオットーだった。

オードリーとして、相当に濃密な時間をジャッカローゼと過ごしたらしいオットー、彼は檻《おり》の中から顎をしゃくり、

「帝国に大きな争乱が起こるときが近い。そのときのために、強かった時代の蝙蝠人《こうもりびと》を取り戻さなくてはならない。そう、考えていたそうです」

「強かった時代の……あ、それで、昔の誘拐結婚をやり始めたの？」

「――。伝統には、伝統となる理由と、その恩恵がある」

目を丸くしたエミリア、その気付きをジャッカローゼは否定しなかった。偉丈夫は弟や仲間たちに命じ、血の花嫁候補を集めた理由がそこにあることを認めていた。

「でも」とエミリアが自分の頰《ほお》に指を立てながら、

「帝国は、今ってすご－く平和って話だったはずよ。もう何年も、争いらしい争いは起こってないって」

「言ったはずだ。破綻のときは近い。不釣り合いな天秤《てんびん》は、いつか必ず均衡を崩す。その勢いが強ければ、吊《つ》り下《さ》げた水瓶《みずがめ》の中身は大きくこぼれるのだ」

「そのッために、血の花嫁が欲しいってェわけだ」

帝国の秩序の崩壊、来たるべくそれに備えるための、血族を守るための行動。

口先だけの言い訳ならば、鼻で笑い飛ばしたくなるような迂遠《うえん》な考えだ。しかし、その馬鹿馬鹿しくさえ思える在り方が、かえって話の信憑性《しんぴょうせい》を増して思えた。

ジャッカローゼの思惑、そこに嘘《うそ》はないのかもしれない。

だとしても――、

「いったい、何を以《もっ》てして、帝国の秩序が破綻するとお考えなんですの？」

「蝙蝠人《こうもりびと》の直感だ」

「……直感、ですの？」

「侮るな、フレデリカ。我々の、とりわけ我輩の直感は恐ろしく鋭敏だ」

「でも、ジャギたちはすごーく簡単に捕まったけど……」

「弟たちは蝙蝠人として半人前だったからだ！」

例外要素まで組み込み始めると、どこまで発言を信用したものか疑わしくなる。

だが、頑《かたく》なななジャッカローゼは意見を引っ込めるつもりも、考え直すための話し合いに応じるつもりもないように思われた。思い込みがだいぶ強い。

このままだと、エミリアが蝙蝠人たちを洞窟ごと凍らせて決着してしまいかねない。

そんな、フレデリカの密《ひそ》やかな不安が――、

「――蝙蝠人の直感と、伝統たァ言ったもんだ。ずいッぶんと、見えづれェもんを後生大ッ事に抱えてッやがる」

カチッと牙を噛《か》み鳴らして、ゆっくりと上着を剥《は》いだガーフィールに塗り潰される。

女装とも言えない女装だったが、はっきりと男だとわかる姿を晒《さら》したことで、ジャッカローゼの瞳に動揺が走る。だが、本当の動揺はそのすぐあとだ。

ガーフィールが、ジャッカローゼを「よォ」と指差し、

「なんだって伝統なんぞに拘《こだわ》る？　それッして、何かいいことあんのかよォ」

「……かつて、蝙蝠人は一騎当千の力を誇った。それが、蝙蝠人の強かった時代だ。すな

わち、過去の伝統に従い、血の花嫁を迎えれば」

「そのッ頃の、帝国無双の力が手に入るッてわけか。――面白《おもしれ》ェ」

もう一度、ガーフィールが牙を強く噛み鳴らし、身長差のあるジャッカローゼと睨《にら》み合《あ》う。面白いとは言いつつも、ガーフィールの顔に愉快げな色はない。

雄々しく、獰猛《どうもう》な顔つきで二人の男は睨み合っていた。

「血を舐《な》めたら、てめェがクソ強《つえ》ェ蝙蝠人に化けるってのか？」

「誰のものでもいいわけではない。血の花嫁――ひいては、この場ではフレデリカの血である必要がある。血液美人の彼女こそが、我輩の求めた存在だ」

「うう、微妙ですわ……」

両手を広げ、包容力の片鱗《へんりん》を見せるジャッカローゼだが、方向性が間違っている。そう首を振るフレデリカを背後に、「ハッ」とガーフィールは息を吐くと、

「いいぜ、てめェのお望みの血をくれッてやろォじゃねェか」

「ガーフィール？」

「ちょ、何を言い出しますの、ガーフ！　わたくしは……」

その勝手な提案に、エミリアとフレデリカがとっさに反応する。

囮役《おとり》として血を流し、それでジャギたちを誘《おび》き出《だ》すのも抵抗があったのだ。実際に舐められるとなると、傷を直接というわけでないとわかっていても嫌だった。

ただ――、

「──何か、考えがあるんですね？」

静かに、いまだ鉄格子の中に閉じ込められたオットーが、ガーフィールに問う。

その問いかけを受け、ガーフィールは「決まってんだろ」と肩をすくめて、

「縋《すが》ってるもんが間違ってるって教えられりゃァ、周りに耳貸す気持ちってのが湧き出てくらァ。『ガーフィール・ティンゼル、かく語りき』ってなァ」

11

──ガーフィールの行動と結果は単純明快で、それ故に捻《ね》じ曲《ま》げようがなかった。

エミリアとオットーに口添えされ、フレデリカはジャッカローゼに血を、『稀血《まれけつ》』と呼ばれる己の血を分け与え、ガーフィールの望みを実現させた。

正直、特別と呼ばれる自分の血の価値にフレデリカは無頓着だ。

ただ、血を舐《な》めたジャッカローゼの全身に覇気が満ち満ち、その長身が一回り大きくなるのを目の当たりにすれば、彼が語った一騎当千の蝙蝠人《こうもりびと》の存在と、その実現に血の花嫁が欠かせないのだと、そう言い張った理由にも納得ができた。

しかし──、

「──か、く」

その顔面に拳を打ち込まれ、轟沈《ごうちん》したジャッカローゼが仰向《あおむ》けに倒れている。

顔に拳の型が付き、自慢の鼻と犬歯をへし折られた蝙蝠人の血主《けつしゅ》は、『稀血』を取り込んだことで全身を活性化させ、万全を超える万全の状態にあった。

ジャッカローゼ自身、人生で一番体が軽いと豪語していたほどだった。まさしく、語り継がれる蝙蝠人の血主、その域に達した確信が芽吹いていたはずだ。

それが、腕試しを申し出たガーフィールの拳打、その一発に沈黙させられた。

「伝統に従ってりゃァ、帝国がどんだけッ荒れようが乗り越えられる力が手に入る。なんて簡単にいくッほど、世の中狭くねェぜ」

相手を一撃で下したガーフィールが、しかし勝者の喜悦と無縁の顔で言い放つ。

伝説を再現しようと『誘拐結婚』にまで手を染めた蝙蝠人たち、彼らは伝説の再臨と、その轟沈を目の当たりにした。ガーフィールの拳は、これ以上ない否定だった。

フレデリカもまた、自分の弟の成長ぶりに言葉が出ない。

「腕力しか取り柄がないなんて、そう言ってはいましたけれど……」

『聖域』を取り巻く騒動の際、屋敷を襲った刺客を撃退したガーフィールを見たときも、その実力にはとても驚かされた。だが、あのときは十数年ぶりの弟との再会の方の驚きが大きく、その後の陣営の武官としての鍛錬でも、そこまでの変化はなかったはず。

しかし、死闘と聞かされた水門都市の出来事、そこでガーフィールは殻を破った。

正直、血を舐めたジャッカローゼ相手に、フレデリカは手も足も出ない自覚があった。

そのジャッカローゼを、ガーフィールは文字通り片手でひねってしまったのだ。

「兄《に》ぃ！　生きてる⁉」「そうだぜ⁉」

数秒、周囲はその結果に呆気《あっけ》に取られていたが、我に返ったジャギとモーゼが大慌てで兄へ駆け寄っていく。血をこぼし、呻《うめ》く男を抱き起こして懸命に声をかけている。

折れた鼻と牙から血を滴らせ、ジャッカローゼは目の焦点が合わないでいた。

「わ、我輩、は……」

「俺様の勝ちだ」

「――ぁ」

強烈な一発でひび割れた意識が、その勝利宣言で現実に立ち返る。紫色の双眸《そうぼう》が自分を見下ろすガーフィールを捉え、そこに握り拳が突き出された。

その拳を目にして、ジャッカローゼは理解した。自分と、理想の敗北を。

「……我輩の、器が足りなかったか。いや、結局、力は力に潰される道理なのか」

伝統に従い、血の花嫁を見つけ出し、最強の蝙蝠人《こうもりびと》となり――敗北した。血族の未来を憂え、力を望んだはずのジャッカローゼにとって、それはどれほどの絶望か。

そのジャッカローゼの呟《つぶや》きに、ガーフィールはわずかに目を細め、

「伝統がどォとか縋《すが》っても、程度が知れッてんぜ。楽して、近道で手に入るもんなんか当てにッならねェよ。――俺様の拳も、楽してでかくなったッもんじゃァねェ」

「「あ……」」

言いながら、ガーフィールが突き出した拳を開いて、その手をジャッカローゼにかざした。そのかざした手から淡い光が溢《あふ》れ、それが彼の血を流す患部を癒《いや》し始める。

痛みの遠のく感覚、治癒魔法の癒しを感じ、ジャッカローゼは目を瞬かせた。

「お前、は、どうして……」

「俺様ァ、ガーフィール・ティンゼルだ。てめェとおんなじで、どォにかしなきゃなんねェって一人で気ィ吐いてたのを引《ひ》っ叩《ぱた》かれたことがある、大馬鹿野郎よ」

「大馬鹿……」

傷を癒されながら、弱々しい声音でジャッカローゼが呟《つぶや》く。彼は自分の手を見下ろし、掴《つか》んだはずの理想、思い描いた未来が脆《もろ》くも崩れ去った現実に途方に暮れる。

種族の強さを求め、迷信めいた伝統まで持ち出した彼にとって、この敗北は決して消えない傷を魂に刻み込んだはずだ。

酷だが、これで『誘拐結婚』の被害は収まるだろう。引き換えに、ジャッカローゼたち蝙蝠人《こうもりびと》の未来は暗い。帝国の将来への疑心は拭えず、対応策は露と消えた。

だが――、

「それもこれも、我輩が、弱いせいで……」

「ああ、弱《よえ》ェ。――だッから、強くなれや」

己を呪うジャッカローゼ、その言葉にガーフィールの声が被《かぶ》さった。その内容に、蝙蝠人の血主《けつしゅ》は「なに?」と目を丸くする。

いったい、何を言われたのかと瞠目《どうもく》し、ジャッカローゼがガーフィールを見上げる。

「強くなる、だと？　今、我輩は血の花嫁の助力を借りてもお前に……」

「別に強《つえ》ェ弱ェってのは腕っ節だけの話じゃァねェよ。それ言い出したら、俺様がこの世で一番強ェって思ってる大将の腕っ節なんざカスみてェなもんだ」

「ガーフィール、そんな言い方ダメよ。スバルが聞いたら泣いちゃうじゃない」

肩をすくめながらの発言を窘《たしな》められ、ガーフィールが「悪《わり》ィ悪ィ」と頰《ほお》を歪《ゆが》める。その凶暴な笑みには、戦う前にはあった苛立《いらだ》ちが見当たらなくて。

そのジャッカローゼに向けた眼差《まなざ》しには、同類を見るような柔らかみがあった。

「言ったろォが、俺様もてめェと同じだったんだ。けど、今は腕っ節もいい線いってて、大将の物差し使った強さも、悪かねェ。そういう強さがあるんだよ」

「――――」

「てめェの両肩に、兄弟と血族の未来を乗っけてんだ。気ィ張る理由ァわかる。周りに頼れねェし、預けられねェって気持ちもな。――そんなッもん、クソだぜ」

吐き捨てるような言い方に、あるいはジャッカローゼが打ちのめされる可能性だってあった。しかしフレデリカは、エミリアもオットーも、口を挟まなかった。

そのガーフィールの言葉には、ジャッカローゼを貶《おとし》める意図はなかったからだ。

それは紛《まぎ》れもなく、ガーフィール自身の内から溢れた言葉。ガーフィールが迷い、悩んで、苦しみながら足掻《あが》いた果てに、辿《たど》り着《つ》いた一個の答え。

その答えがもたらされた瞬間を、ガーフィールは恥じらいと誇らしさで装飾する。

だって──、

「俺様の知ってる一番強《つえ》ェ男は、困ったッときは周りに手ェ貸してくれって言える。誰かが困ってりゃァ自分から手ェ差し出す。一人にはならねェ。一人にしておけねェ。最近、ようやく言い方がわかったッ気がすんだ」

「それは……」

「帝国流じゃねェかもな。けど、壊れる寸前の帝国流に縋《すが》り付《つ》く意味、あっかよォ」

片目をつむり、そう言ったガーフィールがかざした手を引いた。すると、そこには折れた鼻が治り、牙も小さなものが生え直したジャッカローゼの顔がある。

いつしか目の焦点は合い、呆然《ぼうぜん》とガーフィールの言葉を聞いていた血主《けっしゅ》、その傷の癒《い》えた顔の血を、寄り添う兄弟が袖で拭った。

「兄《に》ぃ、俺たち、頼りにならないかもしれないけど……」「そうだぜ」

考えることを放棄して、ただ言いなりになるのが兄のためだと、そう思考放棄していたことを恥じるように、ジャギとモーゼがジャッカローゼの袖を掴《つか》んだ。

兄弟以外の蝙蝠人《こうもりびと》も、地べたに座り込む自分たちの血主を囲み、「ジャッカローゼ」とその名前を呼んだ。

その、血族たちの顔ぶれを見渡して、ジャッカローゼはわずかに息を呑《の》むと、

「……血主と、そう呼べと言っただろう」

そう、直前までの敗北感と、未来の見えない失望、それらをほんの少しだけ気楽に捉えたような、そんな声音で血主の矜持《きょうじ》を口にした。

そのジャッカローゼの言葉と、それを受けた蝙蝠人たちの反応から、フレデリカはガーフィールの伝えたかったことが伝わったと感じた。

「ガーフィールだったな。我輩の……いいや、我々の負けだ。連れてきた女性たちは無事に家へ帰す。古《いにしえ》の蝙蝠人の再臨は白紙に戻そう」

血族を背後に従え、地べたに片膝をつくジャッカローゼがガーフィールを見上げる。

血の花嫁が見つかったと、そう有頂天になっていたときと違い、自らの足場を確かめたあとで、『誘拐結婚』の候補者たちを家へ帰すと彼らは決めた。

その上で、とジャッカローゼの瞳に熱が入って、

「我らの伝統とは別に、フレデリカを花嫁として迎え入れたい。……この先、そなた以上の女性と出会えるとは、とても」

「ええと、とても光栄なことではありますわ。ただ……」

必死さや切実さと切り離された求愛は、先ほどよりはフレデリカの胸を打った。だが、それでも吟味や熟考に値するほど、フレデリカには響かない。

「わたくし以上の女性、というのはきっとたくさんおりますわ。もちろん、あなた方の価値観に照らし合わせ、わたくしを高く評価してくださるのは光栄ですが」

それは、フレデリカが評価されたい項目ではない。それにフレデリカには、劇的な出会

いで伴侶を選ぶよりも、今愛すべき人たちとすべきことがあるから。

そう、フレデリカが丁重に求愛をお断りすると、「それによォ」と隣に並んでくるガーフィールが、その手で乱暴に自分の頭の位置にあるフレデリカの肩を掴《つか》んで、

「これァ、俺様の姉貴ッだから半端な奴《やつ》にゃァやれねェよ。少なくッとも、俺様より弱《よえ》ェ奴にァ絶対にやれねェ」

「ガーフ！」

牙を噛《か》み鳴らし、ガーフィールがジャッカローゼたちに言ってのける。思わずフレデリカが鋭い牙を見せ、無理難題を積んだ弟に抗議をした。

前述の通り、ジャッカローゼの求愛を受けるつもりはない。ないが、今しがたの戦いを見たあとだと、ガーフィールの条件は厳しすぎるだろう。

「あなた、わたくしを生涯未婚で終わらせるつもりでおりますの？」

「ハッ、弱っちい野郎に姉貴を嫁がせるッくれェならなァ」

と、悪びれずに答える弟にフレデリカは眉間を指で揉《も》んだ。揉みながら、それがそんなに悪い気がしなくて、事態収拾の安堵《あんど》と合わせて胸の内は複雑なのだった。

12

「ガーフィール、甘えたい年頃のお姉ちゃん子なのよ。すごーく可愛《かわい》いわね」

かなり壮絶な出来事だったが、エミリアに言わせればそんなまとめ方になる。

実際、運がよかったというべきなのだろう。『誘拐結婚』の目的が切実であり、ジャッカローゼ率いる蝙蝠人《こうもりびと》たちに最低限の良識があり、さらわれた女性たちが極度の混乱を引き起こさないよう落ち着かせた人材がおり、伝統を踏み潰す剛腕がいた。

どれか一つでも歯車がズレていたら、この状況は成立しなかったはずだった。

「ガーフの言葉に悪い気はしませんでしたけれど、結果が可愛くありませんわよ」

ジャッカローゼの求愛を断った決定打、それはガーフィールの発言と言えるが、エミリアの感想を素直に受けて、生涯未婚なんてことになれば目も当てられない。

フレデリカも、幸せな結婚を夢見る願望はある。特定の相手は思いつかないが。

「少なくとも、わたくしの血ではなく、わたくしを見てほしいですわね」

「フレデリカさんでしたら、相手には困らないと思いますけどね」

「どうでしょう。殿方のお世辞を真に受けるのは抵抗がありますわ」

たくさんの女たちと同様、蝙蝠人の魔の手から助け出されたオットー。彼の世辞にフレデリカは曖昧に微笑《ほほえ》み、自身の長い金髪を撫《な》で付ける。

恥ずかしながら、フレデリカも異性に言い寄られた経験はある。が、ロズワールやアンネローゼに仕えるメイドとして他者に接する機会が多かったし、このところは『稀血《まれけつ》』目当てに狙われることが頻発している。

正直、血を入れ替えて『稀血』を捨てられるなら、そうしたいと思えるぐらい。

「でも、フレデリカはあんまり好きじゃない自分の血を使って、それでオットーくんを助け出してくれたの。私、思うんだけど……」

「思う、ですか？」

「私も、自分の髪の毛とか目の色、生まれのことで辛《つら》い思いをしたわ。でも、これがなかったら今、スバルと……みんなといられなかったと思うの」

「――――」

「あ、辛い思いをしたのがよかったってことじゃないわよ。辛くなくて、幸せなのが一番いいと思う。だけど、悪いことにも、悪いだけじゃない意味があるっていうか」

あたふたと言葉を試しながら、自分の伝えたいことをエミリアが模索する。

それは相手を困らせたくない気持ちと、自分の気持ちをちゃんと伝えたいと考えている彼女の真《ま》っ直《す》ぐな性根との、とてもいい割合の悩みだった。

それはとても好ましく、嬉《うれ》しい配慮だと思う。――オットーが女性と間違われ、未来を悲観した蝙蝠人《こうもりびと》をガーフィールが殴り倒した顛末《てんまつ》の〆《しめ》にはもったいない。

「ッけど、よかったぜ、オットー兄《あに》ィ。うっかり兄ィが誰かの嫁にされッちまうとこだった。大将探しにきて、そりゃおかしいッだろ」

「ええ、本当にそうですよ。結婚生活の破綻も見えてましたから、ガーフィールがきてくれて助かりました」

「そうね。ホントにそう。スバルも、オットーくんが花嫁さんにされかけたなんて聞いたらすごーく驚いちゃうだろうし」

「……あの、明確に求婚されたのはフレデリカさんの方なんですし、これは僕がどうとかではなく、フレデリカさんの花嫁騒ぎとするべきでは？」

「え？　でも……」

持ち前の精神的なタフさで、オットーは自分に訪れた被害を忘れる構え。しかし、後々に語られる問題をすり替えようとしても、さすがにそれは通るまい。

オットーがさらわれ、それを助け出すために動き出したのが切っ掛けなのだ。

とはいえ、そんなオットーの胸中に配慮できるのは、この場にはフレデリカだけで。

「では、旦那様……ダドリーたちと合流した際にはそう報告いたしましょう。もちろん、スバル様と会えた際にも」

「──恩に着ます、フレデリカさん」

「ええ、たっぷりと着てくださいまし」

フレデリカがまとめて業を引き取ると、オットーが肩の荷が下りた顔をする。

「なんだか、へんてこな気がするけど……」と、エミリアは今しばらく不思議そうな顔をしていたが、重ねて伝えていれば受け入れてくれるだろう。

ガーフィールは、たまに思い出してオットーをからかうかもしれないが。

「ですが、ジャッカローゼ様たちが仰《おつしや》っていた、帝国の危難というのは」

「ただの悲観的な未来予想と考えるべきか、それとも……状況が状況でしたから、他の檻《おり》の女性たちに確かめることはできませんでしたが」

「兄《あに》ィがいなッくなる前、町で聞いて回ったッときもそれらしい話は聞けなかったぜ？」

話の方向性を変えて、疑問が集約するのはジャッカローゼや蝙蝠人《こうもりびと》、彼らを凶行に走らせた原因である、漠然とした帝国の未来への不安。


遠からず、とジャッカローゼは話していたが、それは本当に間近に迫っているのか。いるとしたら、フレデリカたちも無縁でいられないのだろうか。

『来たる危難のときを、我輩たちは一丸となって乗り越える。もしも、必要であればいつでも声をかけてくれ。――蝙蝠人が駆け付ける』

とは、フレデリカにいい顔をしたいからではなく、性根を文字通り叩《たた》き直《なお》されたことへの感謝、それが満《み》ち溢《あふ》れたジャッカローゼの言葉だったと思う。

彼らの力を借りなくてはならない事態、きっと、ない方がいいのだとは思うが。

「――――」

それに、改心したとて、ジャッカローゼたちの未来も明るくはない。

しでかしたことの規模が規模なのだ。被害者たちが無事に家に帰れても、それで全てが丸く収まるとは思えない。ヴォラキア帝国での罪の裁き方、それがどうした形になるかはわからないが、苛烈な処分が待っている可能性も考えられた。

しかし――、

「ヴォラキアの皇帝は、この国をずっと平和にしようって頑張ってるんでしょう？　だったらきっと、ジャッカローゼたちの話も聞いてくれると思うの」

そう、未来の明るさを信じるエミリアを、フレデリカも信じてみたくなる。

帝国が築き上げた、建国以来の平穏——それが、エミリアの想像しない血腥《ちなまぐさ》い方法で守られてきた可能性も、ある。

「でも、ナツキさんを探している今、僕たちがそれを危惧する必要はありませんよ」

フレデリカと同じ結論に達しながらも、それをエミリアと共有するつもりのないオットー。彼の言葉は冷たくも頼もしく、今日の失態を忘れてあげたくなる。

とはいえ、失態はオットーだけに限らず、全員共通のものとも言えて。

「しッかし、オットー兄ィを無事連れ帰れッたのはいいけどよォ、ペトラとベアトリスになんて言やァいいか、気が重《か》てェぜ」

がりがりと、自分の頭を掻《こら》きながらのガーフィールにフレデリカも同感だ。

逸《はや》る気持ちを堪えて宿に残ったペトラは、フレデリカたちがスバルの行方について何かしらの情報を持ち帰ると信じているはず。

宿に帰る時間を遅らせた上に、手掛かりなしと聞けばどれほど落胆するか。

そんな、頭の痛い悩みを抱えて、フレデリカたちは宿に戻り——、

「——みんな、大変っ！『ナツミ・シュバルツ』が出たのっ！」

宿の受付で、今か今かとフレデリカたちの帰りを待っていたペトラが、こちらを見つけて開口一番言い放った言葉に全員の思考が止まった。

「え？　ナツミが帝国に？　どうして？」

「――――」

――否《いな》、エミリアだけは、フレデリカたちと違った驚きに首を傾《かし》げていた。

それは彼女だけが、その名前の真の意味を知らないからなのだが、その真実を明かすのは後回しに、発言の真意を確かめなくてはならない。

「ナツミ・シュバルツ、ですの？　それはどういう……」

「ここからしばらく西に、ヴァラルって街があるらしいのよ。そこで起こった騒ぎと、『黒髪の乙女』ナツミ・シュバルツが関わってるそうかしら」

「ベアトリス！　起きてていいの？」

事情を掘り下げようとしたフレデリカに、そう答えたのはベアトリスだった。

スバルと離れ、『ショウエネ』していなければならない彼女からの説明に、エミリアを始めとした外回り組も目を丸くする。

「こんな話を聞いて、おちおち寝てられないのよ」

「そりゃァそォだが……ペトラお嬢様ァ、よくそんなッ話耳に入ったじゃァねェか」

「少しでもスバルのこと知りたかったし……でも、それだけじゃなくて」

ぽんと、ガーフィールがペトラの頭に手を置いて功績を褒めると、普段ならその手をやんわりよけるペトラが、落ち着かない顔でみんなを見回した。

ずいぶんと、嫌な予感のする前置きだと、そう感じる。

「そもそも、ナツミ・シュバルツの名前と、『黒髪の乙女』という響きが頭の痛くなる空気を醸し出していますけれど、何がありましたの？」

「……あの、この『黒髪の乙女』さん、そのグァラルって街を落としたみたい」

「──街を、落とす？」

言葉を選んで、ペトラができるだけやんわり伝えようとしてくれた。が、それがやんわりとしすぎて、選んだ言葉の意味がうまくフレデリカたちに伝わらない。

街に、落とすという表現は普通は使わない。使うとしたら、それは──、

「大人しくしてるたァ思っちゃいなかったが……」

「何をやってるんだ、あの人……」

唖然《あぜん》となるフレデリカと同じ境地に、ガーフィールとオットーも続いて達した。おそらく、同じ結論に達していただろうペトラとベアトリスもそうだ。

帝国に飛ばされ、さぞ苦境に立たされているだろうと思われたスバル。レムを連れて無事でいてくれたらと、そんなわかりやすい構図が粉々になる。

しかも、都市を落としたということは、明確な体制側への叛乱《はんらん》ではないか。

「まさか、ジャッカローゼ様が仰《おっしゃ》っていたのは……」

帝国の秩序の崩壊、その訪れをひしひしと感じ取っていたジャッカローゼ。事実かどう

かもわからなかったそれが、途端に現実味を帯びる。

しかも、他ならぬ見知った相手の存在によって――。

「ナツミの名前は……」

「――スバルのことかしら、エミリア」

「スバルが？」

ただ一人、事態についてこられていなかったエミリアに、ベアトリスが告げる。

その事実は、ナツミ・シュバルツの正体がスバルの女装と知らなかったエミリアにとって衝撃的なものだろう。隠していたわけではないが、嘘《うそ》の片棒を担いでいたような気持ちになり、フレデリカも理不尽な罪悪感を覚える。

しかし、エミリアは「そっか」と手を打つと、

「スバルも、帝国で有名にならないように違う名前を名乗ってるのね。でも、オットーくんとガーフィールみたい」

「え？」

「だって、二人もオードリーとガーネットの名前を借りてたでしょ？　それって、ナツミの名前を借りてるスバルとおんなじじゃない」

うんうんと頷《うなず》いて、エミリアが自分の中の情報だけでそう結論付けた。

その言葉にフレデリカたちは顔を見合わせる。――実際、エミリアの持っている情報だけだと、そうした答えに辿《たど》り着くのが自然だった。

そして、その絡み合った紐《ひも》を解いて、わざわざ事実を明かす理由も強くはない。

大事なのは――、

「――スバルが、私たちにもわかる名前を使ってくれてる。スバルが私たちに、自分の居場所のことを教えてくれてるってことだと思うの」

頷いたエミリアの意見に、フレデリカも、オットーたちも同意見だった。

正直なことを言えば、『常闇《とこやみ》』を抜けて辿り着いた帝国で、早々にさらわれたオットーを助け出すために駆け回り、心身共に疲れ果てていたが――。

「明日、朝になったら出発しましょう。ええと……」

「ヴァラル……城郭都市《じようかくとし》とやらなのよ」

「――その、ヴァラルに！」

ぐっと拳を固めて、エミリアがそう宣言する。

ようやく聞かれた、消えたスバルとレムの行方に近付けるかもしれない情報。それに付随する不穏な気配やキナ臭い帝国の様相、それらを思えば気が気でないが――、

「――きっと大丈夫！　みんなでちゃんと帰れるわ」

そう、力強いエミリアの宣言を、否定する気に誰もなれないのだった。

——事実、ここで手に入れた『黒髪の乙女』ナツミ・シュバルツの風聞は、一行が探し求めたナツキ・スバルのことで間違いなかった。

ただし、辿《たど》り着《つ》いた城郭都市《じようかくとし》は都市の成立以来最大の危機を迎えている真《ま》っ只中《ただなか》であった上に、スバルたちとの再会は容易《たやす》くは叶《かな》わない。

ジャッカローゼ・ブラウの危惧した、帝国の秩序の崩壊は紛《まぎ》れもなく起こり、ヴォラキア帝国の平穏は破られ、帝国史でも類を見ない大きな争乱へ繫《つな》がっていく。

だが——、

「待っててね、スバル、レム。——みんなでいくから！」

そう、前を見据えるエミリアを支える一行の目は、誰一人として揺らがぬままであり続けるのだった。

《了》

『Poltergeist Story』

1

——雷鳴が轟《とどろ》いていた。

窓の外で雷光が閃《ひらめ》き、屋敷を照らしていた魔法灯の光が一斉に消える。何の運命の悪戯《いたずら》か、視界を闇が覆った瞬間、食器棚が倒れ、中の食器が盛大に割れた。

「いやぁぁぁ——っ!!」

その食器の断末魔を聞いて、絹を裂くような悲鳴が上がる。

悲鳴を上げたのは、長く美しい金色の髪をした女給だった。すらりとした長身ながら、女性的な起伏に富んだ魅力的なスタイル。切れ長の瞳は翠《みどり》の宝石のようで、大きな悲鳴を上げた口元には白く綺麗《きれい》な歯並びが見える。

ただし、その歯並びの一部は鋭く尖《とが》り、かなり凶悪な様相を呈していたが——、

「きゃあ！　きゃあああ！　出ましたわ！　出ましたわよ！　ちょっと、ペトラ!?　大丈夫ですの!?　ペトラ！　ラム！」

ぴょんぴょんと飛び跳ね、涙目になっている彼女の姿からは、そうした凶暴性の一切が

感じられず、むしろか弱い女性としての在り方が強調されている。

暗闇の中、手の届く位置にあった布切れを掴《つか》み、女性はそれを必死に抱き寄せる。

「ぺ、ぺ、ぺ、ペトラ……？　いいえ、ラムですの？　とにかく、とにかく無事でよかったですわ。もう、一刻も早くここから出ないと……」

「──フレデリカ姉様？」

「──っ！　ペトラ!?　そこにいますの？」

抱き寄せた相手ではなく、別の方向から聞こえた声に女性──フレデリカが振り返る。暗闇に瞳孔が細くなる視界、幼く可憐《かれん》な少女の姿が見えた。

頭に大きなリボンを付け、メイド服に身を包んだ愛らしい少女は、フレデリカが最も可《か》愛《わい》がっている妹分のペトラだ。

その無事を視界に収め、フレデリカは安堵《あんど》に豊かな胸を撫《な》で下《お》ろす。

「ああ、ペトラ……無事でよかったですわ。ということは、今、わたくしの腕の中にいるのはラムですのね。ずいぶんと大人しくして──」

「──何を言っているの、フレデリカ。ラムならこっちよ」

「え」

ふてぶてしい声がして、ペトラの隣に件《くだん》の声の主が現れる。

短い桃色の髪と、凛《りん》としたものを感じさせる整った顔立ち。仁王立ちが妙に似合う少女だが、それはこの深淵《しんえん》の闇の中でも健在だった。

「あ、あら、ラム……ペトラと一緒でしたのね。ええと、それでしたら……」

「そうね、一緒だったわ。──いったい、何をラムと勘違いしていたの」

「それを、考えないようにしていたんですのに……！」

無慈悲なラムの問いかけに、フレデリカは軋《きし》むような音を立てながら首を戻した。そして、自分がしっかりと抱きしめ、胸に抱え込んでいるそれを見下ろす。

その瞬間、ちょうど稲光が発生し、胸の中のそれが鮮やかに照らし出された。

「────」

それは、片方の眼球がなくなった、幼児ぐらいの大きさの人形だった。

そしてその人形はあろうことか、フレデリカと目が合うと、唇を緩め、笑った。

「──いやぁぁぁぁ!!」

と、フレデリカの、この日、何度目になるかわからない悲鳴が上がった。

2

──事の始まりは、これより二日ほど前に遡る。


「別邸の清掃と、家具の入れ替えですか？」

「ああ、そうなんだ。それを君たち三人に頼みたくてねーぇ」

机の上で両手を組み、微笑《ほほえ》んで告げるロズワール。

その彼の目の前には、屋敷で働く三人のメイド——大・中・小の身長差で並んだ彼女たちは、順番にフレデリカ、ラム、ペトラの三人娘である。

揃《そろ》って主人の部屋に呼び出された三人の中、ペトラが「あの」と手を上げた。

「別邸……って、前の焼けちゃったお屋敷とは違うんですか？」

「ああ、それとは別でねーぇ。あの屋敷もあの屋敷で気に入っていたんだが……」

「あ、旦那様には聞いてません。姉様たちにお聞きしたんです」

「ペトラ……」

ロズワールの回答を笑顔で拒絶するペトラに、フレデリカは額に手を当てた。

フレデリカの目から見ても、ロズワールとペトラの関係は複雑骨折している。雇われの身分であるペトラの態度は決して褒められたものではないが、そもそも、ペトラがこんな態度を取る原因はロズワールの方にあるのだ。

ロズワールもロズワールで、このペトラの態度を大らかに許している節があり、何なら今の雑な対応にも上機嫌でいて、フレデリカに矯正は不可能だった。

それならそれで、ロズワールを慕うラムが黙っていないかと思われるも、

「ロズワール様へのその態度、いただけないわよ、ペトラ」

「ごめんなさい、ラム姉様。でも、どうしても旦那様に嫌な思いがさせたくて……」

「そう、覚悟の上なのね。なら、仕方がないわ。今のペトラの言葉に傷付いたロズワール

様をねぎらう、というラムにしかできない仕事も発生するものね」

「二人とも、いい加減になさいまし！　さすがにわたくしも見過ごせませんわよ！」

間に挟んだロズワールへの対応は正反対なのに、何故《なぜ》かうまく噛《か》み合《あ》う二人をフレデリカが叱咤《しった》する。それから、フレデリカは二人より一歩前に出ると、

「旦那様も、楽しんでいないでちゃんと注意していただかないと困りますわ。屋敷の風紀が乱れますのよ。ただでさえ……」

「ただでさえ、何かーぁな？」

「ただでさえ、スバル様やガーフが崩していますのに……」

フレデリカの脳裏に思い浮かぶのは、屋敷で暮らす黒髪の少年と不肖の弟だ。

そこに内政官の青年を加えた三人が、ロズワール邸の男衆と言えるのだが、三人は年齢相応か、それより少しばかり不相応な振る舞いが目立つ。

「まともに見えるオットー様さえ、二人と絡むと一番羽目を外されますから……」

「あ、わかりますっ。オットーさんって、僕は全然普通ですよーって顔してるのに、急に一番過激なこと言い出したりしますよねっ」

「あれが一番危ない男なのは、全会一致でしょうね」

「やれやれ、とてもオットーくんには聞かせられない話だーぁね」

無関係な場所で話題にされ、屋敷の仕事場で一人の青年が盛大にくしゃみをする。そんな一幕を挟みつつ、「それより」と脱線した話が本筋へ戻ってくる。

別邸の清掃、それ自体は何の問題もないが——、

「こちらの本邸へ移ってから数ヶ月、ようやく落ち着いてきたところなのですが、どうして別邸の方に手を入れるつもりに？」

「まぁ、当然の疑問だろうね。とはいえ、そんな難しい理由じゃーぁないさ。王選の開始が周知されて数ヶ月、各候補者もいよいよ本格的に動き始めている中、我々もそれに乗り遅れるわけにはいかない。各地の有力者との折衝……私が言うのもなんだが、西方辺境伯領は曲者《くせもの》が多いからねーぇ。交渉は過酷を極めるだろう」

「——？　そのことと別のお屋敷と、何の関係が？」

「簡単な話よ、ペトラ。つまり、この先、ロズワール様やエミリア様は各地へ直接出向いての仕事が多くなる。そのとき、滞在先に選べる場所は多いに越したことはない。……幸い、メイザース家の別邸は各地にあるから、利便性はなかなかのものよ」

「へえ、そういうことなんですね……」

ロズワールの説明を引き取ったラムに、ペトラが納得と頷《うなず》いている。そんな二人の様子を横目に、フレデリカは「では」と言葉を継いで、

「各地の別邸の風通しを順繰りに、ということでよろしかったですか？」

「ああ、それで問題ないよ。ひとまず、今口説こうと思っているのがトリオン・アルーズ子爵なんだ。だから、その近くから埋めてくれるとありがたいんだーぁがね」

「でしたら、サン・ファントラスのお屋敷でしょうか？　でも、少し距離が……」

「──いいえ、そこじゃないわ」

部屋の壁にかかった地図を机に広げ、ロズワールの指摘に適《かな》った屋敷を確かめようとしたフレデリカは、横から地図を覗《のぞ》き込《こ》んだラムの言葉に眉を上げる。

ラムは地図の一点を見つめ、目的地近くの森を指差して「ここよ」と告げる。

「ここって……何にも書いてない森ですよ、ラム姉様」

「地図には書かれていないわね。でも、ここにはメイザース家の所有する古い屋敷があるの。──ロズワール様、そうでしたね」

「……君はまぁ、本当によく覚えているものだ。十年近く前だろうに」

「ロズワール様との思い出ですので」

ラムらしい遊びのない答えに、ロズワールが眉尻を下げて微苦笑する。

何年も前から変わらないラムの言動だが、どうやらロズワールの方の受け取り方が変わったらしいと、以前から二人を知るフレデリカは感慨深く思う。

ともあれ、話題にすべきは地図にない屋敷のことだ。

「わたくしも知らないお屋敷ですのね。旦那様、こちらは？」

「知らないのも無理はないよ。そこは別邸ではなく、工房なんだ。私の先代が利用していたもので、それこそ十年近くも放置されたままになっている」

「工房、ですか」

頬《ほお》に触れ、その単語を反芻《はんすう》しながらフレデリカは思案する。

ロズワールの先代――ロズワール・K・メイザースといえば、魔石を利用して動く魔造具の開発・実用化に尽力した稀代《きたい》の天才だ。代々、メイザース家の当主はロズワールの名を継ぐのだが、いずれも優れた才能を発揮する才人揃《ぞろ》いである。

「だとしたら、先代様が残されたものもおありですの？」

「いいや、有用なものなら運び出してあるはずだーぁから、屋敷は空っぽのはずだよ。ただ、位置関係は理想的だ。この屋敷が使えるなら、それがありがたい」

「なるほど。ですが、そのぐらいなら三人も必要は――」

と、そこまで口にしかけて、フレデリカはロズワールの隠された意図を察した。

古い屋敷の清掃と修繕、その程度の仕事内容ならフレデリカ一人で事足りる。にも拘《かかわ》らず、ロズワールが三人を指名した理由――それは、協調性の確立だ。

先のロズワールへの態度を筆頭に、フレデリカたちの協調は完璧とは言えない。だが、すでに王選が始まっている以上、信頼が芽生えるのを悠長に待つ余裕はないのだ。

故に、大きな仕事を三人に一緒にやらせ、今後に繋《つな》げたい考えなのだろう。

「承知いたしましたわ、旦那様。このお役目、わたくしたちにお任せください。旦那様のお考え、表も裏もしかと叶《かな》えてみせますわ」

「表と裏……？」

「ええ、お任せくださいまし！」

どんと己の胸を叩《たた》いたフレデリカに、一瞬、ロズワールが眉を顰《ひそ》める。が、続けざまの威勢のいい発言に、彼は「ま、いいか」と頷《うなず》いた。

「では、改めて命じる。先代の工房だった屋敷の調査と、滞在が可能となるように修繕や家具の入れ替えの手配、よろしく頼むねーぇ」

「――はい！　お任せくださいな！」

と、そんなこんなでロズワールからの指示を受け、三人娘はいそいそと準備を済ませると、目的の工房へ向かって出発したのだった。

3

「ここが、先代の旦那様のお屋敷？」

正面、すっかり荒廃した屋敷を前にして、ペトラが目を瞬かせた。

それもそのはず、目的となった屋敷は、メイザース家の所有する別邸としては少々趣が異なりすぎていた。鬱蒼《うっそう》とした森の中、蔦《つた》や雑草、野生動物の猛威に晒《さら》され、荒れ放題となってしまった建物は、人が住まえる状態でないと一目でわかる。

しかし、そんな屋敷で三人は一晩を過ごさなくてはならない。

「もうじき雨が降るでしょうし、今から直近の町へ戻るのは現実的ではないわね」

「うう、ごめんなさい……」

「ペトラのせいではありませんわよ。あれは、あの野鳥が狡猾《こうかつ》だったんですわ」

落ち込むペトラの肩を撫《な》で、フレデリカが必要以上に凹《へこ》まないよう少女を慰める。

三人が屋敷についたのは、すでにすっかり暗くなった日没後のことだ。本当なら日中に辿《たど》り着《つ》く予定だったのだが、それが叶《かな》わなかった理由がペトラの沈んだ顔である。

「わたしが荷物を、鳥にさらわれてなかったら……」

「たられば、で話をしても発展性がないわ。あの姑息《こそく》な鳥に、ペトラ自体がさらわれなかったことを幸運に思うべきね。あの手の鳥は、子どもぐらい平気でさらうから」

「わ、わたし！　そこまで小さくないですっ！　ラム姉様とそこまで違わないもんっ！」

「ふふ、そうね。フレデリカと比べたら、ラムもペトラも豆粒のようなものね」

「豆粒は言いすぎでしてよ！　わたくしはいったい何なんですの!?」

あんまりな言われようにフレデリカが声を上げると、ラムに「はいはい」と適当に受け流される。そのやり取り自体、ペトラに不要な自責の念を抱かせないためなのはわかっているが、別のやり方もあったろうに。

「まったく、昔からそういうところは変わりませんわね……」

「でも、ラム姉様の言う通り、今から町には戻れませんよね？　だったら、今夜はこのお屋敷……お屋敷だったところで？」

「そうですわね。この、お屋敷だったところで――」

一晩過ごさなくては、と続けかけたところで、フレデリカの言葉が途切れた。

「――？　フレデリカ姉様？」

傍《かたわ》らで、押し黙ったフレデリカをペトラが見上げてくる。しかし、フレデリカはペトラの呼びかけにとっさに答えられない。

目の前の荒廃した屋敷を眺めながら、フレデリカはふと我に返っていた。

「……この屋敷で、一晩を？」

越すのか、と見たくない現実を直視し、フレデリカは硬直する。口に出せば現実から逃げられなくなる。その思いが、フレデリカに苦い唾を呑《の》み込《こ》ませた。

「ええ、ここで過ごすしかないわね。さっさと入りましょう」

「――――！　ら、ラム、そんなさらっと……」

「何を慌てふためいているの、フレデリカ。……まさか、怖いの？」

薄紅の瞳を細め、声の調子を落としたラムにフレデリカの全身の毛が逆立った。思わず息が詰まるフレデリカ、その袖をペトラが「姉様？」と引いて、

「もしかして、怖いんですか？　フレデリカ姉様」

「こ、こ、怖くなんてありませんわよ！　全然、そんなんじゃありませんわ！　そうじゃなくて……そう、安全性に難ありと言いたかっただけで！」

――嘘《うそ》だった。怖かった。

可愛《かわい》がっている妹分の前で、フレデリカは大いに虚勢を張った。

基本、フレデリカは自分を飾ったり、大きく見せようとするのを避ける性格だったが、可愛いペトラの前ではそうではなかった。尊敬される姉代わりでありたかった。

ラムもガーフィールも、ペトラと比べて全然可愛らしさの足りない子たちなのだ。なので、可愛いペトラには格好《かっこ》いいところを見せたかった。

「何十年も放置されたボロボロの屋敷では、わたくしたちを一晩守り切れるかどうか。ここは一つ、森の中、崖に面した洞穴でも探した方が賢明ですわよ」

「あるかもわからない洞穴探しが賢明？　フレデリカ、熱でもあるの？」

「わ、わかってますわ！　今のは冗談！　嘘っこですのよ！　では、今からわたくしがその辺りの木を切り倒して、三人で長く住める小屋を建てて……」

「ね、姉様？　本当に大丈夫？　ちょっと座って休んだ方が……」

「うぐぐぐぐ……！」

恐怖と恥辱に支配された頭では、碌《ろく》な代案が浮かんでこなかった。

「確かに、わたくしは建築関係には明るくありませんでしたわ。そんなことにも気付けなかったなんて……」

「問題はもっと手前にあると思うけど、まぁいいわ」

反省するフレデリカを余所《よそ》に、じろじろと屋敷の外観を眺めるラム。彼女はしばし思案したあと、使い物にならないフレデリカではなく、ペトラに振り向いて、

「パッと見た感じだと、最初の印象ほど手の施しようがないわけではないわ。ラムは荷物を運ぶ準備をしておくから、少し裏を見てきてもらえる？」

「わかりました、ラム姉様。えっと、フレデリカ姉様はここで休んでる……？」

「い、いいえ、そうはいきませんわ。わたくしも一緒にいきます！」

二人が案じてくれるのはありがたいが、ここでへこたれてもいられない。ましてや、こんな怪しい雰囲気の場所で、ペトラに単独行動などさせられない。

「――。いけるの？」

「いけますわ。わたくしを誰だと思っていますの。メイザース辺境伯の使用人筆頭、フレデリカ・バウマンでしてよ！」

「姉様、カッコいいっ！」

豊かな胸に手を当てて、堂々と名乗ったフレデリカにペトラが拍手する。

一瞬、ラムからは「ここで名乗る必要が……？」的な視線を感じたが、フレデリカは自分を奮い立たせるため、それを無視した。

「では、参りますわよ、ペトラ。さあ、手を繋《つな》ぎましょう」

「え？　あ、はい、そうですね。いこっ、フレデリカ姉様」

差し出された手を取り、心なしかうきうきとしたペトラと二人で歩き出す。

そんな二人の背を見送って、ラムは小さくため息をついて自分の仕事に取りかかった。

さて、屋敷の表側にラムを残し、裏手に回った二人はしかし難所に迎えられる。

建物の裏側の浸食され具合は表のそれより一段も二段も上で、空き家の片付け目的だったフレデリカたちの衣装で乗り込んでいける状態ではなかったのだ。

「ここまで荒れているとは思いませんでしたし、どうしたものかしら……」

「あ、姉様、姉様！　ここ、蔦《つた》が柔らかいからどけて通れそうです」

「まあ、よく気付きましたわね」

早くも道を見失いかけたところで、周囲を確かめていたペトラの大手柄だ。褒められ、ペトラは「えへへ」と可愛《かわい》らしく微笑《ほほえ》むと、

「村だとリュカたちと……友達と、いつも森で遊んでましたからっ」

「経験の差ですわね。わたくしが森で遊んでいたのなんて、もうずっと昔ですもの」

フレデリカが『聖域』を離れ、ロズワールの下で働き始めたのは十年以上前だ。それ以前は森で弟のガーフィールと遊ぶこともあったが、それも遠い記憶である。

あの頃はよく、まだよちよち歩きの弟を放り投げて遊んでいたものだ。

「なんて、思い出に浸っている場合ではありませんわね。蔦をどけて道を作りましょう。ペトラ、迂闊《うかつ》に素手で触らないように……」

「大丈夫です。ちゃんと手袋、付けてますから」

「抜け目がありませんわね。感心ですわ」

手袋を嵌《は》めた手を見せ、自慢げなペトラの頭をフレデリカが撫《な》でる。慣れた手つきでペトラは蔦をどけると、屋敷の裏側に回り込む道がサクサク作り上げられた。

と、そうして建物の裏に出たところで、「あ」とペトラが声を上げた。

「……お屋敷の壁が傷んで、穴が開いちゃってますね」

「まあ、本当ですわね。……この大きさはいただけませんわ」

見つかったのは建物に空いた壁の穴だが、子どもの背丈ほどもある大きなものだ。

ペトラはもちろん、フレデリカも屈《かが》めば十分通り抜けられてしまう。単純に建物が傷んだせいか、野生動物が出入りに使っているのか定かではないが。

「森の中のお屋敷ですし、誰かが使っていたとは思いませんが……って、ペトラ⁉」

と、穴の具合を確かめるフレデリカの脇から、不意に屈んだペトラが穴を通り抜け、そのまま建物の中に入り込んでしまった。

「ちょっと、大丈夫ですの、ペトラ⁉」

「ごめんなさい、大丈夫です！　つい、通ってみたくなっちゃって……」

「ついって……まったく、遊びではありませんのよ、もう」

穴の向こうからの返事に、フレデリカはホッと胸を撫《な》で下《お》ろす。とはいえ、目の届かないところに入り込みすぎるのも困りものだ。

「穴はあとで塞ぎますから、一度戻って……」

「あ！　あれ、なんだろう？　ちょっと見てきますねっ」

「あ、ペトラ！　ダメですわよ！　戻って……ああ、なんてことですの！」

何か気になるものを見つけたらしく、声を弾ませたペトラが奥に消えてしまった。その物怖《ものお》じしない度胸には感心するが、仕事中なのを忘れてもらっては困る。

「仕方ありませんわね。ペトラに何かあっては困りますし……」

穴が小さければ諦めもしたが、穴はフレデリカも通れる大きさだ。少し躊躇《ためら》いはあるもののの、フレデリカは意を決し、ペトラのあとを追って壁の大穴を潜《くぐ》った。

建物の中は明かりがないため、森の中とそう変わらない暗さだが——、

「——？　何ですの？」

穴を潜り抜けた瞬間、フレデリカは空気の変化に首を傾《かし》げた。

屋敷の空気は埃《ほこり》っぽいが、そこに微《かす》かなひりつきのようなものが混じった感覚だ。その違和感の正体を探ろうとしたフレデリカだが、床の軋《きし》む音に意識を取られる。

軽い足音のようなものだったので、疑いもなくペトラだと思った。

「ペトラ、勝手なことをしてはいけませんわよ。心臓がいくつあっても足りませんわ」

「——」

「聞いていますの、ペトラ？　返事は……」

床の軋む音が近付いてくるが、一向にペトラからの返事がない。そのことにフレデリカは眉を顰《ひそ》め、暗闇にそっと目を凝らす。

元々、猫人系の血を引くフレデリカは夜目が利く方だ。だから、暗闇に意識を向ければかなりはっきり向こうまで見通せる。

——故に、足音の正体がペトラではない、別のモノであるのがはっきり見えた。

「……ふぇ？」

一瞬、目の錯覚を疑う。——否《いな》、錯覚であれと思った。

その直後、フレデリカの視界を白い光が広がり、「うっ！」と目の痺《しび》れに声が漏れる。

原因は屋敷の中の魔法灯、それが一斉に点《とも》ったことだった。

「こ、これは……」

「フレデリカ姉様っ！　明かりがつきました！」

眩《まぶ》しさに目元を揉《も》むフレデリカの下に、パタパタとペトラがやってくる。一瞬、その声に安堵《あんど》するフレデリカだが、すぐに先の警戒を呼び戻して、

「ペトラ、注意なさい！　今、何かが屋敷の中にいましたわ！」

「え⁉」

駆け寄ってくるペトラが目を丸くし、フレデリカはその肩を抱き寄せ、周りを見る。

明るく照らされた周囲を見ると、どうやら壁の穴は客室と繋《つな》がっていたらしい。放置され、朽ちた衣装棚や寝台が残された部屋の中、フレデリカは先ほどの人影を探す。

人影——否《いな》、そうではなかった。

「人形……そう、人形でしたわ！　人形がひとりでに歩いて……」

「姉様？　お人形って……」

「人形が出歩いてましたのよ！　ペトラも、見ませんでしたの⁉」

肩を揺すって尋ねるフレデリカに、ペトラはふるふると首を横に振った。

そんな馬鹿なと、フレデリカはより躍起になって部屋の中を見回す。確かに、フレデリカは足音の場所に人形が立っていたのを見たのだ。

あれが見間違いなどと、とても信じられない。

「まさか、どこかに隠れましたの？　ベッドの下？　それとも衣装棚の隙間に？」

軽く鼻を鳴らしても、埃臭《ほこりくさ》さで満たされた屋敷の中では鼻が働かない。そもそも、人形の匂いがわからなくては探しようもなかった。

だが、あんな不気味なもの、単なる見間違いで心の整理がつきようもない。

フレデリカは部屋の中を手当たり次第にひっくり返し、人形の行方を捜し回る。

「けほけほっ、フレデリカ姉様！　埃がすごいですっ」

「そのぐらい我慢してくださいまし！　それより、わたくしから離れてはいけませんわ。何があっても、わたくしがしっかり守って――」

「――何をしているの」

涙目で咳込《せきこ》むペトラに事の重大さを伝える最中、聞き慣れた声が割り込んでくる。見れば、部屋の入口から中を覗《のぞ》き込《こ》み、呆《あき》れ顔《がお》をしているラムと目が合った。その呆れの意味がわからず、フレデリカは自分の体を見下ろし、「あ」と吐息をこぼす。

慌てふためいて部屋中ひっくり返し、すっかり埃と泥塗《どろまみ》れになった自分の姿を。

「本当に、何をやっているの、フレデリカ」

「う……そ、それは……」

「先輩でしょう。ペトラの前で、恥ずかしい」

ぐうの音も出ない正論に、フレデリカは赤い顔をして俯《うつむ》くしかないのだった。

「本当にありましたのよ！　わたくしはこの目でしかと見たんですの。ですから、絶対にあの人形は……」

「はいはい、わかったわ。人形はあった。でも、今は消えた。それで解決よ」

「ぜ、全然信じてない！　絶対信じてくれてませんわ！」

場所を玄関ホールへ移して、フレデリカは先の出来事を必死に訴える。が、それを聞くラムは右から左で、話を一切信じてくれていなかった。

「うう、ペトラ……ペトラは信じてくださいますわよね？」

「はい、わたしは信じてます。でも、今はいなくなったお人形のことより、姉様の髪とか服をちゃんとしてあげないと……」

汚れた髪を軽く拭いて、櫛《くし》を通してくれているペトラ。その妹分の思いやりを実感しながら、フレデリカは可愛《かわい》くない妹分の方を睨《にら》みつけた。

「なに？」

「なに、ではありませんわ。百歩譲って、人形がわたくしの見間違いだとしましょう。でも、何かが屋敷の中に入り込んでいる可能性は拭えませんわ。それが野生動物なのか、もっと別の何かなのか——」

「ひとりでに動き出す人形、とかね」

「あ・な・た・と・い・う・子・は……！」

揶揄《やゆ》するラムの物言いに、フレデリカの不満がますます募る。それでうっかりフレデリカが動くと、櫛を通していたペトラが「姉様っ」と怒った。

「もう、じっとしててください。せっかく綺麗《きれい》な髪なのに――」

と、ペトラがそう言った直後だった。

「――ひっ⁉」

遠く、屋敷の上の階から何かが爆《は》ぜるような音が聞こえて、フレデリカの肩が跳ねる。今の物音は足音や、風で建物が軋《きし》んだといった程度のものではなかった。もっと明らかな、空気の破裂するような音で、

「い、今の音は……⁉」

「なんだか、変な音がしましたね」

目を見開くフレデリカと並んで、ペトラも音の方を見ながらそう呟《つぶや》く。そして、フレデリカはとっさにペトラの肩を抱くと、ゆっくりと後ろへ下がり、

「ラム、言った通りでしたでしょう？　やはり、何かがいるようですわ。ここは……」

「――？　何を言っているの、フレデリカ。冗談はよしなさい」

「な……⁉　そ、そっちこそ冗談はやめてくださいまし。こんなときに……」

耳を疑うようなラムの発言。だが、フレデリカの前で彼女は首を傾《かし》げている。その表情

は普段通りの無感情さで、フレデリカを謀《たばか》る雰囲気ではない。

「え、え……ぺ、ペトラは聞こえてましたわよね？」

「え？　あ、はい、聞こえました。変な、パンって音が」

「ほら！　ペトラも聞こえてますわ！　ラム、あなただって……」

「聞こえていないものは聞こえていない。ラムも、つまらない嘘《うそ》をつく理由がないわ。どうしてもというなら、確かめてみたらいいでしょう」

そう言って、ラムは短く息をつくと、ホールから二階へ続く階段に足をかける。その無謀な行動を、フレデリカは「お待ちなさい！」と袖を掴《つか》んで止めた。

「な、何があるか全くわかりませんのよ。あなたにもしものことがあったら、わたくしはいったいガーフになんて言ったらいいんですの？」

「ガーフには、ラムが永遠に手の届かないところへいったとでも言いなさい。ロズワール様への言葉は迷うし、大いに悩むわ。……そもそも、大げさすぎるのよ」

「そんなことありません！　ほら、ペトラだってこんなに震えて！」

「姉様、ちょっと腕が痛いです……っ。だ、大丈夫ですから」

ぎゅっと抱きしめるあまり、潰れかけのペトラにそう訴えられる。フレデリカは渋々とペトラを解放し、それから代わりにラムを抱きしめた。

「……何のつもり？」

「きっと、この屋敷には何かあるに違いありませんわ。夜の森は暗いですが、この場はいったん退《ひ》くべきですわよ。それが全員の安全のためには必要ですわ」

「答えになっていないわ。何故《なぜ》、ラムを抱きしめているの」

「べべべ、別に、怖がってなんていませんわよ!?」

語るに落ちるとはこのことだが、フレデリカ自身はそのことに気付かない。彼女は豊かな胸にラムを埋《うず》めたまま、じりじり下がって玄関へと向かう。

「そう、怖がってなどいません。いませんけれど、ここは撤退しますわ。ほら、ペトラも一緒に！　ここに長居しても得られるものはありません。だから」

そう言いながら、フレデリカがお尻で行儀悪く扉を開ける。すると――、

「――――」

それこそ、水桶《みずおけ》をひっくり返したような大雨が屋敷の外に降りしきっていた。

「大雨ね」

「――――」

「この雨だと、町までの道も相当ぬかるんでいそうね」

「いえ、わたくしが獣化して、二人を乗せて走ればあっという間ですわよ」

「フレデリカ姉様っ!?」

獣化に備え、制服のボタンを外し始めたフレデリカにペトラが組み付く。

「ダメですっ。落ち着いてくださいっ！」

「は、離してくださいまし、ペトラ。わたくし、服を脱がずに獣化するのは嫌ですのよ！

あとで着るものがなくて困りますの！」

「だから、そもそも変身しちゃダメですっ！　大丈夫、大丈夫ですからっ」

組み付くペトラの必死の訴えを聞いて、フレデリカも強硬手段に出られなくなる。外した服のボタンをペトラが直すのを見ながら、フレデリカは大きくため息をついた。

「でも、でしたら、どうすれば……」

「だから、ここはもう、さっきの音の原因を確かめちゃいましょうっ」

「お、音の原因を？　ペトラ、本気ですの？」

「はいっ！」

耳の悪いラムと違い、ペトラもフレデリカと同じ音を聞いていたはずだ。にも拘《かかわ》らず、そんな勇気ある決断のできるペトラがフレデリカには大きく見えた。

「妹に追い越される気分とは、こういうものなのかもしれませんわね……」

「ずいぶんと気の早い敗北宣言ね。そもそも、教え始めてまだふた月程度でしょうに」

「ええ、ええ、そうですわね！　何年教えてもちっとも成長しようとしない、姉不幸な妹分もいることですものね！　……でも、ペトラ、大丈夫ですの？」

「大丈夫です、任せてください」

ラムを睨《にら》みつけてから、フレデリカはペトラの意思確認。しかし、再確認されてもペトラは態度を変えず、自分の薄い胸を力強く叩《たた》いてみせた。

そして、彼女は気合いの入った目で屋敷の二階を見上げると、

「さっきの音、動物かな？　それとも、ホロゥの仕業かも……でも、姉様が言ってたみたいに動くお人形さんとか、もしあったらすごい……」

「ペトラ？　ペトラ？　あの、なんでそんなキラキラした目をしてますの？」

上の階から聞こえた音の正体を推理しながら、ペトラの瞳は好奇心で光り輝いていた。

「何が待っていても、きっとわたしが何とかしますからっ」

「ちょっ！　ダメですわよ、ペトラ！　な、何をしていますの、ラム！　早く、ペトラを追いますわよ！」

「圧《の》し掛《か》かっているフレデリカが重いのよ」

「重くなんてありませんわよ、失礼な！」

階段を駆け上がるペトラを追って、フレデリカとやる気のないラムも二階へ向かう。一瞬、不安がフレデリカの足を躊躇《ちゅうちょ》させたが、ペトラへの愛がそれに勝った。

力強く段差を踏み、フレデリカも二階へ——激しい音がして、階段が抜けた。

「ふんきゃっ⁉」

悲鳴を上げ、フレデリカが階段の真ん中で床に刺さる。見る見るうちに顔が赤面していくフレデリカ、それを段差の上からラムが見下ろし、

「フレデリカが重いのよ」

「重くなんてありませんわよ‼」

見上げるラムに赤い顔で怒鳴り、フレデリカは力ずくで刺さった体を引き抜く。が、階

段に刺さった分、軽やかに二階へ上がったペトラから遅れを取ってしまった。

「それもこれも……はぁ」

「またため息！　わたくしは重くないと何度も言っていますのに！」

「別に何も言っていないでしょう。自意識過剰にもほどがあるわよ」

顔を赤くするフレデリカだが、ラムは肩をすくめて取り合わない。彼女は二階の通路に目を向け、先に二階に上がったペトラの姿を探す。が、見当たらない。どこかの部屋にすでに入ったのか、通路から少女の姿は見つからなかった。

「もう、どこかの部屋に？　ペトラ！　どこにいって……ひっ⁉」

ペトラの名前を呼んだ瞬間、フレデリカの鼓膜を再びの破裂音が捉える。今度はより距離の近い、すぐ後ろからの音だった。

慌ててフレデリカが振り返ると、肘を抱いたラムと視線がぶつかる。彼女は全く動揺していない顔で、その薄紅の瞳を細めた。

「――？　なんなの？」

「あ、あ、あなた、本当に聞こえてないんですの？　それとも、わたくしを不安がらせるためにわざとそういう態度を？」

「言い掛かりね。何を言われているのか、まるで心当たりがないわ」

「うう……普段の態度が態度すぎて、全然判断がつきませんわ……！」

ラムが本心を言っているのか、適当なことを言っているのか、長い付き合いなのに判別がつかない。そのことが情けなく、今この瞬間は恨めしい。

と、ラムへの恨み言を抱いた直後、今度は明確に知らない声が聞こえた。ぎぎぎ、と音がしそうなぐらいゆっくり声の方に首を向ける。

ただ、そこには雨風に晒《さら》され、小刻みに揺れている屋敷の窓があった。

『──出ていけ』

「ひぁっ」

「い、今！　今！　変な声がしましたわよね!?　出ていけって、そう言いましたわ！」

「……不遜な物言いね。ラムにずぶ濡《ぬ》れになれとでも言うの？」

「わたくしじゃなく、何かが！　得体の知れない何かが！」

「どうせ、風の音の聞き間違いか何かでしょう。神経質になりすぎよ」

「あなたの方は無神経すぎませんの!?　わたくしが嘘《うそ》を言っているように見えますの!?」

懸命に訴えるも、フレデリカの言葉はラムの心を動かせない。こちらを信じようとしないラムの視線に耐えかね、フレデリカは「もういいですわ！」と振り切り、

「今は一刻も早く、ペトラを連れてここを離れます。あなたがそんなに言うんなら、今夜はここに一人でお泊まりなさいませ！」

「何に目くじらを立てているのやら……」

「ふんっ！　ですわ！　とにかく、この部屋から──きゃあああ!?」

ラムへの怒りを原動力に恐怖心を押しのけ、一番手前の部屋を開け放った瞬間、中から

溢《あふ》れ出した凄《すさ》まじい量の雨水にフレデリカが押し流された。

突然のことに面食らい、踏みとどまれないフレデリカが廊下へ倒れ込む。その全身が雨水に晒《さら》され、一瞬で全身がずぶ濡《ぬ》れになった。

「な、な、何が……」

「どういうわけか、たまたま雨漏りした水がこの部屋に溜《た》まっていたようね」

「そんなことありますの⁉」

「そうなったということは、そういうことなんじゃないの？」

ずぶ濡れのフレデリカに手を貸して、ラムが立ち上がらせてくれる。しかし、そうして立ち上がる合間にも、今度は通路の奥の部屋で陶器の割れる音がした。

「ひっ⁉　今度は⁉」

「風ね。花瓶でも落ちたんでしょう」

次いで、フレデリカの耳元を『──呪われろ』と声が過《よぎ》る。

「こ、今度は呪い⁉　ら、ら、ラム！　今の声は……」

「風ね。古い建物だもの。あちこちから風が入り込んでいるわ」

「風が万能すぎますわよ‼」

袖とスカートの裾を絞り、水を切ってからフレデリカは再び廊下へ挑む。先ほどから散々な目に遭い続けているが、ペトラが心配な気持ちは変わらない。

ペトラもまた、フレデリカと同じ怖い目に遭っているかもしれない。もしそうなら、すぐにでも助け出してあげなくては気が気でなかった。

だから――、

「――ッ!!」

雷鳴が轟《とどろ》いた瞬間、屋敷が真っ暗になったときも、何の嫌がらせなのか、その瞬間にどこかで食器棚が倒れ、盛大に食器が砕け散る音がしたときも、フレデリカが一番最初に考えていたのはペトラのことだった。

そして――、

「いやぁぁぁ――っ!!」

――物語は冒頭の、笑う人形を抱きしめた瞬間の悲鳴へと戻ってくる。

5

――悲鳴を上げた瞬間、フレデリカはふらりと意識が揺らぐのを感じる。

「――」

とっさの反応で手の中の人形を放り出し、そのまま失神しそうになる。しかし、人形が手を離れた瞬間、再び雷鳴が響き、稲光が屋敷の通路を照らし出す。

飛んでいった人形を、とっさにペトラが受け止めてしまった。

その細い腕の中で、人形が何らかの反応をする前に――、

「――させませんわ！」

飛びかけた意識を引きずり戻し、フレデリカの本能が爆発する。

刹那、フレデリカの纏《まと》っていたメイド服が内側から爆《は》ぜ、その下から美しい金色の毛並みをした女豹《めひょう》が現れる。信じ難《がた》い速度での獣化を完了し、後ろ足が爆発、女豹と化したフレデリカが風を追いやる速度で前進、ペトラとラムの体をかすめ取った。

「――――」

二人の軽い体を引っかけ、獣化したフレデリカが通路の反対側まで一気に駆け抜ける。

全速力のフレデリカには、それこそガーフィールでさえも追いつけない。

まさしく、エミリア陣営最速の足。だが――、

『――出ていけ』

「ひ」

速度で振り切ったはずが、人形の声がなおも聞こえた。

見れば、人形は獣化したフレデリカの尻尾に掴《つか》まり、追《お》い縋《すが》ってきている。その執念深さと行動力にフレデリカは絶叫しかけた。が、牙を噛《か》みしめる。

「ラム！　ペトラを！」

「ちょ」

返事を待たず、二人の体を通路へ落とし、フレデリカは高々と跳んだ。そのまま、体で通路の天井を突き破り、一気に屋根の上へと飛び出す。

雨の降りしきる中、フレデリカは黒い雲へ向かって急上昇する。

空中、なおもフレデリカの尻尾に掴まっている人形だが、守るべき二人から引き離し、なおかつ十全に戦える屋外であれば容赦はしない。強引に尻尾を振り回すと、勢いに負けた人形の手が滑り、屋根へと勢いよく叩《たた》き付けられた。

「今度こそ――っ」

トドメを、と空中でフレデリカが身をひねる。そして、屋根にめり込んだ人形へと捨て身の吶喊《とっかん》を仕掛けようとして、気付く。

――屋敷の中から、屋根の上へと続々と同じ人形が這《は》い上《あ》がってきていた。

「な――」

絶句する。その光景に。そのおぞましさに。

いずれも同じ見た目の、一部、服を着ていないものも含めて、百体近い人形がフレデリカを追い、屋根へと上がってきていた。それらの人形の瞳が、一斉に頭上のフレデリカへと向けられる。――爛々《らんらん》と、その瞳が輝いた。

「――ぁ」

戦意で上書きしていた恐怖心が、この瞬間に顔を出した。

足が震え、牙が震え、鋭い眼光が涙で潤むと、全身から力が抜けていく。そして、空中で獣化の解けたフレデリカが、真っ直《まっす》ぐ人形の群れへと落ちていった。

そのまま、哀れ、フレデリカは人形たちの餌食となり——、

「——受け止めなさい！」

『——』

もみくちゃにされると思った瞬間、鋭い声が響き渡り、フレデリカは目を見開く。

眼下、すぐのところに人形たちが手を伸ばしていて、あの小さな手で体をズタズタに引き裂かれるものと想像する。が、そうはならなかった。

人形たちは差し伸べた手で、落ちてくるフレデリカを柔らかく受け止めたのだ。

「……え？」

複数の腕を使い、人形たちが落下の衝撃をうまく散らそうとする。思いの外、柔らかい反動があってフレデリカは目を見開いた。

顔をひねれば、顔のひび割れた人形と視線が見合う。それは、通路で最初にフレデリカと出くわした一体の人形で——、

「あなたは——」

『——』

その人形の表情に、悪意のようなものは見られない。それに気付いたフレデリカが、人形へと声をかけたところで——、

「ふんきゃっ!?」

衝撃を散らし切れなかった天井が抜け、複数の人形と一緒にフレデリカが屋敷の中へと落っこちる。そのまま、通路の上にべちゃりと倒れ込んだ。

そして、頭を振るフレデリカの前に、誰かがゆっくりと立って、

「――やっぱり、フレデリカが重いのよ」

と、悪びれない顔で三度、ラムは同じことを言ってのけたのだった。

6

「それで、この子たちは結局なんなんですか？」

フレデリカが破った天井を簡易的に塞いで、ひとまずの水の侵入を防いだところで、ペトラが真っ当な疑問に首を傾《かし》げた。

彼女の目の前、玄関ホールの床にずらりと並ぶのはたくさんの人形だ。

フレデリカがいたと主張し、その想定の百倍ぐらい現れた騒ぎの元凶である。今は大人しくしているが、フレデリカの話が事実なら、幾度も彼女を追い払おうと言葉を発し、行動に移しと、とにかく執念深く仕掛けてきていたらしい。

ペトラの胸ほどまでもある人形は、なかなか精巧に人間を模して作られており、暗がりで出くわしたら確かに驚いてしまうかもしれない。

「これは、この屋敷に置き去りにされた魔造具よ」

その人形の一体の頭に手をやり、ラムが動く人形の正体を明らかにする。それを聞いてペトラは目を丸くし、「魔造具……」と呟《つぶや》いた。

魔造具とは、魔石を動力源とする特別な道具だ。料理の際に熱を発する鉄板や、魔法以外の方法で風を巻き起こすのに貢献したり、活躍の場や用途は様々な代物。

とはいえ、動く人形が魔造具というのは、ペトラの常識の外側だった。

「魔造具って、こんな可愛《かわい》いのもあるんですね」

「あまり見かけない類《たぐい》のモノだけどね。ロズワール様の先代は、魔造具開発の第一人者だから、こうした試作品も多く残していたそうよ。その一つでしょうね」

「ま、魔造具ですの……?」

「あ、フレデリカ姉様」

人形について話していた二人の下へ、奥からフレデリカがやってくる。

全身ずぶ濡《ぬ》れとなった挙句、獣化で服を失った彼女は、荷物や屋内からあり合わせの布をかき集め、どうにか衣類の体裁を整えた格好《かっこう》となっていた。

「破廉恥な格好ね」

「仕方ありませんでしょう⁉　持ってきていた着替えも何もかも濡れて着られなくなっていて……あなたが魔法で服を乾かしてくれたら、何の問題もありませんのに」

「ラムの貴重な体力を、服を乾かすのに浪費しろと？　動かなくなったラムを運んで仕事するより、破廉恥な格好の方がいくらかマシでしょう。我慢なさい」

「ならせめて、破廉恥破廉恥言わないでくださいまし！」

「もうっ、二人ともケンカしないで！　それより……」

言い争う二人の姉代わりの間に割って入り、ペトラがケンカを仲裁する。それから、彼女は小さい体で腕をいっぱいに伸ばし、整列する人形を示した。

その動作と関係あるのか、人形たちが一斉に首を動かし、フレデリカを見る。

「ひっ！　な、なんで、わたくしばかりこんな目の敵に……」

「そうですよ。わたしだって、ホロゥみたいな変な目に遭ってみたかったのに、フレデリカ姉様ばっかり贔屓《ひいき》して……」

「二人の間で見解の相違がありそうだけど、おおよそ、想像はつくわ。この魔造具の果たす役割と、ラムが何にも感じなかったことを合わせれば、ね」

そのラムの講釈に、フレデリカとペトラは顔を見合わせれば揃《そろ》って首を傾《かし》げる。

そうしていると、本当の姉妹のように見えて微笑《ほほえ》ましいが、ラムは唇を一切緩めず、「いい？」と指を立てて、人形たちの前に立った。

「この人形の役割は、おそらく屋敷の防衛よ。放置され、長く時間が経《た》ったけれど、その命令は撤回されていない。だから、侵入者を追い出そうと画策した」

「で、ですが、それならどうしてわたくしばかり？　ペトラはともかく、ラムだってずぶ濡《ぬ》れになっていないと不公平ですわよ！」

「公平性は関係ないわ。それと、ラムとフレデリカで待遇が違うのは、生まれ持った気品の差……と言いたいところだけど、違うわ」

そう言って、ラムはゆっくりと足を進め、玄関ホールを横切ると、扉の前に立った。それは屋敷の中と外を繋《つな》ぐ、文字通りの玄関口だが――、

「――入口から入った人間は客人。余所《よそ》から入った人間は侵入者よ」

「――ぁ」

ラムの推測を聞いて、フレデリカが驚きに口を開ける。

確かに、フレデリカは入口ではなく、屋敷の裏手に空いた穴から中に入った。だが、それが人形に襲われる条件だとしたら、

「はいっ！　わたしも穴から入りました。なのに、ビックリさせてもらってないっ」

「でも、ラムには聞こえなかった音も、声も聞こえていたんでしょう？　だとしたら、相手によって対応の差があったんでしょうね」

「対応の違い……大人と子どもで区別してたとか？」

「そんなところでしょうね。大人と子どもの区別の付け方は、身長差とかかしら」

「うぐぐ……」

身長や体格の話になると、途端に旗色が悪くなるのがフレデリカだ。

ともあれ、ラムの想定はほぼ間違いなく正しいだろう。実際、客人である彼女の命令ならば、この人形たちは驚くほど従順に聞いてくれるのだ。

人形を従えるラム、その絵面《えづら》があまりに似合いすぎているのもあるが。

「なんか、ラム姉様ってお人形さんを引き連れてるの、とっても似合いますよね」

そう思っていたら、ペトラが全く同じことを口にしていた。それを聞いたラムも、「当然ね」と自分の髪をかき上げ、満更でもない顔だ。

「でも、ホッとしましたわ。もし、これが本当にホロゥの仕業だったら今頃、ペトラとラムを乗せて、雨の中をずぶ濡《ぬ》れになりながら全力疾走でしたもの」

そうならず、ずぶ濡れになったのが一人だけでよかったと、そう思っていいのか複雑なところだが、フレデリカは無理やりそれで自分を納得させた。

「でも、ホントによかった。お人形さんたちが手伝ってくれたら、お屋敷の改装はすごく助かっちゃうし、それにフレデリカ姉様も可愛《かわい》かったから」

「ぺ、ペトラ⁉ わたくしが可愛いって、何が……」

「怯《おび》えて逃げ惑う姿が、でしょう。ペトラもいい性格しているわね」

「わたくしのペトラは、そんなラムみたいな性格なんてしてませんわ！」

フレデリカの猛烈な抗議に、またもラムは耳を塞いで取り合わない。一方で、ペトラも質問の矛先がズレたので、わざわざ真相には言及しない。

ただ、主《あるじ》からの命令を待つように佇《たたず》む人形たちを見て、目を輝かせると、

「ねえ、フレデリカ姉様、ラム姉様。わたし、お願いがあるんですけど……」

その、ふとした思いつきの相談に、精一杯の甘えたおねだりをするのだった。

7

「——ああ、懐かしい。いったい、ここにくるのはいつぶりだろうねーぇ」

そう感慨深げにこぼし、ロズワールが左右色違いの双眸《そうぼう》を細める。

見せたいものがあると連絡すると、忙しいはずのロズワールは文字通り、三人のいる屋敷まで飛んでやってきてくれた。

そういう部分を普段から見せてくれれば、ペトラの態度も少しは軟化するだろうにと、フレデリカは主人のひねくれた性格を苦々しく思う。

ともあれ——、

「旦那様にお見せしたいものが。お屋敷の中なのですが」

「ふむ、わざわざペトラくんが呼んでくれたんだ。期待していいのかーぁな？」

「悔しいですけど、わたしの発案ですから。でも、この先、わたしたちは脇役なので」

「脇役？」

つんとすまし顔のペトラの言い回しに、ロズワールが首を傾《かし》げる。

そんな彼を壊れかけの入口の前に立たせると、フレデリカが恭しく扉を開いた。中にはロズワールの到着を待つラムの姿があるが、それだけではない。

その、自分を出迎えるたくさんの姿に、ロズワールが目を見開いた。

「これは……」

それは、ペトラによって綺麗《きれい》に整えられ、服を着せられ、薄く化粧まで施された状態の人形たち――総勢、百十一体のお出迎えだった。

「この子たち、ずっとお屋敷を守ってて……だから、ちゃんとお仕事させてあげたいなって思ったんです。誰かの帰りを、ずっと待ってたはずだから」

立ち尽くすロズワールへと、ペトラがそう声をかける。

それが、ペトラがフレデリカとラムの二人におねだりした内容だ。そのペトラの優しさを断る理由がフレデリカにはなかったし、面倒臭がるラムも反対しなかった。

人形の手入れと着替え、化粧は三人で分担してやり遂げたものだ。

三人、誰も手を抜こうだなんて思わなかった。だって、当然だろう。

この人形たちは皆、先代のロズワール・K・メイザースが作った代物。メイザース家に仕えるという意味では、フレデリカたちより長く役目を果たす大先輩なのだ。

それら、人形たちの迎えを受けて、ロズワールが一歩、前に進み出る。

「君たちは、ずっとここに？」

『――――』

「そうか。すまなかった。……役目を果たすために、仲間を増やしたのだね。この屋敷を守り抜いて、いつか主人が帰る日を待ち望んで」

ロズワールの言葉を傾聴するように、人形たちの作り物の瞳は主人に向けられている。

『――――』

その視線に感じ入ったように、ロズワールは先頭の人形の頭を優しく撫《な》でた。

そして――、

「今、帰ったよ。――待たせて、すまなかった」

『――お帰りなさいませ、ご主人様』

ロズワールのねぎらいの言葉を受け、人形が恭しく頭《こうべ》を垂れる。その光景を、フレデリカたちも万感の思いを抱きながら見ていたが、ふと、気付く。

「あれ？　動かない……？」

頭を下げた姿勢のまま、人形たちが停止していた。

それを見て、呆然《ぼうぜん》と呟《つぶや》くペトラにロズワールはゆるゆると首を横に振る。

「彼女らは役目を果たしたんだ。長く、気の遠くなるほどの日々を過ごし、それを全うした。だから、ようやく休めるんだよ」

「……そんなの」

「――ありがとう。私に、過ちを正す機会をくれて」

優しい声で、ロズワールが涙目になるペトラの肩にぽんと手を置いた。途端、ペトラは唇を強く噛《か》んで、ロズワールの手を逃れてフレデリカの後ろに隠れた。

そのまま、ペトラはフレデリカの背中から半身乗り出し、ロズワールを睨《にら》む。

「旦那様の馬鹿っ！　身勝手っ！　いつもいつもそうっ！」

「そうだね。いつもそうだ。そして、私がきたせいで、忙しくなる」

ペトラの轟然《ごうぜん》とした怒りを受け、苦笑したロズワールが周囲を見回す。停止した人形たちと、人形以外に全く手入れが追いついていない屋敷がそこにはあって。

結局、人形の助けが得られない以上、ここは人力で改装を進めるしかない。

しかし――、

「たまには、私も体を動かそうか。……どこから手を付ける？」

「――。よろしいんですの？　言っておきますけれど、男手は酷使しますわよ」

「当然、任せてくれたまーぁえ」

「ええ。では、ペトラ、扱《こ》き使《つか》ってあげるとよろしいですわ」

「はいっ！　任せてくださいっ！」

似合わない袖まくりをする主《あるじ》を、怒りに燃えるペトラが指導する。そんな光景に唇を緩めながら、フレデリカはラムの方へ振り返り、目を細めた。

彼女は役目を終えた人形の傍《かたわ》らに跪《ひざまず》くと、その止まった人形の頬《ほお》を優しく撫《な》でて、

「お疲れ様、大先輩。――ロズワール様のことは、ラムたちに任せなさい」

と、そう優しく声をかけていて。

そんな彼女の姿の方が、フレデリカにはホロゥより珍しいものに思えたのだった。

《了》

『Very Very Rough Justice』

1

——その日、ロズワール邸では珍事が起きていた。

「え、エミリアたんが俺抜きでお出掛けする……!?」

「もう、スバルったらそんなことで驚かないの。私だって、スバルがいなくてもお出掛けくらいできるもの」

驚いて膝を震わせているスバルに、頬を膨らませてエミリアはそう抗議する。

二人が話しているのは屋敷の玄関ホールで、余所行《よそゆ》きの準備を済ませたエミリアが、ついてこようとしたスバルを引き止めたことが事の始まりだった。

騎士叙勲以来、晴れてエミリアとスバルは主従関係を結んだ。そのおかげで、基本的にエミリアのお出掛けにはいつもスバルが付き合ってくれている。

それ自体は、エミリアもとてもありがたいことだと思っているのだが——、

「なのにエミリアたんが俺を置いて……もしかして、俺なんかやらかした!?」

「あ、ううん、そうじゃないの。ほら、スバルって最近ずっと私に付き合ってくれてるでしょ？　だから、たまには休んでもらいたいなって……」

「ええ!?　エミリアたんの傍《そば》でエミリアーゼ摂取するより安らぐことないけど!?」

「ごめん、ちょっと何言ってるのかわかんない」

泡を喰《く》った様子のスバルに、エミリアは眉尻を下げながら応じる。

本当に、たまにはスバルに休んでもらいたいだけなのだが、どうしたらちゃんと聞き入れてもらえるだろう。

と、そんな風にエミリアが頭を悩ませていたところだ。

「ハッ！　みっともない慌てようね、バルス」

「ね、姉様……！」

つかつかと靴音を立てて、その場にやってきたのは頼もしいラムだった。彼女はスバルを上から下まで眺めると、「いい？」と指を立てて、

「そもそも、エミリア様の機嫌を損ねた心配なんて今さらすぎるわ。バルスが自分のやらかしを不安がるなら、へその緒が繋《つな》がっていた頃から心当たりを探りなさい」

「あー、クソ！　やっぱ母ちゃんのお腹《なか》を中から蹴りすぎたよなーってなるかぁ！　そんな羊水に浸《つ》かってた頃の反省なんかねぇよ！」

「己を省みることをしない男……これは出世しないでしょうね」

「心にグサッとくることを言うな！」

ラムとスバル、二人の仲良しこよしのやり取りにエミリアは小さく笑った。本当に、出会った最初の頃から二人は息ぴったりで、傍《はた》から見ていても微笑《ほほえ》ましい関係だ。

そのままずっと、話が尽きるまで見ていたい気持ちにもなるけれど。

「はいはい、お話はそこまで。ほら、スバルは今日はペトラちゃんとフレデリカと約束してるんでしょ？『あっぷりけ』だっけ。それを教えてあげるって」

「うぐぅ！　刺繍《ししゅう》の伝道師としての啓蒙《けいもう》精神が裏目に出た……！」

手にした針と糸を掲げて、スバルがその場に膝をつく。がっくりと項垂《うなだ》れるスバルの手の中では、素早い動きで布に可愛《かわい》らしい猫の絵が刺繍されていく。

元々手先の器用だったスバルだが、ここしばらくの上達ぶりは舌を巻くほどだ。

そんな頑張り屋なところも、エミリアにとっては自慢の騎士として誇らしい部分なのだが、落ち込んでいる様子のスバルを見ていると何も言えなくなってしまう。

ともあれ――、

「そんなに心配しないで平気よ。この間の、光虫の騒ぎがあったでしょう？　あの混乱も落ち着いたかなって、コスツールの都市長さんとお話してくるだけだから」

「コスツールの都市長って、あのでかくて顔が怖い人だろ？　あのガタイで上からじっと見下ろしてくるから、俺は結構ビビらされたけど、エミリアたんは平気なの？」

「え、全然大丈夫よ？　だって、すご一く優しい人じゃない」

スバルの不安の理由を聞いて、共感できないエミリアは怪訝《けげん》に眉を寄せる。

新しいロズワール邸の最寄り町、工業都市コスツールの都市長であるレノ・レックスは背が高く、一見怖い顔をしているが、市民の暮らしを一番に考える立派な人だ。

先日、コスツールでは『光虫』と呼ばれる自然発生する害虫が大暴れし、多大な被害を被ってしまった。その騒ぎを鎮めるのにエミリアたちも協力したのだが、その後の経過は気になっていたので、今日のお出掛けの目的はその後の話を聞くことにある。

「だから、心配しないでへっちゃらよ。ラムも一緒にきてくれるし、それに……」

「──俺様も暇ッだからよォ。二人についてくッことにしたぜ！」

スバルに説明している最中に、ちょうど最後の同行者である少年がやってくる。短い金髪と鍛えた体、とても立派な鋭い牙がカッコいいガーフィールだ。

エミリア陣営の武官である彼は、今日はエミリアの護衛ということになる。もっとも、誰もそんな仰々しいものが必要だとは思っていないのだが。

「バルスじゃあるまいし、そこらの悪漢じゃエミリア様に太刀打ちできないものね」

「んん、間違ってねぇから突っ込みづれぇ……！」

「ハッ！　安心ッしろよォ、大将。すぐそこの街だぜ？　何があろォと、俺様がきっちりラムもエミリア様も守ってッやっからよォ」

「その、すぐそこの街で起こった騒ぎの裏でフレデリカとかさらわれてたんだが……ええい、言ってもしょうがねぇ！　頼んだぞ、ガーフィール！」

胸を叩《たた》いて破顔するガーフィール、その肩を叩いてスバルが頼み込む。と、それからス

バルはエミリアに向き直り、

「大丈夫だと思うけど、くれぐれも気を付けてね。車と男に。あと悪い奴《やつ》」

「もう、スバルったら心配性なんだから。でも、大丈夫よ。車と男の人はともかく、悪い人がいたらちゃんとやっつけちゃうから！」

「うーん、そういう話じゃないんだけど、E・M・T」

と、そんな複雑な様子のスバルに見送られ、エミリアたちは屋敷を出発する。

見えなくなるまでずっと、スバルは屋敷の前で三人に手を振り続けていた。

2

そんな出発前のやりとりがあって、ようやく屋敷を発《た》った三人だったが――、

「そォいやァ、この三人で行動すんのも珍しいんじゃねェか？」

「あ、そうかも。ラムとガーフィールはいつも仲良しだけど、私はスバルが一緒なことが多いから珍しいわよね」

「微妙に訂正したい認識でしたが……」

渋い顔をしたラムを間に挟み、エミリアとガーフィールの話が弾んでいる。

ガーフィールの言う通り、確かに珍しい取り合わせの三人だった。たまたまロズワール

の外出と、スバルがペトラたちと約束したのが重なった日――話題に挙がらなかったオットーは、今頃はロズワールに連れ回されているはずだが。

「ロズワール、なんだかオットーくんをお気に入りみたいよね」

「……腹立たしくはありますが、オットーはあれで存外に使える男ですから。バルスの拾い物の中では出物と言えます。腹立たしくはありますが」

「オットー兄《あに》ィが拾い物って、他にも拾ったもんがあんのか？」

「ペトラも、バルスの拾い物と言えるでしょうね」

「あァ、確かにペトラは大将に懐いてッかんなァ……」

ガリガリと自分の頭を掻《か》いて、ガーフィールがラムの言葉に同意する。

オットーとペトラの二人は、スバルのおかげで陣営に加わってくれたようなものだ。二人ともスバルととても仲良しなので、エミリア的にも嬉《うれ》しい味方である。

「この調子でスバルがたくさん友達を連れてきてくれたら、賑《にぎ》やかになるわね」

「ラムとしては、それはあまり得策とは感じませんね。母数が増えれば、それだけ玉石が入り混じるものです。今ぐらいの幸運が続くとはとても思えません」

「ってこたァ、ラムもオットー兄ィとペトラはいい引きだったたって認めてんのか。そりゃオットー兄ィたちが聞いたら喜ぶ……痛《いて》ェ!!」

「ラム!? どうして急にガーフィールの髪を毟《むし》ったの!?」

と、道中そんな会話を交わしながら、エミリアたちは目的のコスツールに到着する。

予定通り、都市庁舎——の建物はこの間の光虫騒動で崩れてしまったので、その再建が終わるまでの代理の建物で、三人は都市長と対面した。

「——わざわざのお運び、ありがたく」

応接室でエミリアたちを迎え、レノ・レックスは無表情でそう告げる。

とても体の大きなレノは、パッと見だと都市長より、傭兵《ようへい》の方が似合う雰囲気の人だ。

ただ、見た目で人を判断してはいけない。体は大きくても細やかな気遣いのできる人なので、レノが都市長をやっているのはいいことだとエミリアは思っている。

そんなエミリアの印象を余所《よそ》に、レノは訪問した本題をさっそく切り出してくれる。

「先日の一件だが、ようやく街の混乱も収まり、各所の復興が始まったところだ」

「それならよかった。私たちも、もっと早く助けにこられたらよかったんだけど」

「滅相もない。むしろ、そちらの筆頭武官殿には大いに助けられた」

顔色を変えないレノが、ガーフィールの貢献をべた褒めする。

先日の騒動で、崩れる都市庁舎の建物からレノや職員を助け出したのがガーフィールとフレデリカの二人だ。

それを真正面から褒められ、ガーフィールが満更でもない顔で鼻を擦《こす》る。

「しッかし、ようやく復興し始めたァ、のんびりしてたじゃァねェか。『ブラハバクの追いかけっこ』ってわけじゃねェんだ。なんでそんなに時間がかかってやがった？」

「いくつか理由がある。あれ以降も、光虫の駆除に時間がかかったのが一点。それ以外の大きな理由としては……」

「魔造具の工房が被害を受けて、再建に時間と費用がかかるから、でしょう」

「ご明察だ」

質問に回答するレノの言葉を、ラムが静かな声音で引き取った。

魔造具――その技術こそが、このコスツールを『工業都市』の名で呼ばせる最大の理由であり、他の都市にはない大きな強みであった。魔石を動力源とする魔造具は、人力では為《な》せない作業をも可能とする、現代の『ミーティア』と言える。

ただし、その魔造具を利用した工房、あるいは魔造具の生産工場が光虫の騒動で大きな被害を受けてしまい、結果、コスツールの産業は大打撃を受けたのだ。

その光虫の駆除もようやく終わり、工業都市の名を取り戻すための復興が始まる。

しかし――、

「そこで、大きな問題が浮上した」

「え、大きな問題？」

これから状況がよくなる報告が聞けると思ったエミリアは、そのレノの一言に驚いてしまう。彼は深々と頷《うなず》くと、「実は」と話を続けた。

「被害に遭った工房が休業する間、当然だが職人にも仕事が入らない。そのため、働き口のないものの多くが出稼ぎに出たのだが……」

「まァ、働かねェと飯が食えねェかんなァ。それが問題かよ？」

「出稼ぎ自体は問題ない。――ただし、戻ってこないとなれば話は別だ」

「戻らないって……その、出稼ぎにいった職人さんたちが？」

問いかけにレノが頷くと、エミリアたちは揃《そろ》って顔を見合わせる。

確かに、それが事実なら大問題だ。工房が休業の間、出稼ぎに出るのは当たり前の行動だが、それらの職人が戻ってこないことには――、

「工房が元通りになっても、上手に働ける人がいないってことでしょ？」

「魔造具の扱いに熟達するには、それなりの経験が必要となる。達者な職人のほとんどがいなくなり、今から新しい職人を育成するとなると……」

「その間の損害は莫大《ばくだい》なものになるでしょうね。下手をすれば、工業都市と呼ばれたコスツールが崩壊することもありえるわ」

「ラム、そんな言い方したら……」

最悪の可能性を口にするラムを、エミリアがよくない言い方だと注意する。だが、それを聞いたレノは「事実だ」と首を横に振った。

「彼女の推測は正しい。このままでは、都市が立ち行かない」

「それで、どうしてほしいというの？　言っておくけれど、いくらメイザース家でも都市の財政難を支えるのは不可能よ。その義務もないわ」

「この都市も、西方辺境伯領に含まれるが？」

「自領の統治は領主たるロズワール様の責任でも、都市そのものの運営は都市長であるあ

なたの手腕が問われる。自分の無能を棚に上げて、ロズワール様を非難する気？」

「もう、ラム！」

話題の矛先がロズワールに向くと、すぐにラムの言葉の鋭さが厳しくなる。

「そんな風にピリピリしないの。都市長さんだって大変なんだから。それに……」

「それに、なんです？」

「話はちゃんと最後まで聞くべきよ。都市長さんだって、何にも考えないでお財布を貸してくださいなんて言い出すわけないもの。そうでしょ？」

不機嫌なラムを手で制して、エミリアが話の先をレノに促す。そのエミリアの言葉を受け、レノは深く頷《うなず》くと、

「誤解を招いたことを謝罪する。……エミリア様の言う通り、辺境伯に財政難の補填《ほてん》を頼もうとは思わない。それは、事実として私の職分だ」

「だったらだ。結局のとこ、何してッもらいてェんだよ」

「――メイザース辺境伯には、人手をお借りしたい」

「人手って、お手伝いさんってこと？」

職人が戻らず、人手不足が深刻というのは聞いていてわかる話だが、それはお手伝いさんがいれば賄える範囲なのだろうか。そもそも、屋敷の仕事だってあるから、ラムたちを手伝いに送り出すのは難しい。正直、貸し出せるのはスバルくらいだ。

「いくらスバルでも、こんなに大きな街の人手不足を何とかできるかしら……」

「ヘッ、何言ってやがんだよ、エミリア様。大将だぜ？」

「ガーフィール……そうね！　スバルなら、きっと何とかしてくれるかも」

「エミリア様もガーフも、バルスに夢を見すぎるのはやめなさい」

前のめりになるエミリアとガーフィールだが、そこにラムがため息で割り込む。そのまま彼女は視線を、正面のレノへと向けて、

「ラムも、多少は頭が冷えたわ。欲しがっている人手というのは……」

「捜索のための人手だ。先ほども話した、戻らない職人たちの行方を知りたい」

「そこに事件性があるなら、それは領地の治安維持……領主の領分と言えるわね」

それならロズワールの仕事の範疇《はんちゅう》と、ラムもレノの要請に納得した様子だ。つまり、行方不明の人たちを探してほしいと、そう頼まれたものとエミリアは解釈するが。

「もし、出稼ぎに出た人たちがすごーくいい仕事をもらって、夢中で働いてたら？」

「仮にそうだとしても、大人なら一報入れるべきでしょう。──それに、問題なのは家族にも何の便りもないから。違う？」

「……ご明察だ」

ラムの確認に、レノは観念したように重々しく頷いた。

そこまで話を聞くと、確かにこれは大ごとだとエミリアも納得する。何とか問題を解決して、消えた職人たちを家に帰してやりたい。

「だって、家族はできれば一緒にいてほしいもの」

「——あァ、そいつァ俺様も同感だ。よし！　やってやろォぜ、エミリア様！」

エミリアの決意に、ガーフィールも力強く賛同する。

心強いガーフィールの後押しを受け、エミリアは「ええ」とその場に立ち上がった。

「わかったわ、都市長さん。私たちも、そのいなくなっちゃった職人さんたちを捜すのに協力する。ううん、協力させて」

「そう言ってもらえると……」

「じゃあ、さっそく捜し始めましょう！　ガーフィール、あなたってすごーく鼻が利くんでしょ？　頼りにしていい？」

「うん？」

前向きなエミリアの返事に目尻を柔らかくしたレノが、続く言葉に怪訝《けげん》な顔をした。

しかし、そのレノの様子に一切気付かず、エミリアの言葉に「おおよ！」とガーフィールは威勢よく答え、

「俺様ァ虎の半獣だが、そこらの犬猫と鼻の利きなら負けやッしねェ。いなくなった連中だろォがなんだろォが、速攻で見つけ出してやらァ」

「それ、すごーく心強い！　よし、それじゃ……」

「ああ。——始めッよォぜ！」

牙を剥《む》いて笑ったガーフィールに、エミリアも拳を固めて意気込む。それから、弾《はじ》かれたように二人は振り返り、レノに勢いのある目を向けると、

「安心して待ってて。きっと、いなくなった人たちを見つけてくるから！」

「『モッカルカの翼は風を越える』ってなァ！」

そう言い残し、頷《うなず》き合うエミリアとガーフィールが応接間を飛び出していく。

その二人の勢いに呑《の》まれ、レノは呆然《ぼうぜん》とそれを見送るしかなかった。ただ、彼は最初の衝撃が和らぐと、二人に置いてけぼりにされたラムの方を見た。

「……こちらは、人手だけ手配してもらえればよかったのだが」

「ラムもそう思うから、あとでロズワール様にお伝えしておくわ。それまでは——」

「それまでは？」

「あの二人の気が済むまで、適当に付き合うのが賢明でしょうね」

と、ラムは出されたお茶を優雅に堪能し、やれやれと首を横に振るのだった。

3

「あ、遅かったじゃない、ラム。もう、置いてっちゃうところだったわよ？」

「申し訳ありません、エミリア様。あのまま、飲みかけで置いていくには惜しいお茶と茶菓子でしたので。……それで、成果の方は？」

ラムがエミリアたちに合流したのは、彼女たちが代理の都市庁舎を飛び出していってしばらくしてのことだった。

エミリアに答えた通り、ラムは歓迎のお茶と茶菓子を十分に堪能してから建物を出たのだが、その間、エミリアたちは市内をちょこまかと駆け回っていたらしい。

その成果を確かめると、「それ！」とエミリアは前のめりになり、

「ガーフィールと二人で色んな人に話を聞いてみたの。そうしたら、この間の光虫の騒ぎのとき、戦ってくれてありがとうってたくさんお礼を言われちゃって……」

「そうですか。それはよかったですね。ガーフが暴れた甲斐《かい》もあったようで」

「まァ、あの騒ぎッ自体、姉貴を狙った変態野郎が起こした騒ぎだったってのもあっからなァ。どッこまで喜んでいいかわかんねェんだが」

照れ臭そうにするエミリアに、ラムとガーフィールが雑感を交わす。

先日の事件の真相を深掘りすると、色々とエミリア陣営的にはややこしい事情が絡むので大っぴらには話せない。ともあれ、あの騒ぎの解決に貢献したことで、街の人間がエミリアに好意的なのは素直に喜ばしいことだった。

「つまり、成果はゼロですか。では、帰りましょう。改めて、ロズワール様に応援の手配をお願いしなくてはなりませんから」

「ふふ、そう思うでしょ？　でも、そうじゃないのでした。でしょ、ガーフィール」

「おォよ。俺様の鼻と、エミリア様の聞き込みが功を奏したぜ。これぞまさに、『ジョーテンとゲテンの合わせ相撲』ってヤツだな」

「それってヤツなの」

「――――」

並んで胸を張るエミリアとガーフィール、二人を見ながらラムは沈黙する。そのラムの沈黙に二人は不思議そうにしたが、めげずにそのまま続けた。

二人の聞き込みの成果、それによると――、

「出稼ぎ労働者に、仕事を斡旋《あっせん》する仲介業者、ですか……」

「その人たちが怪しいかはわからないんだけど、いなくなっちゃった街の人たちと、その人たちが仕事の話をしてたってことみたいで」

「そいッつらが連れ去りの犯人だったら、話ァ早《はえ》ェだろ？」

「と、思うんだけど、ラムはどう思う？」

勝ち誇ったガーフィールと、上目遣いに意見を求めてくるエミリア。二人の話を聞きながら、ラムは頭を抱えたい気持ちを堪《こら》えていた。

正直、ラムはエミリアたちの聞き込みに全く期待していなかったのだが、今の話を聞く限り、思った以上の成果を上げてしまっていた。

――戻らない出稼ぎ労働者と、怪しい斡旋業者。

「……怪しい」

「――！　やっぱり？　ラムもそう思う？」

思わず呟《つぶや》いてしまうラムに、エミリアがパッと目を輝かせる。その横ではガーフィール

も、「ほォらな」と満足げに腕を組んでおり、手柄自慢の顔つきだ。

「ずいぶんと上機嫌ね、ガーフ。確かにお手柄ではあるけど……」

「っとォ、これで終わりッと思ったら甘《あめ》ェぞ、ラム。甘々だ」

「甘々よ。もしその人たちが連れ去りの犯人だったら、逃げられちゃったら困るでしょ？だから、ガーフィールにお願いして……」

「俺様の鼻で、連中の竜車が向かった方角に当たりをつけてたってわけッだ」

「わけなの」

そう言いながら、鼻を鳴らしたガーフィールが街の外を指差す。おそらく、その方向に怪しい斡旋《あっせん》業者の竜車が向かったということなのだろうが。

「手際が良すぎる……本当にエミリア様とガーフなの？」

「それ、どういう意味？　私たちのこと褒めてくれてるの？」

「いえ。ええ、そうですね。思った以上に二人が頭を働かせていたので、ラムも非常に驚いてしまいました。成長、されるんですね」

「成長したじゃァなく、することに疑問ッ持つのおかしくねェか？」

思わず本音が漏れてしまったが、肝心のエミリアは引っかからなかったようなので、ラムはガーフィールの頬《ほお》を引っ張って黙らせるにとどめた。

いずれにせよ、捜査が手詰まりになるならまだしも、なおも順調に進行中となると、ここらで切り上げるといった行動には出づらい。

なので――、

「とりあえず、竜車のあとを追うだけ追ってみましょうか。ひょっとしたら、どこかで臭いが途切れている可能性もあるし、それなら引っ込みもつくわ」

「ん、わかったわ。心配しなくても、きっと目的地まで続いてくれてるわよ。ガーフィール、大変だと思うけど、お願いね」

「あァ、任せッとけや。大将からもオットー兄《あに》ィからも、くれぐれもエミリア様を頼むって言われッてっかんなァ。手ェは抜かねェよ」

「スバルたちがそんなこと……あ、でも、この場合は抜かないのは鼻でしょ？」

「っとォ、確かにそォだ！　わははははッ」

「ふふっ、おかしいわね」

馬鹿笑いするガーフィールと、控えめに笑っているエミリア。

その気楽な二人の捜査に同行しながら、ラムは落とし所の用意に頭を悩ませていた。

ラムも、二人が行き着いた仲介業者はかなり怪しいと踏んでいるが、とんとん拍子に話が進みすぎている。まさか、相手が情報を垂れ流しているわけもないので、たまたまエミリアたちの引きが強すぎる以外に説明がつかない。

ラム個人としては、現時点でレノへの義理は果たし、あとの解決までコスツール側に委ねても問題ない働きをしたと考えている。この調子でうっかり問題の解決までしてしまうと、都市長であるレノの面目が立たない恐れもあった。

だから、妙にやる気満々なエミリアたちを連れての捜査も、どこかでコスツール側に引き継げるのが最善だと思っていたのだが――、

「――見て！　ラム！　あの竜車、ひょっとして私たちが追ってる竜車じゃない？」

と、ガーフィールの嗅覚頼りの追跡が、まんまと相手の拠点らしき場所を探り当ててしまったことで、ラムはますます頭を抱えたい気分となった。

4

――とんとん拍子にうまくいきすぎて引っ込みがつかなくなる。

そんな稀有《けう》な事態に巻き込まれ、ラムの渋い顔はとどまるところを知らなかった。

「あの竜車、ゆっくりとあの山に入っていくみたい……あれって、魔鉱石の鉱山？」

「みてェだな。どォも、あちこちッから人を集めてやがるらしい。追ってきた竜車の臭いが他のと紛《まぎ》れッちまった。けど、あそこで間違いッねェぜ」

エミリアとガーフィールが姿勢を低くして、茂みの中から眼下を窺《うかが》っている。

コスツールを出発した斡旋《あっせん》業者の竜車、その残り香を辿《たど》った三人は、ラムの願いも空《むな》しく見事目的地に到着し、魔鉱石の採掘場へ辿り着いていた。

「ただ、ラムの知る限り、この辺りに魔石の採掘場の登録はないわね」

「たまッたま、ラムが知らねェだけじゃ……いでででッ！」

「ラムが、ロズワール様の領地のことで頭に入っていないことがあると思うの？」

「わ、なんだかすごい説得力……」

ガーフィールの耳をつねり、黙らせたラムは改めて二人と同じものを見やる。

直前にも言った通り、この辺りに魔鉱石の採掘場の届け出はされていない。つまりは違法の隠れ採掘場だ。それだけで摘発には十分な要件と言える。

しかし、問題はそれだけに留《とど》まらない。

「次から次へと、どっからッともなく竜車が集まってきやがんなァ」

「ホント、ひっきりなしね」

そう、それが問題なのだ。

二人の会話通り、件《くだん》の鉱山には竜車が次々と入り込んでいく。それがどれも、窓を外から見えないよう塞いだ改造の施されたものなのだ。あれでは、中でいかがわしいことをしていると吹聴《ふいちょう》しているようなものである。

「……雑」

仕事も、隠し方も、何なら計画も雑と言えるかもしれない。ラムたちがここまで辿《たど》り着けたのは、決して入念な捜査が実を結んだというほどではない。

こう言ってはなんだが、エミリアもガーフィールも基本的に行動が大味なのだ。

それはこの捜査においても同じことで、そんな二人にここまで迫られる以上、この悪事を企てた連中の足がつくのも時間の問題だったと言えよう。

ただ、こうも相手の仕事ぶりが雑だと、かえって引き下がる判断が難しくなった。

計画性のある相手と違い、無計画な相手の考えは全く読めない。下手を打てば、相手がそれ以上の下手を打ってくる可能性も否《いな》めなかった。

「中の様子を確かめたいところだけど……仕方ないわね」

「ラム？　どうするつもりなの？」

「負担になるので避けたかったのですが、『千里眼』を使おうかと。中の誰かと波長が合えば、労せず中の状況を確認できます」

「え……でも、『千里眼』ってラムがすごーく疲れるんでしょう？　大丈夫なの？」

ラムの身を削る提案に、そう言ってエミリアが難色を示した。

「それをさせるくらいなら、あの竜車を止めて、直接話を聞いたらどうかしら。悪いことをしてるなら、きっとすぐ態度に出ると思うの」

「この世界がエミリア様しかいないのなら、それで問題は解決するかもしれませんが、物事はそう簡単には進みません。よく考えてください」

「私しかいない世界……」

「大将だったら喜びッそォなもんだけどなァ」

意見を却下され、閉口するエミリアの隣でガーフィールが首をひねる。そうしてひねった首の角度のまま、彼は「けどよォ」と言葉を続け、

「ラムに無理させたくッねェってのァ俺様も同意見だぜ。言っとくが、俺様がお前に惚《ほ》れてッから言ってるわけじゃねェぞ。惚れてッけど」

「うるさい。だったら、どうするつもりなの」

「そのまま殴りッ込むってのはダメなんだろ？　中の連中が何しでかすかわかったッもんじゃァねェしな」

これで案外、エミリアよりは洞察力のあるガーフィールがそう述べる。それを受け、薄紅の瞳を細めるラムに、彼は翠《みどり》の瞳を鉱山の入口へ向けた。

その視線が追っているのは、鉱山へ出入りする竜車――、

「――ガーフ、まさか」

「おォ、そのまさかッだ。『皿と水とゲジゲライ』ってな」

「えっと、どうするの？」

その考えを読み解いたラムに、ガーフィールがにやりと笑った。ラムと違い、意図がわからないでいるエミリア。彼女にガーフィールは牙を鳴らすと、

「外からうだうだ話してッても仕方ねェんだ。――中に潜り込んでッやろォぜ」

5

「……雑」

フードを深く被《かぶ》り直しながら、周囲を窺《うかが》うラムは思わずそうこぼしていた。

ガーフィールの提案した、竜車への潜入作戦は思いの外あっさりと成功した。

鉱山に出入りする竜車の一台、その荷台に潜り込んだだけだったのだが、見張りの誰も確認しなかったので素通りで中に入れたのだ。

一応、見つかったときのために労働者を装うローブなどを着込んでおいたのだが、誰の目にも留まらなかったので不発に終わった。

ともかく——、

「無事に中に入り込めたわね。すごーくドキドキしてきちゃった……」

そう言いながら、エミリアがきょろきょろと鉱山の中を見回している。

外からではわからなかったが、違法採掘場のくせに掘削作業は順調に進んでいて、坑内はかなり広々とした道が作られている。行き交う竜車は掘り出した土を運び出すためにも用いられ、確認が甘かったのもそれが原因かもしれなかった。

そうだとしても、油断と不用心と隙だらけなのは擁護しようがなかったが。

「ロズワール様のお膝元で、よくもまぁこれだけやったものだわ」

ラムの胸中、沸々と湧き上がってくるのはロズワールに働かれた無礼への怒りだ。

本来、ここまで状況が判明すれば、ラムは速やかにレノに連絡を取り、衛兵を派遣させて鉱山を閉鎖、然《しか》るのちに関係者を厳罰に処すというのが正式な流れだ。

ラムがそれをしない理由は一つ、この無礼者を自分の手で罰したい以外にない。

それと——、

「ここまできたら、犯人のところまであと一歩よね」

「オイオイ、エミリア様よォ。あと一歩ってッとこが一ッ番危ねェんだぜ？　こっから先は『カラカリ峠の秘宝』って塩梅《あんばい》で頼まァ」

「とにかく気を付けてって意味？　ん、わかったわ」

気合い十分といった顔をしたエミリアとガーフィール、その二人の存在と勢いがラムの背中を押していた。——物事には、勢いというものがある。

問題解決能力という意味で、ラムはエミリアとガーフィールを過大にも過小にも評価していない。荒事ならともかく、それ以外の問題への対処能力は二人ともそこそこだ。

しかし、時に勢いというものは実力以上の成果と結び付くことがある。

そういう意味では、今の二人にはものすごい勢いがついている。そうでなくてどうしてここまで、あらゆる物事がとんとん拍子に進むだろうか。

「幸い、見張りも通りがからないし……奥へ向かいましょう」

「ハッ、ラムも乗り気じゃァねェか。よっしゃ、そうしよォぜ」

「ええ、皆殺しね」

「そこッまで言ってねェけど!?」

勢いのある二人を引き連れ、ラムもノリノリで鉱山の奥へ進む。

やはり幸運の効果があるのか、道中、見張りに出くわすことも一度もなかった。そのまま、三人は鉱山の中、微《かす》かに響いてくる音を頼りに核心へ迫る。

そして——、

「これって……!」

驚きのあまり、言葉に詰まるエミリアが紫紺の瞳を見開く。

その眼下に広がっていたのは、何層にも設《しつら》えられた採掘用の空間と、そこで壁に向かってツルハシを振るわされ、採掘作業に従事する人々の姿だった。

無論、それがただの採掘作業であれば驚くほどのことではない。ただし、作業する彼らが粗末な格好《かっこう》で、その首に無骨な首輪が嵌《は》められていたなら話は別だ。

「——あれは、『服従の首輪』ですね」

「『服従の首輪』って、大昔、奴隷に嵌められてたっていう?」

「ルグニカではずいぶん昔に撤廃されましたが、ヴォラキアやカララギではいまだに残っている風習ですよ。ルグニカやグステコでも、黒社会には残っているでしょう」

ラムの答えを聞いて絶句するエミリア。

『服従の首輪』とは、首輪を嵌められた人間に隷従を強いる『ミーティア』の一種だ。主人に逆らえば、罰として激痛が走ると聞くが、現物を見るのはラムも初めてになる。

いずれにせよ、『服従の首輪』を嵌められた環境が理想的な職場とは言えまい。

「というより、想像以上に真っ黒じゃない……」

「たぶん、働かされッてる連中の中にコスツールの奴《やつ》も紛《まぎ》れッてんぜ。どォするよ。ひと暴れして、全員逃がしてみるか……」

「ううん、それはダメよ。『服従の首輪』が作動すると、すごーく痛い思いをするって。もしそれを盾にされたら、私たちと逃げてくれない人も出てくると思うの」

「――――」

短絡的なガーフィールの意見を、エミリアが真っ当な視点から却下した。

実際、エミリアの懸念は現実化する可能性がある。ここでガーフィールを暴れさせたとしても、それでは首輪の主導権は得られない。奴隷たちは人質でもあるのだ。

あるいは首輪を作動させないことを条件に、敵が奴隷たちをこちらへけしかけないとも限らない。それでは本末転倒だった。

「だから、首輪を何とかする方法を見つけなくちゃ。ええと、ここの責任者の人と話し合ったらいいのかしら」

「いい線までいっていたのに、急にポンコツに戻らないでください」

「ポンコツ……」

「さっきも言いましたが、世界中の人間はエミリア様ではありません。何でも話し合いで解決するとは思わないように」

「ポンコツ……」

「したら、この調子で首輪の鍵ッ探しか？」

「それが賢明でしょうね。そのためには――」

奴隷の首輪を外し、然《しか》るのちに首謀者を縛り首にする——と、ラムがそんな答えを返そうとしたときだった。

「ああん？　お前ら、こんなとこで何してやがんだ？」

「——」

後ろから届いただみ声に、ラムたちはゆっくりと振り返る。見れば、ラムたちがやってきた通路の奥から、野卑な顔つきの男がこちらを見上げていた。

その首を見れば一目瞭然、男は使われる側ではなく、使う側だ。労働者たちに『服従の首輪』を嵌《は》め、無理やり働かせている手合いの一味だろう。

この男の一人ぐらい、叩《たた》きのめすのは難しくも何ともないが、それをやってしまうと、結局はさっきの問題に舞い戻ってしまう。

どうするべきか、とラムは微《かす》かに眉間に皺《しわ》を寄せ——、

「あの！　実は、私たち、新しくここに連れてこられたんだけど！」

しかし、ラムが何らかの打開策を選ぶより早く、エミリアがそう声を上げていた。彼女は緊張気味に声を張りながら、「えっとね」と言葉を継いで、

「その……そう！　首輪！　あの首輪を嵌めないと、ここだと働かせてもらえないんでしょう？　でも、その予備が見つからないって、この人が困っちゃって」

「あ？　俺様かよ!?　あ、あァ、そォなんだよ。首輪がねェと大弱りッなんだが、俺様も新入りでよ。それで首輪が見つからッねェんだ」

「なぁにい？　新入りだぁ？」

エミリアとガーフィールのお遊戯会のような連携に、男が凶悪な顔をする。

それを見たラムは、もはやこれまでとスカートの内側に隠した杖《つえ》に手を伸ばした。相手が隙を見せたら、即座に男を壁に埋《うず》める構えだ。

「ったく、仕方ねえ野郎だ。こっちは作業場で、首輪は倉庫の方に決まってんだろ。ちゃんと一回で覚えねえからこんなことになんだよ」

だが、そんなラムの決心を余所《よそ》に、男は呆気《あっけ》なくエミリアたちの小芝居を信じた。

一瞬、相手の高度な心理戦を疑ったが、何の躊躇《ためら》いもなく三人に背中を向けたので、それはないとラムも判断する。

「ほら、こっちだ」

「ええ、ありがとう。じゃあ、いきましょう」

案内する男に答えて、エミリアがラムに片目をつむった。「うまくいったわね」と言いたげなその様子に、ラムは何とも答えるのが億劫《おっくう》だった。

しかし、ラムの頭の痛い話はそれだけでは終わらず――、

「ああ、そうなんだよ。最初、田舎から出てきたときは一角の男になりたかったんだ。それが今じゃ、こんなとこでちまちまと小間使いみたいな真似《まね》でよ……」

「そう。そうなんだ。……でも、それなら楽しみね」

「楽しみ？　楽しみってどういうこと……」

「だって、今がすごーくへこたれてるってことは、明日は今より良くできるってことだもの。今が一番下なら、あとは頑張って上り坂を上るだけよ」

「嬢ちゃん……！　そう、だな。俺も、頑張ってみるか……」

「ええ！　頑張りましょう！　私も頑張るから！」

と、先を行く男とエミリアとの会話が、互いの未来の健闘を誓って終わる。

道中、怖いもの知らずのエミリアが男に話しかけたのが切っ掛けだったが、男との相性が無意味によかったおかげで、会話は最後まで穏やかなものだった。

妙な勘繰りをされなかったのはよかったが、特にこれといった収穫はなく。

「何かしら情報が得られればと思ったけど……」

「ザクセンさんは、故郷に妹が四人もいるんですって。仕送りが大変みたい」

「そういう情報ではありません」

エミリアが入手した情報でわかったのは、男——ザクセンの人となりと家庭環境ぐらいのものであった。あとは単純に、殴り倒しにくくなっただけである。

「ここだ。ここが首輪の倉庫だよ」

ザクセンの案内で、三人が首輪の保管された倉庫の前に到達する。

通常の流れなら、おそらくここで連れてこられた労働者たちは首輪を嵌《は》められ、以降、終わりのない重労働を課せられる流れになるのだろう。

しかし――、

「――――」

「ザクセンさん？　どうかしたの？」

「……お嬢ちゃんみたいな子は、こんなとこにいちゃいけねえ」

「え？」

そう言って、振り返ったザクセンが真剣な顔でエミリアの肩を掴《つか》んだ。

「逃げるんだ！　今すぐ、今すぐに！」

「でも……」

「でももしかしでもねえ！　ここにいたら、嬢ちゃんもボロボロになるまで働かされるだけだ。首輪を嵌《は》めたら、もう逃げられねえ。だから、逃げるなら今のうちだ。そうだ。こいつで、俺を殴って逃げろ！」

「ええ!?」

言いながら、ザクセンが自分の腰に付けていた警棒をエミリアの手に押し付ける。

「そんなことしたらザクセンさんが！」

「殴られて逃げられたんなら、俺が間抜けだったってだけで話は済む。だから……」

「――ふんっ！」

「ぎゃふんっ！」

何やら話が深まりそうだったので、途中で警棒を奪ったラムがザクセンを一撃した。その一発で昏倒《こんとう》し、ザクセンが通路に倒れ込む。

「ら、ラム！　いきなりなんてことするの！　ああ、痛そうなタンコブ……」

「のうのうと打ち解けている場合ではありません。いえ、エミリア様の行動がかなりの効果を生んでいたのは事実ですが、それとこれとは話は別です。ガーフ！」

「おォ、倉庫の中身だな。首輪の鍵とか見つかりゃァ話ァ早《はえ》ェんだが……」

倒れたザクセンをエミリアが介抱する間に、ラムとガーフィールは倉庫を検《あらた》める。

ガーフィールの言う通り、首輪の解除手段が見つかれば最善。そうでなくても、何らかの取引材料が出てくればいいのだが――、

「おい、ラム。首輪って、こいつじゃねェか？」

と、そんな調子でガーフィールが、棚の上から大きな箱を床に下ろした。粗末な箱の中には、確かに首輪らしきものが入っているが、それはおかしい。

「さほど珍しくないとはいえ、『服従の首輪』は一応『ミーティア』よ。それが、そんな雑な保管の仕方をするなんて……ないとは言い切れないわね」

ここまでの雑な環境を思い返し、ラムは自分の先入観を否定した。そのラムの答えを聞いて、ガーフィールも箱の中の首輪を手に取ると、

「ッけど、俺様には、これがさっきのとこで連中ッが付けてた首輪に見えんぜ？」

「その可能性がある気はしてきたわ。でも……いえ、待ちなさい」

「あァん？」

ガーフィールが指に引っかけ、揺らしている首輪をラムが掴《つか》む。それから、ラムはその首輪をまじまじと見つめて――、

「……これは」

6

「――なんやなんや、何があったんや!?」

採掘場で起きた騒ぎを聞きつけ、怒声を張り上げたのは頭の禿《は》げ上《あ》がった初老の男だ。

この鉱山の主であり、大勢の人間を労働者として強制的に働かせていた黒幕――その男の邪悪な目論見《もくろみ》が、今まさに目の前で崩壊しようとしていた。

「頭領！　労働力共が逃げ出していきます！　どいつもこいつも聞く耳を持たねえ！」

「こうなりゃ、『服従の首輪』を発動しましょう！　見せしめに……いや、いっそ全員に痛い目を見せてやれば、逆らう気力もなくなるはずでさぁ！」

騒動を御し切れない部下たちが、早々に鎮圧を放棄してそう提案してくる。

とはいえ、部下たちの反応も無理はない。なにせ、採掘場には各地から集められた奴隷が百人規模で存在するのだ。これらが一斉に蜂起すれば、その勢いにこちらが呑《の》み込《こ》まれるのは必定。――それ故の、『服従の首輪』なのだが。

「頭領！　急いでくだせえ！」

仕事を放棄し、ツルハシを投げ出して鉱山の入口へ殺到する労働力たち。それらを見ながら、部下が『服従の首輪』の発動を求める。

黒幕は息を呑むと、これ見よがしに古い杖《つえ》を掲げて、

「おどれら、止まらんかい！　今すぐ止まらんと、痛い目ぇ見せちゃるぞ！」

「――――」

押し合いへし合い、我先にと逃げ出そうとしていた労働力たちが、その黒幕の怒声を聞いて足を止める。振り返る彼らの瞳には、不安と恐怖。そして、疑念があった。

その疑念の色に、黒幕は口の中が渇く感覚を味わい、

「――ずいぶんと、大きな口を叩《たた》いたものね」

そう言いながら、労働力たちの列から進み出る三人の人影に目を奪われた。

フードを頭まで被《かぶ》った二人と、金色の髪を逆立てた妙な気迫のある少年の三人組だ。声を発したのはフードの一人であり、声音で相手が女とわかる。

「ワイの部下に女はおらんぞ。奴隷がよくもワイに偉そうな口が利けたもんやなぁ」

「この状況で、そっちこそよくも偉そうな口が叩けるわね。言っておくけど、数では圧倒的にこちらが有利なのよ？」

「――。数ではそうでも、質が違うわ。後ろの奴《やつ》らの首、見てみぃ」

答えながら、黒幕が労働力たちの首輪を指差す。それを指摘され、労働力たちは揃《そろ》って不安げな顔を見合わせた。

「『服従の首輪』の力は大したもんやぞ？　一度やられたら二度と逆らおなんて思わん。骨が軋《きし》み、肉が爆《は》ぜ、小便は血で真っ赤っ赤ぁになる。それが嫌やったら……」

「嫌なら？」

「後ろの連れて、とっとと持ち場に戻り。──その前に、フードは外してもらうわ」

「フードを？　何故《なぜ》？」

「見栄え次第で、山を掘るより別の使い道があるかもしれんやろ？」

交わした声色の調子から、黒幕は相対するフードの女が相応の美貌の持ち主と推測。見目が整っているなら、山を掘らせるより、もっと別の売り物としての価値もある。

そんな黒幕の要求に、フードの女はため息をこぼし、

「お望みのようですから、脱ぎましょう、エミリア様」

「え？　いいの？　だったら、そうするけど……」

「──は？」

フードの女──否《いな》、女たちが言葉を交わし、ゆっくりとその白い被《かぶ》り物《もの》を脱ぐ。と、露《あら》わになった姿を見て、黒幕は思わず呆気《あつけ》に取られた。

黒幕だけではない。部下や、労働力たちさえも瞠目《どうもく》し、凍り付く。

そこに立っていたのは、桃髪の少女と銀髪の少女──どちらも、度肝を抜かれるような美貌の持ち主だった。だが、それだけではない。

「銀髪に、紫紺の瞳のハーフエルフ……それに、エミリアやと……？」

「ええ、そうよ。……あ、もしかして、私のこと知ってる？」

「知らいでか！　こ、この国でいっちゃん騒がしいことしとる一人やないか！　なんだってこないなとこにおんねん！　王候補で奴隷って、忙しいわ！」

「ふふ、実は奴隷にはなってないの。奴隷のふりをしてただけなのよ！」

銀髪を背に流して、少女――否、王選候補者のエミリアが不敵に勝ち誇る。その堂々たる宣言に、黒幕は内心で「マズいマズいマズい」と悲鳴を上げた。

大勢を騙《だま》し、労働力として扱《こ》き使《つか》うことに成功した黒幕だったが、さすがに王選候補者を相手にするのは荷が勝ちすぎている。王国の未来の行く末を担う一人、そんな存在は上等な小悪党の自覚がある黒幕の手に余りすぎるものだった。

「あなたたち、もう諦めなさい。勝ち目がないのはわかってるでしょう」

「か、勝ち目がないやと？　何を根拠にそないなこと……まだ、まだ『服従の首輪』があるんや。お、お前ら！　罰を受けたくないなら、この三人を……」

「――いい加減になさい。種は割れているのよ」

「なんやと？」

「まだわからないの？　なら、これでどう？」

エミリアの隣の桃髪の少女が、冷たい声で言いながら懐から腕を抜く。

一瞬身構える黒幕の眼前、少女が取り出したのは首輪――それも、労働力たちの首に嵌《は》めているものと同じそれだ。おそらく、倉庫に保管してあった首輪の一つだろう。

それを、少女は躊躇《ためら》いなく自分の首に付けた。

そして——、

「さあ、付けてあげたわよ。『服従の首輪』を発動したら？」

「う、ぐ……」

「今なら、無条件でラムを痛めつけられるわ。か弱いラムが苦しむ姿を見たら、エミリア様もガーフも、あなたたちに抵抗できなくなるでしょうね」

指で首輪を弾《はじ》きながら、少女がつらつらと黒幕勝利の展望を並べる。

おそらく、それは事実だろう。エミリアはハラハラとした目で少女を見ているし、金髪の少年の周囲は彼の怒気で大気が歪《ゆが》んでいる。が、どちらも少女の意思を尊重しているのか、早まった行動に出ようとはしていなかった。

「と、頭領……あの女の言う通りです。今しかありやせん……！」

振り返る部下が、少女の暴挙に乗じるように言ってくる。しかし、黒幕はその顔に大量の脂汗を浮かべ、何も答えることができない。

当然だ。少女の行動は確かに証明していた。——種が、割れているのだと。

「これ見よがしに大量の首輪を用意し、奴隷の首に嵌《は》めてやる。そして、それが『服従の首輪』だと信じさせれば、あら不思議」

「——ぁ」

「全員で反乱を起こせば勝てるかもしれない。だとしても、犠牲者は必ず出る。そして誰も、最初の犠牲者にはなりたくない。うまく、その心理を利用したわね」

冷たい目で言い放つ少女、それが黒幕の仕込んだ罠《わな》の全てを看破していた。

それを聞いた労働力たちの瞳を希望が満たし、部下たちが驚愕《きょうがく》と怒りでこちらを睨《にら》みつける。しかし、それら視線の渦に、黒幕は「は！」と声を張った。

「まんまとワイの思惑を暴いて、それで満足かい。そらまたしょんないことで満足するもんやなぁ、王選候補者！」

「え！　私？」

「その女の言葉も、全部アンタが言わしたもんやろ？　大したもんや。……せやけど、ワイは間違ってへんぞ。世の中、騙《だま》す奴《やつ》と騙される奴しかおらんのや。考えなしにへいこら生きとったら利用される！　それが世の常！　ワイがそれを利用して何が悪い!?」

「そんなの、騙す方が悪い子に決まってるでしょう！」

ずいっと前に踏み出して、エミリアが黒幕に指を突き付ける。極論に極論を返された気分だが、黒幕は引かない。むしろ、前に踏み出した。

「ええか？　こんなんはどこででも起きとることや。アンタらは王国振り回してさぞかしご機嫌やろけど、王様が誰になろうがワイらの生き方は変わらんわ。結局、どこかで誰かが割を食う。どうせ王様には、国の隅々まで見渡したりできひんのやからな！」

「――――」

吠《ほ》える黒幕に、エミリアが目を見開いた。

そのエミリアの肩に後ろから手をやり、桃髪の少女が首を横に振る。

「エミリア様、耳を傾けてはなりません。あれは負け惜しみよ。言っても無駄なことを並べて、エミリア様の心を澱《よど》ませることが目的なだけ」

「それがホントでも……ダメよ。これは、無視したらダメな意見！」

肩を掴《つか》んだ手を優しくほどいて、エミリアは美しい顔貌《かおかたち》に強い決意を宿した。

その紫紺の瞳に射抜かれ、黒幕の息が詰まる。そこへ、エミリアが畳みかけた。

「あなたの言う通り、王様だって国の隅々までちゃんと見るのは大変だわ。でも、私が王様になったら、今日のことを覚えているもの。だから、みんなの話がちゃんと聞けるように頑張るつもり」

「ぬぐっ」

「あの高い玉座から、そないなことができるかい！」

「だったら、玉座から降りてきてちゃんと話をするわ！　今日みたいに！」

ビシッと鼻先に指を突き付けられ、黒幕はとっさに言葉を封じられた。何とか反論しようとする。だが、黒幕が何かを言うより早く――、

「――どうやら、俺たちの負けだぜ、頭領」

ゆるゆると首を横に振って、訳知り顔の男が黒幕の肩を後ろから叩《たた》いていた。

「ザクセンさん！」

その男の名前を、黒幕より先にエミリアが呼ぶ。どういう関係かは不明だが、男はエミ

リアの言葉に「おう」と晴れ晴れしい顔で頷《うなず》いた。

それを見て、黒幕の中で何かが切れる。ここで、負けなど認めるものかと。

「冗談やないぞ！　ワイはここでは終わらん！　こないなところで……！」

「――そう。エミリア様がずいぶんと言葉を尽くしたにも拘《かかわ》らず、そうした態度に出るというならもう何も言わないわ」

怒りに震える黒幕を見て、哀れむように桃髪の少女が言った。

その少女の言葉に、ゆっくりと前に踏み出したのは金髪の少年だ。事態を静観していた少年は、その拳の骨を高く鳴らしながら、鋭い牙を噛《か》み鳴らし、

「おう、ラム。もォいいんだな？」

「ええ。――エミリア様、ガーフ、やっておしまい！」

最後通牒《つうちょう》が出された瞬間、金髪の少年が凶悪な風となって採掘場を吹き荒れる。それと同時にエミリアも、その両手から凍える冷気を生み、部下たちを押さえにかかった。

その圧倒的な感覚に、黒幕は自分とエミリアたちとの器の違いを知る。

しかし――、

「ワイにも、悪党なりの意地ってもんがあるわぁ――!!」

勝てないとわかっていながら、黒幕は拳を握り、少年へと飛びかかった。

――ほんの一瞬で、黒幕の体は軽々、高々と吹き飛ばされていた。

7

「綺麗《きれい》な体になって出戻ってくらぁ。それまで元気でな、嬢ちゃん」

「ええ。ザクセンさんも、気を付けて」

と、そんなささやかな出会いと別れがあって、違法採掘場は閉鎖された。

全てを目論《もくろ》んだ黒幕とその一味は捕縛され、首輪を嵌《は》められて騙《だま》されていた人々は無事に解放、それぞれの故郷へ帰っていった。

もちろん、それにはコスツールの行方不明者も含まれていて──。

「……まさか、一日で解決するとは」

「ロズワール様の領地で悪事を働く不逞《ふてい》の輩《やから》だもの。早々に処分したわ」

大捕り物を済ませたラムたちに、都市長のレノ・レックスは珍しい唖然《あぜん》とした顔を覗《のぞ》かせた。ロズワールに聞かせれば、きっと大喜びの土産話になるだろう。

ともあれ、そうして工業都市コスツールと、その周辺の町々を巻き込んだ大規模詐欺事件は幕を下ろした。正直、とんとん拍子過ぎて実感が湧かないぐらいに。

「それにッしても、とんでもねェこと企《たくら》む奴《やつ》らがいたもんだよなァ」

「ええ、そうね。……ロズワール様の領地であんな馬鹿なことを企むなんて」

「いや、どこでって話もそォだろォが、中身の話をしてんだよ、俺様ァ。……やっぱ森の外は思ったより危ねェことッだらけだな」

ガリガリと頭を掻《か》きながら、帰路のガーフィールがそんな風に今日を振り返る。

『聖域』で人生を過ごしてきたガーフィールにとって、外の世界の常識や出来事は何もかも新鮮で、今日の体験も新たな一ページとして彼の中に記録されることだろう。

できれば、もっと明るく前向きな体験もさせてやりたいところだが。

「ん？　ラム、俺様の面《つら》になんかついてっかよォ？」

「目とか鼻とか牙とかがめちゃくちゃにくっついているわ」

「めちゃくちゃなッわけねェだろ!?」

横顔を眺めていたことをそう誤魔化《ごまか》したラムに、ガーフィールは深々と嘆息。それから彼は「けどよォ」と続け、

「……最後の、エミリア様のあれァよかったんじゃァねェか？」

「……そうね。あの啖呵《たんか》は悪くはなかったわ」

「玉座からッ降りてくるってのァいい。そんな王様は面白《おもしれ》ェと俺様ァ思うぜ」

牙を鳴らして笑うガーフィールに、ラムもほんのわずかだけ唇を緩めた。

確かに、あれは相手の黒幕を黙らせたことも含め、小気味のいい発言だった。何より、エミリアらしい決意と誓いだったと、そう思える。

悪の芽を摘《つ》めたことと、エミリアのあの宣言が聞けたことで、今日のドタバタ騒ぎに関しては意義があったと、ラムも内心で認める気になった。

なったのだが――、

「――なに？　じっと見て、いやらしい」

「んや。まァ、あれだな。……ラムは、首輪ッ付けててもいい女だと思うぜ」

「――――」

「いだだだだだッ！」

余計なことを言った頬《ほお》を摘《つ》まんで、涙目を作らせ、悲鳴を上げさせる。

それをするラムの首には、無骨な鉄の首輪が嵌《は》められている。――黒幕が吹っ飛ばされたせいで鍵がなくなり、外せなくなってしまった首輪が。

結局、この首輪に関しては、屋敷の皆に散々からかわれたあとで、ロズワールの手ずから外され、ますますラムの主《あるじ》への想《おも》いは熱く募ることになる。

また、余談だが――、

「あ、エミリアたん、ずいぶん帰りが遅かったね。こっちはペトラとフレデリカのアップリケがめちゃめちゃ上達したけど、エミリアたんは何かあった？」

「ええ、悪者をちゃんとやっつけて、困ってた人をすごーくたくさん助けてきたの！」

「俺の知らない今日一日で!?」

と、留守番をしていた騎士が、主人の悪気のない報告に仰天する一幕などもあったのだが、それもそれで、この大雑把《おおざつぱ》な一日の〆《しめ》に相応《ふさわ》しかろうなのである。

《了》

あとがき

どうも、お疲れ様です！　長月達平であり、鼠色猫です！

このたびも、短編集8巻へのお付き合い……8巻!?　8巻へのお付き合いありがとうございます。短編集で8巻というナンバリングに衝撃を受ける。

こちら、『Re：ゼロから始める異世界生活』のシリーズ、ありがたいことに長く続けさせていただいておりますが、本編外の短編集とExだけでも合計十冊以上！　しかも、今回の短編集はガッツリ本編に絡む内容なので、本編29・5巻や31・5巻と銘打った方が正解なのでは？という内容となっておりました。物語を味わい尽くすため、隅々まで目を通してくださる皆様に厚く御礼申し上げます。本当に、いつもありがとう！

本編は主にスバル目線ですが、スバル以外の面々から世界を、人を、物語を見ていくのも新鮮かと思いますので、ぜひとも今後も末永く、リゼロ世界にお付き合いください！

さて、今回は短編集の方が紙幅が厳しく、さっそく謝辞へ移らせていただきます！

担当I様、「本編と関連した内容なので、同時に出せるのがいいですね」と軽はずみに相談した結果、話数調整も含めて地獄を見ましたね！　今回は本編共々、スケジューリングの面で多大にお力添えいただき、ありがとうございました！

イラストの福きつね先生、今回はキャラ数の多いカバーに口絵と、彩り豊かに筆を走らせていただき、ありがとうございました！　ペトラとフレデリカの新衣装！　この一冊の陰の主人公はペトラなので、各所を可愛く、大変眼福でした！

デザインの草野先生、今回も本編と短編集の並行作業、ありがとうございました！　それぞれキャラ数多く、しかし魅力の出し方の違うカバーイラストでしたが、非常に美麗に仕上げていただいて大感謝です！

月刊コミックアライブでは、花鶏先生＆相川先生の四章コミカライズが絶好調！　四章も辛く苦しいパートに突入し、みんながいい顔していると原作者絶賛です！

そして、MF文庫J編集部の皆様、校閲様や各書店の担当者様、営業様と大勢の方にご協力いただき、今巻も上梓させていただけました！　大変、お世話になりました！

そして、番外編だけで十冊を超えたシリーズを追いかけ、楽しみ尽くしてくれている読者の皆様に、最大級の感謝を！　いつもありがとうございます！

まだまだ、『Re：ゼロから始める異世界生活』フルスロットルでぶん回していくので、この先の物語も一緒に楽しみ尽くしましょう！

では、この一冊があなたの日々を彩る糧となりますよう！　また次のお話でお会いいたしましょう！　ありがとうございました－！

2022年11月
《勢いと熱の冷めやらぬままに、次の文章を打ち込みながら》

Thank you for reading
福きつね

MF文庫J

Re:ゼロから始める異世界生活 短編集8

2022 年 12 月 25 日　初版発行
2023 年 2 月 15 日　再版発行

著者　長月達平

発行者　山下直久

発行　株式会社 KADOKAWA
〒 102-8177 東京都千代田区富士見 2-13-3
0570-002-301（ナビダイヤル）

印刷　株式会社広済堂ネクスト

製本　株式会社広済堂ネクスト

Printed in Japan　ISBN 978-4-04-682042-6 C0193

●お問い合わせ
https://www.kadokawa.co.jp/（「お問い合わせ」へお進みください）
※内容によっては、お答えできない場合があります。
※サポートは日本国内のみとさせていただきます。
※Japanese text only

◇◇◇

【 ファンレター、作品のご感想をお待ちしています 】
〒102-0071 東京都千代田区富士見2-13-12
株式会社KADOKAWA　MF文庫J編集部気付「長月達平先生」係　「大塚真一郎先生」係　「福きつね先生」係